Vogelstimmen

Dirk Bernemann

Roman

– Anti-Pop –

1. Auflage Oktober 2010
Titelbild: Sebastian Rühl, www.sebastianruehl.com
unter Verwendung einer Fotografie von Thorsten Richter

Lektorat: Franziska Köhler
Satz: nimatypografik

ISBN: 978-3-86608-135-2

Hat Dir das Buch gefallen? Schreib Deine Meinung an gelesen@ubooks.de

Möchtest Du über Neuheiten bei Ubooks informiert bleiben?
Einfach eine Email mit Deiner Postadresse an:
katalog@ubooks.de

Ubooks-Verlag | Wellenburger Str. 1 | 86420 Diedorf
www.ubooks.de

«... everything is beautiful
because everything is dying ...»

New Model Army – Autumn

Die Zeit ist mit einer Geschwindigkeit unterwegs, die mir nicht behagt. Ich habe um Entschleunigung gebeten, schon so oft, um die Möglichkeit zur Rückkehr zum Denken. Um mich herum scheint sich alles rasant zu entwickeln, fix aufzublühen und kurze Zeit später zu verwelken, während ich ewig gleich dumm herumvegetiere und mein Leben beobachte wie Regentropfen an der Fensterscheibe. Dieses Gleichdummbleiben kommt mir vor wie Stagnation, als ob die Grenze jeder meiner menschlichen Möglichkeiten bereits erreicht wäre und es für mich keinerlei Entwicklungschancen mehr gäbe. Als ob mein System ausgereizt, das Spiel bereits gezockt wäre und irgendwo schon *Game over* stünde, wo ich nicht richtig hingeguckt habe, weil ich einfach zu müde bin. Die Tage zu grau, die Nächte zu schwarz, die Zwischentöne zu unsichtbar.

Sein eigenes Leben angucken zu müssen, während es sekundenschnell auf eine glatte Glasplatte tropft, rumperlt, runter fließt und irgendwann tröpfelnd verschwindet, sich aus dem eigenen Blickfeld stiehlt, das ist eine Tatsächlichkeit, die ich kaum begreifen kann. Ich fühle mich dann wie ein Autist, der seine Ordnung im Leben verloren hat, der dringend eine Struktur benötigt, die die Umstände des Lebens für ihn einschätzbar und nachvollziehbar macht. Aber da das Leben mit dieser hirnrissigen und herzzerreißenden Geschwindigkeit unterwegs ist und es einfach unmöglich ist, alle mir überantworteten Informationen zu verarbeiten, fühle ich mich wie ein tief greifend entwicklungsgestörtes, stereotyp agierendes

Geschöpf, das zu Überempfindlichkeiten neigt. Diese Überempfindlichkeiten bewirken, dass ich sehr häufig unter den Anforderungen des Lebens einfach zusammenbreche, wie ein marodes Gebäude einstürze, meine Existenz unter mir begrabend. Aber mein Zusammenbrechen bekommt niemand mit, das findet nur in mir statt, auf ganz innigem Niveau, ohne Außenwirkung. Mag das Niveau der mir zugemuteten Gefühle noch so niedrig oder durch vielfache Wiederholung bekannt sein, immer ist was dabei, das mich hindert, ganz bei mir zu sein, mich selbst zu steuern, meine Bewegungen oder Gedanken dem Umfeld anzupassen.

Die Dinge zwischen den authentischen Abbildungen hatten Zeit zur persönlichen Gärung, manches wurde Essig, anderes Champagner, aber beim Meisten kann ich mich bis heute nicht entscheiden. Diese Unfähigkeit, am Leben der Entscheider teilzunehmen, macht mein Leben fortwährend langsamer, und mir wird die Qual bewusster, Inhaber eines Schicksals zu sein, das immer teilweise aus Gefangenschaft besteht.

Sich in der Mitte einer eigenen Existenz zu entwickeln, während um einen alles verwelkt, was vor einem schon da war, das ist eine der schwersten Aufgaben, die einem so ein Leben stellt. Man stellt fest, dass da schon einige Zeit vergangen ist, die unwiederbringbar kaputtgelebt wurde.

Natürlich gibt es auch die Leute, die überhaupt nicht mitbekommen, dass das Leben überhaupt was von ihnen will, und die unter Decken in Betten oder unter Tischen in Wohnzimmern mit Kuchen oder kleinen Tieren in den Mündern warten, dass alles schnell vorbeigeht. Oder langsam. Oder überhaupt. Zu diesen Leuten gehöre ich leider nicht. Ich hatte immer den Antrieb, dem Leben etwas abzugewinnen, sinnsuchend zu sein, obwohl das natürlich schon eine Herausforderung ist, die in etwa dem Wettlauf mit einem hungrigen Löwen entspricht. Ich hatte auch immer gedacht, mit fortschreitendem Alter irgendwie milde zu werden, nicht mehr der druckvolle, Magenwand durchschneidende und spontan Kackreiz erzeugende Espresso sein zu müssen, sondern eine entspannte, subversive Schale Café au Lait sein zu dürfen. Ein Stuhl mit Rückenlehne, von dem aus man betrachtet, was man mag und verachtet und sich ab und zu einen Rundflug über seine Vergangenheit gönnt. Mit Altersmilde erreichen meine ich, zumindest ab der Mitte meines Lebens die Möglichkeit der inneren Ruhefindung zu haben. Jetzt stehe ich in der Mitte dieser einen Möglichkeit, dieses einen Lebens, und um mich herum explodieren die Zeiten, und die Ereignisse schlagen um sich wie Boxer, die nicht mehr aufhören können zu prügeln; und ich fühle mich als Opfer, als Zivilist, als reaktionsarmes Ding. Es gibt kaum noch Gefühle, nur noch Reaktionen, Reaktionen auf den Umstand, dass das Leben ein Fluss ist, dessen Geschwindigkeit ich weder beeinflussen noch messen kann. Er fließt einfach und irgendwann versandet er, wird vom Boden aufgesaugt und verschwindet. Übrig bleiben vielleicht Memoiren, kleine Fetzen wertschätzende oder aber auslachende Dokumentation. Und ich, der unbedeutende Mensch, der ja statt Wurzeln Füße hat, der geht am Flussufer spazieren und fühlt sich wie ein nackter

Nichtschwimmer im Hallenbad am Beckenrand. Immer die Angst hineinzufallen.

Mir wurde als Kind und Jugendlicher so viel erzählt über diese Altersmilde. Sie sei das Tuch, das sich über unkontrollierbare Gefühlsregungen lege, um diese abzuschwächen. Ein Zaubertuch gar, und ich wartete auf die Magie dieser Augenblicke, ich wartete auf die Kontrolle über mein Leben. Bücher und Filme und Geschichtenerzähler haben mein Bewusstsein damit zu füttern versucht, wie es sein kann, wenn man über dreißig ist und ein ruhiges Leben möglichst nicht an einem vorbei, sondern durch einen durchfließt. Und dieser Durchfluss Leben, den wollen doch alle in den Leib geballert haben, am liebsten ohne großartig Abtanzbewegungen Richtung Abgrund machen zu müssen.

Ich fühle mich in meinem Leben oft, als säße ich in einem großen Kinosaal, die Eintrittskarte überteuert, der Vorfilm massiv unlustig, das Popcorn zäh und flau und die Kinder auf den Nebensitzen sind unaufmerksam, rascheln mit ihren Gummitiertüten und reden wirre Quergedanken. Und man wartet auf den Hauptfilm, die ganze Zeit wartet man, fühlt sich wie ein Stundenzeiger, der von den blöden Sekunden- und Minutenzeigern abhängig bleibt, und fühlt nichts außer die Angespanntheit der Erwartung. Und während man sie durchlebt, diese abstrakte Erwartungsschwierigkeit, währenddessen also fällt einem auf, dass die eigene Existenz so banal wie ein Regenschauer in Nordengland ist.

Das ist in etwa das Gefühl, das ich in der Jetztzeit mit mir rumschleppe; viel gesehen und nicht wirklich was erreicht zu haben. Auch sind Ziele nicht mehr das, was Ziele mal waren, als ich ein Kind war. Es sind derzeit Ziele in mir am Start, die nach einer undefinierten Veränderung schreien, weil alles im Ab- oder Umbruch ist. Die Gedanken werden immer unklarer, manchmal sieht es in mir aus wie ein abstraktes Kunstwerk, von dem man denkt, das hat gerade ein Geistigbehinderter im Ausdrucksmalen veranstaltet und ist dann abgehauen, weil es irgendwo Kuchen gab. Ein wirres Farb- und Formenspiel, das sich aber zu ernst anfühlt, um wirklich ein Spiel zu sein.

Ein Ziel ist: überleben und Gefühle haben.

Das Leben ist kein Theaterstück, für das es Rezensionen gibt. Wäre es so, dann wäre der Dramaturg meines Lebens ein misanthropischer Pfandflaschensammler, nach toten Fischen und abgestandenem Alkohol riechend, der sich nur zum Spaß mein Leben ausgedacht hat, und zwar nur wegen des Umstandes, seine eigene Kümmerlichkeit aufzuwerten. Und vielleicht hätte er mal Glück und es käme zu einer Aufführung dieses Stückes trister Theaterlandschaft, dann würde eine Rezension wie folgt in einer durchschnittlich abgeranzten Lokalzeitung stehen:

Gestern fanden sich im Sorgtheater fünf Zuschauer ein, um der wohl langweiligsten Aufführung seit Bestehen des Hauses beizuwohnen. Zwei verließen den Theatersaal nach dem ersten Akt. Zum Inhalt kann ich leider nicht viel erzählen, weil ich einer von denen war, die nach dem ersten Akt verschwunden sind, um in eine triste Bahnhofskneipe umzusiedeln, hinter deren Tresen eine verruchte Fünfzigjährige rauchte und schale Biere zapfte, aber immerhin besser als dieses Stück.

Keine Premiere, sondern immer nur banale Proben, und das Theaterstück, das Leben heißt, soll endlich vor dankbarkeitserzitterndem Publikum uraufgeführt werden und nicht bloß in den kleinen Pisskatakomben der eigenen jämmerlichen Existenz stattfinden. Das Altern, das ich erwarte, zwingt mich zur Aufmerksamkeit, zur Beschäftigung mit den Umständen der Vergänglichkeit. Alles ist unewig, jeder Umstand eines Lebens ist verrottbar, und der genetische Schrotthaufen, den man irgendwann in eine kühle Leichenhalle tragen wird, den man also nach seinem biologischen Leben darstellt, der kommt in die Holzkiste und wird ehrenvoll verbuddelt neben anderen ehrenvoll Verbuddelten. Ein Stein kommt darauf, und die Erinnerung ist schon so blass, als ob es sie nie geben wird. Ich werde hier kaum was hinterlassen, außer den Spuren eines Idioten, der eine Art Sinn sucht. Aber wie viele Sinnsucher scheitere ich schon an der Definition von Sinn. Deswegen habe ich es aufgegeben, so hochtrabende Ziele mit mir rumzuschleppen, sondern ich will lediglich ein Leben haben, das mir passt wie eine nicht zwickende Unterhose.

Ich warte. Warte auf Veränderung in meinem Sein, das langsam vor sich hin altert. Auf die sich einstellende Gelassenheit bezüglich des mich umgebenden Universums, in dem ich nur Staub bin, zu dem ich irgendwann wieder werden werde. Ich warte auf den Heiligenschein, der meinen Kopf umranden soll, damit man schon von Weitem erkennt, das ich einfach ein zurückhaltendes Leben im Klappstuhl meiner eigenen Trägheit führe. Mein Krieg ist nur defensiv, ist nur Aushalten, war nie Aktionismus, war kein Übermut. Und niemand hat mich auf die Wahrheit vorbereitet, dass man die anderen Leute und auch sich selbst mit den Jahren immer schlechter erträgt, dass man dann nur einfach zu müde zum Schreien ist. Denn ein Schrei wäre eine aktive Handlung, wäre auffällig, wäre dokumentierbar, irgendwie speicherbar. Da würde dann in meiner mein Leben aufzeichnenden Akte stehen: «Und als er bemerkte, dass er die anderen nicht mehr ertrug, begann er jeden Tag zu schreien. Zunächst nur eine Minute täglich, später eine halbe Stunde, und irgendwann war alles nur noch ein Schrei der Ablehnung.»

Und irgendwann habe ich gemerkt, dass das Altern lediglich das Verwalten der Dinge ist, die ich noch kann. Und der Dinge, die ich noch habe. Es ist wie Jonglieren mit dem, was da ist; ich werfe es durch die Luft, ungewiss, ob ich es auch wieder auffangen können werde, wenn es herunterfällt. Es sind schon Dinge abgestorben, die das Bild, das ich dargestellt habe, einst komplettiert haben. Da gehen ein paar Haare, da wächst etwas Fettablagerung, da verschwinden schon mal gute Gedanken. Dafür wächst ein großer Tumor in mir, der sich Erfahrung nennt und alles, was mit Naivität zu tun hatte, schlicht verdrängt. Da hilft auch kein Bestrahlen und keine Chemotherapie, die Erfahrung wächst und frisst das Kind auf, das in einem zu Hause ist, nagt hier einen Spieltrieb fort, frisst dort etwas Leidenschaft, kleidet einen irgendwann in durchschnittliche Kleidung und hinterlässt eine Trauer in uns, die manchmal so tief geht, dass sie einen bewegungsunfähig macht.

Auch die Liebe ist mit jeder ihrer Anwendungen immer kleiner geworden. Sie verhält sich wie eine Droge, die von Einnahme zu Einnahme immer weniger von ihrer Wirkung offenbaren will. Und trotzdem gilt es sie zu miss- oder gebrauchen, weil man drauf ist, weil man denkt, ohne ginge es nicht, und man traut sich ja auch nicht auszuprobieren, ob ein Leben ohne Liebe möglich wäre, und wenn man sich dann umguckt, ist man vielleicht erstaunt, dass viele schon ohne leben und aus entspannten Gesichtern in die Welt gucken. Ich habe schon viel gehört über die Abschaffung der Liebe, und es ängstigt mich ein wenig, davon abzulassen, denn sie ist wie ein gewohntes Tier, das einen freudestrahlend anspringt, wenn man durch die richtige Tür geht. Und ich will weiter angesprungen werden von ihr und sie soll mir durchs Gesicht lecken, die Liebe, bis auch ich nur noch sabbern kann ...

Es war Tocotronic-Wetter. Tocotronic-Wetter ist dieser Übergang vom Frühling in den Sommer oder vom Sommer in den Herbst, Hauptsache irgendein Übergang. Tocotronic-Wetter hat die Angewohnheit unter 20 Grad Celsius zu sein und irgendwas mit Wind zu präsentieren. Kurz nach oder vor einem Gewitter ist auch immer Tocotronic-Wetter. Ich mag dieses Wetter, weil man nicht weiß, in welche Richtung es tendieren wird; in so einer Tocotronic-Wetter-Phase ist alles möglich.

Liebes Tagebuch, heute habe ich angefangen, meine Gedanken auszugraben, als wäre ich ein Hund und mein Denken alte Knochenbestände fremder Kleintiere, die keiner Stabilität mehr nutzen. So könnte, würde ich meine Gedanken einem Tagebuch offenbaren, der heutige Eintrag beginnen. Dann würde ich dem Tagebuch von der kleinen Trauer zwischendurch erzählen, und es würde stumm meine Tinte in sich aufsaugen. Des Weiteren würde ich dem Tagebuch von den Menschen um mich und meiner uneffektiven Sehnsucht berichten, und ich würde ihm von Kindheitserinnerungen und von Zukunftsängsten und von allem, was dazwischen stattfindet, kundtun. Ich würde ihm von meiner Orientierungslosigkeit erzählen, von diesem Gefühl mitten im Leben zu stehen und nicht mehr über irgendeine Richtung Bescheid zu wissen, weder die, aus der man kam, noch die, in die man sich zukünftig bewegen mag. Das Tagebuch würde einfach so daliegen und sich diesen ganzen Text zunächst gefallen lassen.

Ich fühle mich wie unangenehmer Schall, der aus einer kleinen Bar dringt, in der Free Jazz probiert wird, und zwar mit viel zu viel gespielten Tönen in viel zu wenig Zeit. Free Jazz klingt ja eigentlich immer, als ob er gerade geübt wird; ja, mein Gefühl entspricht einer Free-Jazz-Probe. Das würde ich dem Tagebuch alles erzählen, und die Blätter des Buches würden sich langsam füllen mit eigenartigen Gedankenformulierungen der Gegenwart eines Menschen, der ich zu sein scheine. Identitätslosigkeit. Irgendwie ist dies eine Zeit, die Entscheidungen verlangt, aber alle Entscheidungen, die ich treffen kann, fühlen sich nur falsch an.

Das Tagebuch würde schweigen, einfach schweigen, alles annehmen und es bei Bedarf wieder preisgeben. Seitenlang Gedankenabfall. Dann würde das Tagebuch zu seinen Tagebuchkollegen gehen, wenn ich grad nicht in Sichtweite bin, und sie würden über mich lachen, weil ich nichts auf die Reihe kriege. Aber ich führe kein Tagebuch, ich habe ja nicht einmal Worte für das, was ich bin. Außerdem habe ich keine Lust von den Büchern, die ich schreibe, ausgelacht zu werden.

Ich habe wieder mal das Gefühl, ein verschwendetes Leben zu leben, ein Leben, das viel lauter, bunter, fühlbarer sein könnte. Ein Gefühl wie Giraffenkotze, ein viel zu langer Weg zu einem doch misanthropischen Endergebnis.

Ich halte eine Tasse Kaffee in der Hand und stehe lediglich mit einer Unterhose bekleidet auf dem Balkon. Wind umspielt wie zärtliche Hände meinen Körper. Drumherum hält sich ein Frühling auf, einer mit zwitschernden Vögeln, zimperlichen Zwischentönen und einer vollkommenen Unperfektheit. Franz Kafka hat einmal geschrieben: «Das Leben ist unerträglich, ein anderes unerreichbar.» Das trifft meinen Standpunkt ziemlich gut. Das, was man nicht ertragen konnte, lag da draußen, zu allem anderen hatte man keinen konkreten Weg.

Es war Frühling, und ich viel zu beschäftigt mit mir selbst. Ich wartete und wusste nicht auf was. Vielleicht darauf, dass meine Mutter endlich starb? Oder auf einen erfüllenden Job mit der Perspektive, da jemanden darzustellen, den man selbst mochte? Oder auf eine Liebe, die mein Herz anfüllte, bis es zu platzen drohte? Da musste doch irgendwas sein, warum guckten den alle da hin …?

Der Kaffee war lauwarm und ich lauwach. Und ich stand da und schaute und leichter Wind strich mir über den nackten Bauch, und dann juckte es am Geschlecht und ich kratzte mich, und das war gut, es hinterließ das Gefühl, etwas richtig gemacht zu haben.

Gut, dass ich kein Tagebuch schreibe, dachte ich noch, während ich mich da kratzte, wo es immer einmal weniger juckte, als man kratzte. Ein Tagebuch, das ist doch was für Leute, die sich an alles erinnern mögen, deren Leben so dünn ist, dass dieser Effekt nicht ganz automatisch eintritt. Obwohl ich glaube, dass mein Leben so ist, so dünn. So unauffällig und schwach. Ich wäre so ein typischer Tagebuchschreiber, ein mit allerlei Weltschmerz verseuchtes Arbeiterkind, das versucht, Welt und Wort in Einklang zu bringen. Zustandsbeschreibungen zu liefern, ja, das könnte ich, aber ich machte es nicht, weil ich diesen Zustand nicht wahrhaben wollte, weil der Zustand noch weniger *Ich* war als ich selbst. Aber ich weigerte mich, Tagebuch zu schreiben, ich wäre nur einer mehr in der Statistik der nicht stattfindenden Menschen, die mehr innen leben als außen sterben.

Heute wehte eine leichte Brise durch die sonnengetränkte Luft, man konnte nicht sagen, ob es warm oder kalt war, es war irgendwo dazwischen; ein Wetter, das sich, wie ich, nicht wirklich entscheiden konnte. Aber was waren Entscheidungen überhaupt wert in dieser viel zu schnellen Welt. Kaum hatte man sich für einen Sinn des Lebens entschieden, schon waren die Anforderungen an ein solches Leben wieder radikalsten Veränderungen unterzogen worden, und man stand da, mit der Unterhose auf dem Balkon und trank lauwarmen Kaffee in einem lauwarmen Leben und fragte sich: Hä? Das Leben, das man sich vorstellt, kann doch nicht von solch erschreckender Banalität sein, oder? Die Daten und Fakten, die mein Leben über mich schreibt, sind von eindeutiger Präsenz. Meine Optik, meine unabgebrochene Lebenszeit. Von Gefühlen, die mich ausmachen, ist dabei nicht die Rede. Aber von Gefühlen sollte die Rede sein, von Gefühlen, die jeden Widerspruch in sich tragen und genau diesen Umstand als Genuss empfinden.

Stünde man vor mir und wollte man mich beschreiben, könnte man Folgendes berichten: männlich, aber mit androgyner Ausstrahlung (die Haare, die Haut, ich weiß es doch auch nicht ...), fünfunddreißig Jahre alt, alleinstehend. Leicht gebückte Haltung; irgendwie ist das so, weil der Rücken sich von selbst krümmt, sobald die Konfrontation mit der Welt kommt, die fortwährend Dinge verlangt und wissen will, die dieser Rücken tragen soll. Deswegen ist er leicht schief, dieser Rücken, etwas nach vorn gebeugt der ganze Mensch, der ich bin.

Ich bin immer irgendwie woanders als dieses rote Kreuz auf der Landkarte, neben dem immer «Dies ist ihr Standort» steht. Allein das Wort *alleinstehend* ist eine Farce, wie ich finde. Ich habe keine Partnerin, aber ich finde Liebe im Leben, so mir das Leben Angebote macht. Die Abwesenheit einer Frau an meiner Seite stürzt mich nicht in abgrundtiefe Traurigkeit, lässt aber einen Hauch Melancholie mitschwingen.

Gut, es gab Frauen, aber sie fluteten durch mein Leben, tranken aus der Quelle meiner Leidenschaft und zogen dann weiter, andere Gefilde und Gefühle zu erforschen. Für das langfristige An-mich-Binden bin ich wohl nicht interessant genug. Meinen Selbstwert zu definieren fand ich immer schwierig. Ich war schon immer irgendein unfertiges Ding, weil ich mit Erwartungen konfrontiert war, die ich weder erfüllen noch einordnen konnte. Ich fühlte mich bereits in jungen Jahren wie eine nicht ganz gelungene Erfindung. Perfektionismus kommt später, dachte ich immer und wartete und versuchte und scheiterte schweigend und versuchte weiter und scheiterte auf höherem Niveau und war dann plötzlich dieses überromantisierte Wesen, das aus Versuchen und Scheitern zu bestehen scheint. Irgendwo zwischen Exklusiv und Durchschnitt, Olymp und Gosse, Misanthropie und Philanthropie, Heute und Morgen, Glanz und Dreck, Fiktion und Realität,

Hochbegabung und Unfähigkeit. Ich bin ein Ausfüller der unaufgeräumten Zwischenräume. Hochseilautist.

Den Erwartungen meiner Eltern entsprach ich in keiner, manchmal nur in geringer Weise, aber was sind das auch für Eltern, die Töchter und Söhne in die Welt werfen und diese mit Erwartungen vollpumpen, die immer wieder an Unerfüllbarkeit scheitern. Ich bin Einzelkind, das heißt auch, dass die Gewehre der Erwartungen meines Elternhauses nur auf mich zielten. Schulbildung, Berufsausbildung und dann doch irgendwo gelandet, wo man mich fast in Ruhe lässt.

Ich war Buchhändler. Ich arbeitete in so einem kleinen Buchladen, der zu einer lokalen Kette gehörte. Als Teil dieser Kette war ich dort zuständig dafür, dass der Laden profitabel blieb. Und als Teil einer Kette war man nichts Besonderes, war man ein Stück von vielen, und Kettenglieder sind auch nur umrandete Löcher. Auch dieser Laden war ein Loch, der manchmal wie eine Falle wirkte, in die ich wie ein tollpatschiger, orientierungsloser Bär geraten war.

Gelesen wurde ja immer, auch wenn sich die Leute Literatur in die Köpfe klopften, die ihnen nicht guttat, und bevor sie das merkten, hatten sie wieder einen Bestseller bestellt und unkritisch verschlungen. Lecker, Bestseller, dachten sich die Leute dann, und die Medien, von denen die Leute den Hinweis hatten, dachten: Hahaha, wieder ein Opfer, und ich dachte mir: Irgendwo dazwischen muss doch was sein, was wie Wahrheit aussieht und wo es wie zu Hause riecht.

Der Wind tat gut, heute war Tocotronic-Wetter und das passte zur Ausdrucksweise dieses Tages. Manche Tage sprechen nicht, aber jene, die bereits mit Tocotronic-Wetter beginnen, erzählen stundenlang Geschichten über das kleine Leben, das man sich in die Tasche stecken kann.

Ich ging rein, die Kaffeetasse aufzufüllen, und kam an meinem CD-Schrank vorbei. Das Leben sei ohne Musik ein Irrtum, hat uns Nietzsche vor vielen Jahren in das Bewusstsein getrötet. Wenn er recht hatte, konnte ich ja schon mal *einem* Irrtum entgehen. Ich wühlte mich durch meinen Plattenbestand, und da kamen auch Erinnerungen in mich. Statt einem Tagebuch konnte man auch bequem seine Plattensammlung nach seiner Vergangenheit befragen. Eine Plattensammlung verrät manchmal mehr über einen, als die eigene Mutter imstande war zu erzählen. Sie erzählte von Lieben, Idealen und Trümmern eines Lebens.

Als hätte ich jemals Ideale gehabt, einen Idealzustand. Alles hier war und ist und bleibt nur Phase. Feiner Song mit passend formulierter Härte. Ich lief aus aus dem Hafen des Schicksals, mein undichtes Boot war mein Leben, mein Steuermann die eigene Flugunfähigkeit, und dann erinnerte ich mich an ein Sprichwort: Kurze Strecken gehen Vögel auch zu Fuß. Ich glaube, ich würde nie mehr zu Fuß gehen, wenn ich fliegen könnte.

Später ging ich aus dem Haus, tauchte ins Tocotronic-Wetter ein. Ein Sonntag, gefüllt mit eigenartiger Stimmung, und das Tagebuch, dem ich das hätte erzählen können, gab es gar nicht. Es gab nur mich, und ich musste mir immer selbst antworten. Ich suchte eine Position im Leben, vielleicht Meinungen und Erkenntnisse, die von Belang sind. Ich war jetzt fünfunddreißig, stand mitten in einem Leben, das ich mir so nie gewünscht hätte, und fand dieses Leben trotzdem irgendwie interessant. Es gab ein Hinten und ein Vorn, ein Links und ein Rechts, ein Oben und ein Unten, und es gab so was wie Orientierung, den inneren Routenplaner. Der war bei mir aber defekt. Wenn mich das Teil um die Eingabe eines Fahrziels bat, damit es mir den kürzesten, energiesparendsten und effizientesten Weg dorthin vermitteln konnte, dann scheiterte ich schon an der Definition von *Ziel.* Was *will* ein Ziel von mir? Und warum ist der Weg dahin immer unsichtbar? Ein Ziel ist ja immer auch das Ignorieren und Vergessen anderer Ziele.

Ich war auf dem Weg zur Bushaltestelle. Ein Kurzzeitziel. Die Bushaltestelle. Ein Platz, an dem täglich Weichen gestellt werden. Heimkommen und Verreisen geben sich hier die Hände und Abschiedsküsse und Wiedersehensumarmungen. Hier werden Entscheidungen getroffen, aber ich hatte heute einen Weg vor mir, der mir schon bewusst, weil automatisiert war. Es war Sonntag.

Mit mir warteten noch ein paar Ghettokids auf die Linie 7. Das waren so kleine Klischeerapper, drei an der Zahl, und die dialogten sich schwallweise was gegenseitig in die kindlichen Antlitze. Ihre Sprache so undeutlich und faulgrau wie trüber Regen. Verbaler Schlachtabfall. «Ey, was'n, die Bitch hat mich abgefuckt, Alda, dafür bekommt sie ins Maul geschlagen.» Der Typ, von dem diese gewaltverherrlichende Aussage ausging, war allerhöchstens fünfzehn, stark adipöser Fettschürzenträger und irgendwie hautkrank. Er trug einen blauen Adidas-Trainingsanzug, der sehr edel und gepflegt erschien im Gegensatz zum Wortschatz und Denkmuster seines Trägers. Seine wortunterstützenden Bewegungen wirkten wie Spasmen. Die Hand schnellte bei jedem herausgespuckten Wort durch die Leere der Atmosphäre, als wollte er die Luft mit Handkantenschlägen und Fingerzeigen zerteilen. Einer seiner Freunde hob ebenfalls an, die Unterhaltung in Gang zu bringen. «Ey, der Bitch aufs Maul zu geben is doch kacke, Digga. Ey, Mann, man schlägt keine Mädchen.» Der, der das gesagt hatte, sein kleiner, ebenso schlechthäutiger Freund mit größerer Mütze als Kopf und eine dürre Nike-Werbung beklebte Litfaßsäule darstellend antwortete eher pazifistisch, und der Dicke schaute ihn darauf verächtlich an. Neben den beiden stand ein dürrer arabisch wirkender Typ, mit angedeutetem Bartflaum, auch in sportliche bequeme Schnellfickerhosen gehüllt und irgendwas auf dem Kopf, was sowohl Geschenkkörbchen als auch Baseballmütze darstellen könnte. Er schwieg, und der Adidas-Mann sagte dann zu Freund Nike: «Ey, mein Herz is am Bluten wegen der Bitch, Alda, ey, ich mach die Alte Körperkontakt, die alte Zivilistensau. Ey, ich prügel das Mistmädchen, bis sie lacht.» Was da wohl vorgefallen war? Unnachvollziehbar, aber eine Erkenntnis kroch trotzdem zu mir herüber. Das Ghetto hatte Gefühle, wurde mir da bewusst, die Wut regnete mit dem Wortschwall zwischen die anderen beiden Jungs, und die schwiegen und standen cool da, und der Adidas-Adipöse machte wirre Gesten, wie sie ein außer Kontrolle geratener Roboter machen würde, wenn der Akku voll aufgeladen ist, aber keiner sich für seine Kontrolle verantwortlich fühlt. Die Jungs wirkten so alleingelassen mit ihrem Gedankendreck, und der schmächtige Araber sagte plötzlich mit seiner jungenhaft dünnen Stimme was Kluges: «Jungens, ich klatsche keinen Beifall, wenn der Verstand die Schlacht gegen das Gefühl verliert ...» Hatte er das gerade wirklich gesagt? Manchmal unterschätzte ich die kleinen Menschen hier. Der Dünne, diesen wunderbaren Satz ignorierend, sagte: «Sie is'n Opfer, Digga, mach locka, eh, atme durche Hose, asch ma ab und verhalt dich ruhig.» Dabei gestikulierte er beschwichtigend, und der Pommes geblähte Junge trat daraufhin ziemlich heftig gegen einen Mülleimer, der neben dem Wartehäuschen aufgestellt war. «Ey, fuck, ich will, dass alle leiden!» Ein Satz wie aus einem amerikanischen Actionfilm, wenn der Held, dessen Frau und/oder Kind von Bösewichten ermordet worden war, der Welt und ganz speziell den Tätern Rache schwor. Ich ging einen Schritt zur Seite und einen nach hinten und presste mich wurstgleich in einen rechten Winkel der Bushaltestelle. Das sind sie also, die unberechenbaren Zerstörerkids des neuen Jahrtausends. Sie treten Mülleimer aus Liebeskummer um und manchmal sagen sie richtig schlaue Dinge.

Ich sah den Bus kommen. Linie 7. Die zischenden Türen gewährten mir Einlass. Die drei Sportanzugträger ließen sich einige Reihen vor mir in die schmuddeligen Sitze sinken und kommunizierten sofort ohne Unterbrechung weiter. Ich fragte mich, ob diese Kinder wirklich so unberechenbar waren, wie sie medial immer dargestellt wurden, und ob sie noch die Zärtlichkeit zwischen Gewaltangebot und Vollrausch kannten.

Gutes Wetter hatte sich mittlerweile gegen nicht entscheidungsfähiges Tocotronic-Wetter durchgesetzt und frühlingsentsprechende zarte Sonnenstrahlen brachen sich in der Fensterscheibe des Busses, und ich saß sehr weit hinten und starrte auf drei bemützte Schülerköpfe mit der Fragestellung im Anschlag, was in diesen wohl vorging. Der kleine Araber, der diesen einen schlauen Satz gesagt hatte, war wieder zu einem stillen Häufchen Opferbereitschaft geworden, während sich seine Markendesignsportartikel geschmückten Dudes lautstark über das Für und Wider einer Offensive gegen die *heartbreaking Bitch* unterhielten. Der Aufgedunsene erging sich mittlerweile in Gewaltfantasien allerprickelndster Güteklasse. «... Beine brechen und dann in'n See werfen ...», war nur zwischendurch mal zu hören, und der Ausgemergelte wollte immer noch beschwichtigend wirken, hatte aber verbal und verständnismäßig kaum eine Chance gegen den gewaltbereiten Dicken. Ich kramte meinen Mp3-Player hervor und stellte auf *zufällige Wiedergabe*, weil das genau dem Gefühl entsprach, das ich gegenüber diesen Menschen hatte. Der Zufall hatte uns hier hingemacht. Und da war die Wut und da die Beschwichtigung, vielleicht ein Splitter Intelligenz auch und Unmut über so vieles wie auch Unwissenheit über so manches.

Ich sollte eigentlich mitten im Leben stehen, aber ich stand eher daneben, und wenn es hier eine Pfütze Leben gab, in der ich zufällig stand, bekam ich davon allerhöchstens unangenehm nasse Füße. Ich saß stattdessen, also statt mich in der Mitte irgendeines großen Lebens aufzuhalten, in einem Stadtbus und sah aus dem Fenster ins hässliche Antlitz der anonymen Großstadt, die dastand mit ihren vielfältigen Optionen und mich auslachte, dass ich an den meisten nicht teilhaben konnte. Der Bus fuhr, ich machte die Musik lauter und wollte endlich da sein, wo ich hinwollte. Wo das aber war, wusste ich nicht. Ich wusste nur, dass alle Tage gleich lang, aber verschieden breit waren.

Nach etwas mehr als 20 Minuten Busfahrt hatte ich mein Ziel erreicht, draußen eine frische Luft, die man gern ungefiltert in seinen Körper ließ, denn sie schmeckte nach Leben, nach purem Leben, und wenn man nur ewig imstande wäre, diese Luft zu atmen, nichts könnte einem je geschehen. Ich wusste ja, auf was ich zulief, auf etwas, was mit Atemlosigkeit trotz ruhigem Puls zu tun hatte.

Und ich dachte: ein Frühlingstag. Ja, ja, ja, ein Frühlingstag. Der Mai hat seine Mitte erreicht. Doch was bringt die Mitte eines Mais, wenn es so was wie Vergänglichkeit gibt, wenn man von der Mitte eines Mais schon das Ende eines Novembers erkennen kann?

Immer wenn ich dieses Gebäude betrete, umfängt mich die Angst. Es ist nicht so eine plötzliche Angst, also so eine, die kommt, weil irgendwas akut in unnachvollziehbare Unordnung geraten ist, sondern die Angst, die ich fühle, ist konsequenter. Es ist die Angst, nichts festhalten zu können, was wichtig wäre für den Moment. Das Leben fließt runter, ist komplett mit Banalitäten vollgestellt, die es zu umschiffen gilt, wenn man sinnsuchend ist. Unter der Oberfläche, da lebt noch was, was eventuell Bedeutung hat. Unaufhaltsam fallen die Sekunden, unwiederbringbar.

Die Drehtür des Eingangsportals des Seniorenheims *St. Anna* schlurft sich über einen abgeranzten braunen Teppich. Ich drehe mich hinein, in dieses Gebäude, und augenblicklich erfüllen langsam vor sich hinplappernde, teilweise gebrochene Stimmen und ein Automatenkaffeegeruch die Atmosphäre. Alles passiert hier in einer eleganten Langsamkeit. Eine alte Frau in einem grauen, blau geblümten Kleid geht auf einen Rollator gestützt an mir vorbei. Sie geht, wie jemand geht, der zwei Weltkriege überlebt hat. Sie schaut nicht auf, ihr Blick verfolgt scheinbar konzentriert ihre eigene Fortbewegungsart, ihren schleppenden, nach rheumatischer Qual aussehenden Gang. Ich gehe links an ihr vorbei. Die Halle ist voller frischer Luft, die aber schnell von allen Seniorinnen und Senioren weggeatmet wird. Anscheinend halten sich die mobilen Alten immer hier in der Nähe der Tür auf, um noch ein wenig die Außenwelt betrachten zu können und ab und an, wenn sich mal eben die Tür dreht, einen Schwung frische Luft in die Lungenbläschen zu lassen.

Ich ging auf die Anmeldung zu. Frau Overberg. Natürlich. Frau Overberg. Es ist Sonntag. Frau Overberg lächelte. «Sie hat schon nach Ihnen gefragt», sanftmutete ihre Stimme, und ich nickte und lächelte zurück und wusste doch, dass sie log. Ihr Heileweltschmerzausdruck skizzierte ihre mentale Oberflächlichkeit in meine Richtung. Sie trug eine beige Strickjacke, und ihr rotwangiges Frauengesicht erzählte eine Geschichte vom Bluthochdruck. Vor sich hatte sie einen Kuchenteller mit einem halb aufgegessenen Stück Bienenstich, aus dem eine Kuchengabel ragte. Sie war einer dieser Menschen, dieser verdorbenen Helfersyndromfrauen, die sich ehrenamtsbekleidet in einem egozentrischen Hochgefühl suhlten. Sie gehörte zu jener Menschenriege, die sich ihr Herz frei spendeten, ihr Seelenheil in CDU-Politikern vermuteten und eben einen Sonntag «opfern», um an der Anmeldung eines Seniorenheims allsonntäglich ihre frustrierende Freude zu verschleudern.

Ich kannte den Weg, es ist immer der gleiche. Durch den Flur, zwei Etagen treppauf. Und während ich so lief, veränderte sich der Geruch in meiner Nase und die Frequenz der mobilen Menschen, die mir auf dem Weg begegneten, sank rapide. Der Frischluftflavour aus dem Eingangsbereich wich beim weiteren Gehen durch den Gebäudetrakt einem Gemisch aus hochkonzentriertem Urin und einer abgestandenen Gewebewolke. Ab und an hörte ich aus den Zimmern Gestöhne, das Gestöhne alter Menschen, die sich erheben oder umdrehen und denen das zu viel oder zu schmerzhaft wurde.

Im zweiten Stock angekommen hörte ich Frau Bender schreien. «Wota, wota, äh ... wota, wota, äh ...» Frau Bender bewohnte das erste Zimmer auf der linken Flurseite, und ich wusste um ihre Demenz und dass sie seit mehreren Wochen nur noch imstande war, diesen einen Slogan rauszudrücken. «Wota, wota, äh ... wota, wota, äh ...» Aber anstatt dieses Wortgebilde in sachlichem Ton vorzubringen, brüllte Frau Bender diesen in ihrem Zustand wahrscheinlich alles bedeutenden Satz durch den Flur. Ich ballte meine Faust in der Jackentasche, als ich an ihrer Zimmertür vorbeiging; ihr Gebrüll machte mich wütend, ich wusste nicht warum, wahrscheinlich weil ihr Zustand ein so unnachvollziehbarer war und ich jedes Mal mit der Unnachvollziehbarkeit ihres inneren Daseins konfrontiert wurde und vielleicht dafür einfach zu einfühlsam war. Zu viel Empathie würde mich irgendwann töten.

Das war schlimm, dieser Kontrollverlust im Gehirn; das Einzige, was blieb, waren Worthülsen, die alle Gefühle und Gedanken ausdrücken mussten, die doch bestimmt auch Frau Bender noch hatte. Trauer, Wut, Liebe, Demut, Geilheit, alles war «Wota, wota, äh ...», und ich war froh, noch Worte zu haben, die mein diesbezügliches emotionales Nichtklarkommen beschreiben können. Ich hatte Frau Bender schon einige Male gesehen, und wenn man sie sah, dann wusste man einfach, dass in ihrem Leben noch mehr stattfand als eben jene ausgestoßene Dauerphrase. Frau Bender war ein armes Ding in Menschengestalt, so viel Bedarf an Leben sie hatte, so wenig

Möglichkeiten hatte sie, diesen zu entäußern. Die Schreie wurden leiser. «Wota, wota, äh ...»

Zwei Meter weiter stand ich dann vor einer Tür, deren Klinke ich mit schweißnasser Hand umklammerte. Ich hatte immer Angst, diesen Raum zu betreten, obwohl ich ihn jeden Sonntag betrete. Ich gab der Klinke ein wenig Druck, und die schwere Zimmertür öffnete sich nach innen. In diesem Zimmer lebt meine Mutter.

Als ich das Zimmer betrete und die Tür bedächtig hinter mir schließe, tritt ein Geruch in meine olfaktorische Wahrnehmung ein, der sich aus der Melange konzentrierten Eigenurins an Baumwolle und Desinfektionsmittel bildet. Ich rieche Atmosphäre und auch ein wenig das, was von der Mütterlichkeit dieser Frau übriggeblieben ist. Diese Mischung aus chemischer Bakterienvertilgung und der Inkontinenz einer undurstigen Frau, das ist seit fast einem Jahr meine Mutter.

Meine Mutter ist demenzkrank. Dem Gehirn meiner Mutter passiert in etwa das, was einer handelsüblichen Aspirintablette widerfährt, die in ein Wasserglas geworfen wird. Das hat mir ihr Arzt erklärt. Auflösung in Wohlgefallen. Mit dem Gehirn verschwinden auch so langsam alle Funktionen dieses Organs. Zu allererst verabschiedete sich damals ihr Kurzzeitgedächtnis; Schlüssel wurden verlegt, Namen verwechselt, der Herd angelassen und Termine vergessen. Später dann ließ das Denkvermögen als solches nach; meine Mutter vergaß tausendmal zubereitete Gerichte, erinnerte sich nicht mehr an langjährige Freunde, verbrachte tagelang im Kopfdelirium, ohne zu wissen, was eigentlich los war. Dann kam die Diagnose, die sogenannte Alzheimer-Krankheit wurde bestätigt. Der Prozess der Gehirnzersetzung zog dann weitere Kreise, mein tapferer Vater versuchte all das auszugleichen, was ihm schwerfiel, denn er war unfähig, einen Herd oder eine Mikrowelle zu bedienen. Meine Mutter war ohnehin schon immer eine sture Persönlichkeit gewesen, die Krankheit verstärkte dieses Bild noch. Sie wollte in ihrer Küche nicht klein beigeben, die väterlichen Versuche, ihr zu helfen, empfand sie als Schmach und wurden nicht akzeptiert. Mein alter Vater war kein konfliktbereiter Mann, und so passierten einige Unfälle im Haushalt, ein brennendes Hemd unter einem aktivierten Bügeleisen war noch das harmloseste.

Ihr Geist löste sich weiter auf, der Prozess des sich Versprudelns ihres Gehirns war unaufhaltsam. Es gab dann dieses Irgendwann, diesen Erkenntnispunkt, dass es nicht mehr ohne fremde Hilfe ging, und darin wohnte eine Tragik. Wenn ein Sohn erkennt, dass die Frau, die ihn geboren hat, nicht mehr imstande ist, sich selbst zu versorgen, bricht auch von ihm was ab. Essentielle Teile meiner Liebe musste ich drangeben, um zu akzeptieren, was da im Kopf meiner Mutter abging. Mein Herz weichte auf.

Irgendwann als ich bei meinen Eltern zu Besuch war und wir zu Tisch saßen, wusste meine Mutter nicht mehr, was man mit einer Gabel macht. Mein Vater hatte Tränen in den Augen, als meine Mutter den Metallgegenstand vom Tisch aufhob und ihn von allen Seiten begutachtete, ihn aber keiner Funktion zuordnen konnte. Kindlich fragende Mutteraugen sahen mich und meinen Vater an, und auch ich spürte, wie von innen Tränen anklopften. Ich hatte ein Stück Rinderbraten im Hals, das passte ganz gut dahin, in meinen Hals, denn zum Runterschlucken des Fleisches war ich einfach zu traurig. Mich durchweichte eine Schwäche wie ein herbstlich plätschernder Regenschauer. Ich spürte eine unsagbar zerrende Schwermut. Die Unfähigkeit der Mutter zu essen. Ich fühlte mich wie ein durstiger Seemann auf dem Meer: Wasser, Wasser überall, aber nirgends ein Schluck zu trinken.

Sie steht mit dem Rücken zu mir und schaut aus dem Fenster in die Weite. Meine Mutter. Neunundsechzig Jahre alt und von magerer Gestalt. Sie trägt einen rosafarbenen Jogginganzug, der die Dünnheit ihres Körpers bestätigt, dazu braune Pantoffeln. Ihr Blick scheint sich in vor dem Fenster gesehenen Dingen zu verlieren. Ich versuche ein zärtlich zaghaftes «Hallo», doch ich ernte keine Reaktion. Sie starrt weiter in die ihr vor dem Fenster offenbarte Weite. In der reflektierenden Fensterscheibe sehe ich ihre sehnsüchtigen, nassen, geröteten Augen, die auf irgendetwas zu warten scheinen, was es nicht gibt. Auf etwas zu warten, was nicht existent ist, kann einem den Tag retten.

Von draußen dringen gedämpfte Kinderschreie und Autobetriebsgeräusche in den Raum. Irgendwelche Vögel zwitschern, in meinen Ohren eher unbehagliche Zwischentöne. Ich erinnere mich an kindliche Waldspaziergänge mit meiner Mutter, und wenn irgendwelche Vögeltöne zu hören waren, hatte sie immer innegehalten, um mir daraufhin den Verursachervogel dieser Geräusche zu nennen: Rotkehlchen, Amsel, Kohlmeise, weiß der Geier, was da noch so rumgeflogen war. Meine Mutter hatte ihre Kindheit in den 50er- und 60er-Jahren verlebt, da hatte man für derartige Hobbys wie Vogelstimmenzuordnen noch Zeit, und außerdem hatte es auch noch entschieden mehr Vögel gegeben, die die Sache vielleicht interessanter gemacht hatten. Für mich war das nie was, ich wollte mich nicht auf dieses fiese Gefiepe konzentrieren, um dann am Ende als unliebsamer Nerd irgendwo soziophob im Wald herumzukrauchen. Selbst als Kind war mir das schon klar, dass mich diese gefiederten Kleinlebewesen, die den Luftraum bevölkern, nicht die Bohne interessieren. Das wusste ich schon damals, aber meine Mutter blieb davon unbeeindruckt und erklärte mir weiter die subtile Welt der Kleinflugtiere.

«Hallo, Mama.» Ich werde nun etwas lauter, und sie zuckt und dreht sich langsam um. «Ach, der Zeitungsjunge», sagt sie und läuft zögernd schleppend zu ihrem Nachtschränkchen, «warte mal, ich habe was für dich.» Sie zieht die Lade auf und holt eine Tafel Nussschokolade raus. «Da», sagt sie und reicht sie mir, «nimm.» Ich nehme das Teil, immer noch eine gewisse Unsicherheit ausstrahlend, obwohl sie mich schon seit Monaten nicht mehr als der erkannt hat, der ich bin, aber es fühlt sich jedes Mal so entsetzlich schmerzvoll an. Jetzt lächelt sie, als würde sie mich doch als ihren Sohn erkennen, so simpel und voller Liebe, aber so war meine Mutter immer. Jeder, der ihr Respekt und Liebe entgegenbrachte, bekam dies doppelt und dreifach zurück.

«Setzen Sie sich doch.» Meine Mutter rückt mir einen Stuhl zurecht, auf den ich mich langsam niederlasse. Sie selbst setzt sich auf ihr ungemachtes Bett. Es riecht nach Urin. Mir ist schlecht, ein Druckgefühl in der Magengegend kommt hinzu, und auch die Luftröhre wird enger, einfach nur wegen der Augenblicke mit meiner Mutter. Leise fühle ich Kotze aufsteigen, die sich plötzlich in meinem Hals aufhält und da Bitterkeit provoziert. Es gelingt mir aber, den Verdauungsmorast runterzuschlucken, und ich bekomme daraufhin Bauchschmerzen.

Dann beginnt meine Mutter zu reden. Sie erzählt mit nahezu tonloser Stimme, ich erkenne kaum noch die Klangfarbe ihrer Stimme, die mich einst in den Schlaf gesungen oder geweckt hat. Sie redet zusammenhanglose Dinge über Ärzte, andere Bewohner von *St. Anna*, manchmal über ihre Familie, und dann flackert mein Bewusstsein auf und ich lächle in meine eigentlich unbestimmte Trauer hinein, weil ich denke, vielleicht erkennt sie mich, wenn sie von mir redet. Da kommt dann ein wenig Hoffnung in mich, dass gleich so eine Art Schleier vom Deliriumsbewusstsein meiner Mutter fällt, sie einfach aufsteht, mich erkennt und mir irgendetwas Mütterliches gibt. Irgendeine Bewegung, ein Lächeln oder sonst irgendwas Familiäres. Deswegen bin ich hier, wegen der Hoffnung auf Minimalmomente. Aber wir stehen vor einem Abgrund, meine Mutter und ich, und ich weiß, dass sie vor mir springen muss. Sie hingegen weiß nicht mal mehr, was springen ist. «Also wissen Sie, Familie ist total überbewertet, mittlerweile verstehe ich das. Ich habe einen Sohn, und seitdem ich hier im Krankenhaus bin, also seit einer Woche etwa, seitdem hat er sich nicht blicken lassen, ganz allein lässt er mich hier verfaulen, seine arme, alte Mutter.» Sie beginnt zu weinen, und ich habe wieder ein Stück Irgendwas im Hals, was nicht runterzuschlucken ist, weil es keine Konsistenz hat, sondern nur die Atmung verhindert. Lediglich das. Meine Mutter heult wie ein Kind, dem man ein nicht nachvollziehbares Verbot ausgesprochen hat.

Nach einer Minute beruhigt sie sich, weint langsamer, die Intensität der gefühlten Trauer lässt sichtbar nach, nicht aber die der Gesamtsituation. Meine Mutter erhebt sich wieder vom Bett und geht, fast theatralisch, zum Fenster, um wieder hinauszublicken. Wäre dies hier eine Theateraufführung, diese Szene wäre wohl von Kritikern als unpassend pathetisch bemängelt worden, aber das hier passiert wirklich, und es fühlt sich an, wie es aussieht, anonym und grau. Wie immer bei diesen Besuchen meißelt sich der Begriff «Vergänglichkeit» tief in mein steinernes Bewusstsein. Ich sehe meiner Mutter noch beim Hinausstarren zu, sie lächelt und sagt leise, fast monologisierend: «Kohlmeise, haben Sie gehört, da war eine Kohlmeise ...» Ich nicke und sage: «Ja, Mama, eine Kohlmeise ...» Sie starrt weiter die endlose Leere draußen an. Ihre Mimik bleibt gleichbleibend stur, das Starren in die Tiefe des Nichts verlangt ihr anscheinend absolute Konzentration ab.

Meine Mutter ist nicht mehr in sich zu Hause. Wohnt nun woanders. Da ist diese fremde Frau in ihr, die die Gewalt über ihren kleinen Körper übernommen hat; die Hülle meiner Mutter ist die einer übriggebliebenen Entmachteten. Sie ist ausgegangen, irgendwo hin, schon vorgegangen, wo ich ihr nicht folgen kann, weil der Weg über ein sprudelndes Gehirn hinausgeht.

Nachdem ich meine Mutter für ungefähr fünf Minuten betrachtet habe, stehe ich auf, die Schokolade wiege ich in der Hand. «Ich geh dann mal, Mama.» Ich bin ein hilfloses Ding. Meine Mutter schaut weiter aus dem Fenster, und ihr Gesicht ist ohne Ausdruck, ohne emotionale Regung. Krasser Moment, denke ich, unbedingt speichern, falls ich irgendwann emotional so tot sein sollte und nicht mehr weiß, was Leiden ist. Sauerstoff weigert sich, durch meine Luftröhre in mein Gehirn einzutreten. Ich glaube auch, meine Mutter lässt gerade ihren Urin laufen, zumindest riecht es so. Organischer Kontrollverlust. Erst geht das Gehirn aus, dann geht alles kaputt. Jetzt sehe ich es, sie hat sich einen dunklen, triefenden Fleck in den Jogginganzug gepresst. Augenblicklich beginnt es nach Scheiße zu stinken. Körperfunktionen verabschieden sich, Schließmuskel heißen Schließmuskel, weil sie halten sollen, was kommt; bei meiner Mutter werden viele Muskeln und sonstige Körperteile durch Auflösung ihres Gehirns ihrer Funktion beraubt.

Zeit zu gehen, Zeit zu fliehen. Zeit. «Bis nächste Woche, Mama», sage ich noch, um zumindest für mich einen Schnitt hinzukriegen, der sich wie das Ende einer wirklichen Begegnung anfühlt. Meine Mutter schweigt, vollgekackt und gleichbleibend gefühlssteril. Ich könnte ihr jetzt helfen, sie auf ihrer Toilette sauber machen, ihr beim Umziehen helfen, aber ich habe die Befürchtung, dass, weil sie mich ja für einen Fremden hält, die emotionale Belastung für sie zu überbordend ist. Wo ist meine Moral?, frage ich mich dann aber öffentlich anklagend. Meine Mutter scheißt sich vor meinen Augen ein, und ich bin nicht mal imstande, sie sauber zu machen, weil ich mich mittlerweile selbst für einen Fremden halte. Ich glaube, meine Mutter hätte es keine Sekunde ausgehalten, mich im Eigenkot zu wähnen. Das unterscheidet uns anscheinend, dazwischen liegen über dreißig Jahre. Vielleicht ist die Moral einfach abgeflacht, jemand hat sie stumpf gemacht, die Moral, und was jetzt übrigbleibt, ist eine vollgeschissene Mutter, die konzentriert aus dem Fenster schaut. Das Zimmer ist erfüllt vom Scheißegeruch, die rosafarbene Jogginghose hat am Arsch eine anklagende und verfärbte Ausbeulung, und ich will weg, will woanders atmen, will ein Kind sein, das von einem Wald umgeben ist und sich für Vogelstimmen interessiert.

Ich betrete leise und gedankenverzerrt den Flur, in dem es heftiger als zuvor nach hochkonzentrierter Harnsäure müffelt.

Dieser Geruch ist ein gnadenloser Urteilssprecher, er zwingt den Riechenden zur Beschäftigung mit sich selbst. Der Pippigeruch will von mir, dass ich aus ihm lerne, dass ich die Vergänglichkeit endlich endlos akzeptiere, sie walten lasse und mich ins Nichts meiner Existenz fallen lasse. Er führt einem vor Augen, dieser Geruch, dass es nur eines zufälligen Abbaus im Hirn bedarf und schon verliert man die Kontrolle über das, was oder wer man ist, und man wird gewaschen, gefüttert und sauber gemacht. Zwischen konsequent selber scheißen und der Tragik der Unfähigkeit seinen Schließmuskel zu steuern liegen vielleicht einige Millimeter abgebautes Gehirn.

Aus dem Nachbarzimmer höre ich Frau Bender brüllen. Irgendwo fällt eine Tasse runter und das Geschrei von Frau Bender verstummt kurz, nur um dann nach fünfzehnsekündigem Einhalten noch intensiver zu werden. «Wota, wota, äh, wota, wota äh ...»

Die Gehirne legen sich sediert zur Ruhe. Irgendwo klopft jemand gegen eine Tür, als stünde ihm diese im Weg zu einer Art Freiheit, die es zu erreichen gilt. Ein Mann schreit. Ich laufe einige Schritte, da ist das Treppenhaus. Ich habe noch immer den Kot meiner Mutter in der Nase, ich rieche ihre Ausscheidung, als hätte ich mich damit eingerieben. Riecht so Moral? Oder Schuld? Oder unterlassene Hilfeleistung? Da sind noch ein paar Treppen zu gehen, die ich unbewusst nach unten steige.

Ich betrete die Eingangshalle und atme ein wenig. Bewusste Frischluft. Hier ist immer noch ein reges Treiben. Rollstühle, Rollatoren, Eindrücke, Ausdrücke; die sogenannte Kunst an den Wänden erzählt, wie toll Katholizismus ist, und Frau Overberg ist auch noch da und hat den Mund voller Bienenstich. Sie ist vollends und hingebungsvoll mit diesem Stück Kuchen beschäftigt.

In einer Ecke sitzt auf einer Bank ein Mann, der Plattdeutsch mit sich selbst spricht. Es geht um Ackerbau und Viehzucht, und der Mann rechnet sich agrarwirtschaftliche Erfolge aus. Er spricht mit sich über seine Milchviehzucht und antwortet sich permanent selbst, wenn er Fragen dazu aufwirft.

Frau Overberg sieht kurz zu mir auf, ihre Wangen sind ausgebeult und sie kaut schmatzend. Ich nicke ihr zu. Ich stehe eigentlich neben mir und der, der ich nicht bin, nickt Frau Overberg freundlich grinsend zu und sagt so Sachen wie: «Bis nächste Woche dann, ja, sie war gut drauf, hatte viele gute Momente heute, na klar hat sie mich erkannt», und der, der ich wirklich bin, geht auf Frau Overberg zu und zieht sie aus ihrem Anmeldekabuff heraus, um ihr dann den Kuchen aus dem fassadenfrohen Gesicht zu prügeln und ihr die Kuchengabel in die Schweinsaugen zu stecken. In meiner Vision stimmen noch andere Besucher und Bewohner von *St. Anna* in die Overberg'sche Verprüglungsorgie ein. Irgendwann kommt einer auf die Idee, ihr von seinem Blasenkatheter zu trinken zu geben, und da verschmelzen meine beiden Ichs wieder und ich bin an der Drehtür des Vergessens angelangt.

Die paar Schritte, ach komm, die paar Schritte und dann stehe ich da und bin atemlos vor Unglück, und es ist wieder wie erwartet, nein, schlimmer noch, die Kontrolle über alles ist weg, meine Mutter ist auch weg, obwohl sie noch da ist. Sie ist aber nur noch irgendwie da, das, was mal meine Mutter war, ist jetzt eine lebendige, menschliche Ruine, die immer mehr vom Verfall einer großen Krankheit zerfressen werden würde.

Ich stand an der Bushaltestelle und rauchte, als ob der Prozess des Rauchens irgendetwas am Prozess der Vergänglichkeit ändern würde. Nun gut, wenn man den Gesundheitsministeriumswarnungen glaubt, dann verkürzt das Rauchen die menschliche Existenz und beschleunigt den Prozess der Vergänglichkeit. Ich ließ es darauf ankommen.

Der Straßen- und Menschenlärm eines beschleunigten Sonntags drang nicht an mich heran. Wie automatisiert und programmiert war ich die Schritte hierher gelaufen, von der Seniorenwohnstätte an dieses Bushaltestellenwartehäuschen. Überall gibt es diese Stätten und Plätze, an denen man wartet, da drüben auf den Tod und hier nur auf den Bus.

Ich stand neben dem Bushaltestellenwartehäuschen und in meinem Kopf sah es aus wie auf einem großen Bahnhof. Nicht halten wollende, übervolle Züge fuhren durch meinen Schädel und rissen Gedanken mit, die ich gern zu Ende denken wollte; das ging aber nicht, weil alles so schnell und wie automatisiert umschaltete. Es war wieder das akute Gefühl, nichts festhalten zu können, was wichtig für einen selbst wäre, was die eigene Entwicklung vorantreiben könnte, was einen von der Trauer lossagen könnte. Aber der Bahnhof war ein gedankenvolles Haus und alle Züge Schnellzüge, die ich eigentlich alle verpasste. In vielen Gedankenzügen saß meine Mutter und winkte mir aus verschiedenen Erste-Klasse-Erinnerungen zu. Daneben: ich als Kind, ich als junger Mann, ich als der, der ich jetzt bin, ich als ich und ich als jemand völlig anderes. Meine Gedanken glichen einer Highspeed-Diashow, bei der sich jemand auf den Diaweiterschaltknopf gesetzt hatte. Die Bilder flüchteten voreinander, als wollten sie sich gegenseitig überholen.

Das Zischen einer hinteren Bustür, die direkt vor mir Einlass in den öffentlichen Nahverkehr ermöglichte, bugsierte mich unsanft wieder in die Realität. Die Diashow endete mit einem Standbild von mir als Sechsjährigem, hinter mir meine stolze Mutter, die eine ausgestreckte Hand auf meiner kindlichen Schulter platziert hatte. Ein Bild, das mich da berührte, wo es wehtat. In meiner Herzumgebung trübes Wetter und auch die Aussichten für die nächsten Tage sagen: Das Niederschlagsgebiet erstreckt sich über das ganze Herz, aber auch südlichere Organe sind betroffen.

Mein Blick fixierte, gerade aus dem Tagtraum herausgleitend, das Leuchtschild am Bus. Linie 7, alles klar, das war der mittellange Heimweg, vorbei am Industriegebiet, das wie mein Herz aussieht. Und wahrscheinlich auch so riecht.

Ich stieg ein und lief durch den Bus bis ganz nach hinten. Die letzte Reihe in diesen Stadtbussen besteht ja aus einer großen Sitzbank. Das war auch immer jene Bank, wo zur Schulzeit nur die Coolen sitzen durften, also zumeist die Oberstufenschüler, und die verteidigten ihren «Thron der Anerkennung» notfalls mit körperlicher Gewalt. Wenn sich also mal eine kleine Wurst, wie ich sie war, auf diesen Sitz verirrte, dann gab es meistens mächtig eine rein, damit dieser Platz von den Königen der Coolness eingenommen werden konnte. Ich war noch nie ein durchsetzungsfähiger Mensch, gerade bei solch eigentlich stupiden Sitzangelegenheiten gab ich einfach nach, wenn jemand meinen Platz für sich beanspruchte; ich wehrte mich nicht, weil ich ein dünnes, schwaches und auf keinen Fall kampferprobtes Kind war. Aber jetzt hier zu sitzen erfüllte mich nachträglich mit einer minimalen Prise Gewinnerbewusstsein, das war zwar über zwanzig Jahre her, aber dennoch unvergessen. Manchmal bedarf es halt des Abwartens, um auch mal ein wenig den Geruch des Sieges inhalieren zu dürfen.

Ich kauerte mich rechts in die Ecke, kramte meinen Mp3-Player aus der Jackentasche und wollte irgendwas Unsanftes hören, was mich wach hielt und trotzdem emotional ansprach.

Auf meinem Player befanden sich fast ausschließlich derbe Metalplatten, ein bisschen Singer/Songwriter-Zeug, und beim Durchzappen der Titel entdeckte ich alte, derbe Metalmusik, Musik, die ich als Jugendlicher für mich entdeckt hatte und die sich schön konstant, wie eine gute Freundin, an mein Leben schmiegte. Ich war sehr dankbar für diese Entdeckung.

Nostalgie gefolgt von Nostalgie. Diese Musik hatte ich als Sechzehnjähriger unendlich zelebriert. Das war meine Ideologie, jetzt ist es eine blasse Erinnerung, aber auch blasse Erinnerungen sind mentale Wertgegenstände. Stehen so rum, die blassen Erinnerungen, wie Multi-Sanostol-Kinder und warten auf Anerkennung. Ich machte die Musik noch etwas lauter und neben dem apokalyptischen Getrommel, und einer schönen todesnahen Stimme, bemerkte ich, wie ein Splitter Kindheit in mir auftauchte; ganz unbewusst, fast zärtlich zog mich eine Erinnerung zu sich und ich folgte ihr.

Da stand ich dann, im verzerrten und ungenauen Rahmen dieser Kindheitserinnerung, breitbeinig und sechzehnjährig, schüttelte meine dünnen Haare gegen die Unterdrückung durch Schule und Elternhaus und war einfach nur froh, dass Musik sowohl Medizin als auch Droge und Waffe sein konnte.

Wohin mit dem Hass, und woher kommt er, verdammt?

Wohin mit der Wut, und was soll aus ihr werden, wenn ich sie nicht auslebe?

Wohin mit der Trauer, wie viel davon passt in einen Menschen?

Wohin mit dem mir bekannten zerbrechlichsten aller Gemüter, also mit meinem?

Das waren die relevanten Fragen damals, einige von ihnen sind geblieben bis in die Neuzeit, wurden nie wirklich beantwortet, einige von denen habe ich mit Erfahrung beantwortet, andere mit harter Metalmusik. Ich taumelte zurück in die Realität, in der ich in einem Bus saß und die Stadt floss an mir vorbei. Autofahrer, Radfahrer, Fußgänger, der ganze beleuchtete stinkende Ameisenhaufen war unterwegs auf unruhigen Pfaden. Als der Bus an einer Haltestelle stoppte, stiegen Leute ein und aus, doch die waren nicht so relevant für mich, ich war nur noch in mir und der Schlitz meiner Augen, durch den ich die Realität wahrnahm, wurde immer kleiner ...

Das Kinderleben. Ich war eine Kleinigkeit zu klein für mein Alter, aber meine Fantasie war immer imstande, das auszugleichen. Maximal verspielt, so ging es mir gut, mein Kopf war mit allerlei Geschichten ausgestattet, die sich in meinem Bewusstsein drehten. Cowboys, Indianer, Ritter, Piraten, Astronauten, Außerirdische, Polizisten und Verbrecher gaben meiner Spielwelt fantastische, aber dennoch konkrete Gesichter. Aber als Kind weiß man noch nicht, dass so ein Bewusstsein ein Bewusstsein ist und was es kann, dieses Bewusstsein. Ich war gerade sechs Jahre alt. Das Gehirn eines Sechsjährigen sollte nicht mit Schuld beladen werden, nicht so schüppenweise gehörte der Dreck auf meine Existenz geschaufelt. Ich würde gerne fühlen oder denken und Abwendestrategien entwickeln. Meine Umwelt schweigt, ich lerne gerade, auch meine Bedürfnisse nach Verständnis schweigen zu lassen. Ein langer Weg, den kleine, dürre Beine gehen sollen.

Der Indianerstamm hatte gerade einen neuen Häuptling gewählt, als das Telefon im Wohnzimmer klingelte. Mein Vater sprach ernst in den Hörer, und der Hörer antwortete viel zu leise, um die Ernsthaftigkeit begreifbar zu machen. Mein Vater legte irgendwann auf, veränderte seine Miene nur geringfügig, als hätte er einfach nicht so viele Ausdrücke zur Verfügung und wollte demnach keinen verschwenden. Ich sah aber etwas im Vatergesicht, was ich so nicht kannte, wusste aber nicht, was das war. «Opa ist im Krankenhaus, Schlaganfall.» Mein Vater war ein unsensibler Informationsübermittler. Ich weiß noch, in welcher Schrillheit das Telefon geklingelt hatte und in welchem überragend gefühlskalten Ton mein Vater mit irgendeinem seiner vielen Geschwister gesprochen und dann diesen Satz an die Familie weitergegeben hatte, ohne ihn näher zu erklären. «Opa ist im Krankenhaus, Schlaganfall.» Dieses Wort brannte sich in meinen sensiblen Kinderschädel ein und verursachte augenblicklich eine immense Unruhe. *Schlaganfall.* Das klang nach purer Gewalt, nach Niederstreckung, nach jemanden zu Boden reißen und sogar nach nachhaltigem Verprügeln eines auf dem Boden liegenden Körpers. Schlaganfall. Niemand erklärte mir etwas. Meine Mutter, mein Vater und ich setzten uns stumm hin, aßen Brot und tranken Tee, und ich weiß noch, dass der Tee viel zu heiß war und das Brot viel zu trocken und die Stimmung viel zu traurig. Alles schmeckte anschließend nach nichts mehr. Es roch nach kalt werdendem Kamillentee und fühlte sich an wie trockenes Brot. Dass trockenes Brot auch ein Gefühl sein kann, habe ich früh gelernt. Ich fühlte mich wie getrocknetes Graubrot, verfütterbar an Enten, umgeben von undurchsichtigem Schweigen.

Draußen quietschten öffentlich und trotz laut schallendem Stimmengewirr in diesem Raum gut hörbar Plastikräder auf Plastikfußboden und leise verhallten Schritte, die ein Ankommen oder ein Weggehen ankündigen.

Das Krankenzimmer ist voll von Menschen, alle sind sie wieder da. Mein Vater hat sieben Geschwister, alle verheiratet, alle haben sie mindestens zwei Kinder, das sind meine Cousinen und Cousins. Die meisten mag ich nicht. Das Krankenzimmer riecht nach denen, die ich nicht mag, und nach Medizin. Auch ich stehe rum und weiß nicht, warum.

Ab und an bücken sich nach schweißüberdeckendem Parfüm stinkende Tanten und Onkel zu mir runter, kneifen mir in die Wange, heben mich ein Stück hoch, meinen, das gefiele mir, und stellen mich wieder irgendwo anders hin, wo ich nicht sein will. Ich will gar nicht hier sein, hier passiert irgendetwas, was nicht gut ist. Ich ergreife die Hand meiner Mutter, und es macht sich eine Hilflosigkeit breit, die ich nicht kenne und die mich ängstigt. Auch meine Mutter ist in dieser Befangenheit eingeschlossen, ihr Händedruck ist matt und ausdruckslos.

Zentrum der Menschentraube, die meine Familie väterlicherseits bildet, ist ein graues, krankenhaustypisches Pflegebett. Darin liegt mein Opa und sieht aus, als hätte man ihn tief ins Laken geprügelt. Er ist blass und man sieht seine schlimme Dünnheit, das erinnert mich an die Fernsehbilder befreiter Juden aus Konzentrationslagern. Das habe ich mal gesehen und da hatte ich zum ersten Mal eine Vorstellung davon, wie ein mit Haut umspanntes Skelett aussieht. Es war erschreckend. Meine Eltern, die auch anwesend waren bei dieser Sendung, hielten es aber nicht für notwendig, mir zu erklären, warum die Menschen so aussahen und warum sie überhaupt in diesen Lagern waren.

Das ist also ein Schlaganfall. Ich spürte, wie es zitternd in mir arbeitet, wie meine Augen diese ganzen Eindrücke meinem Gehirn zu vermitteln versuchen. Der Kopf sucht nach Ordnung der Dinge. Aber nirgendwo gab es in meiner Erinnerung Vergleichsbilder, außer eben diese Fernsehbilder, die ich auf einem Schwarz-Weiß-Fernseher gesehen habe.

Da lag mein Opa, wie alt er war, weiß ich nicht, und er strahlte eine grausame Grauheit aus, seine Haut so spröde wie rissiger Beton, kaum mehr ein Mund vorhanden, die Lippen hatten sich fast ganz nach innen verzogen. Sprechen, so sagte meine

Oma, die auch im Raum war und direkt neben dem Pflegebett auf einem Stuhl saß, könne er ohnehin nicht mehr seit eben diesem Schlaganfall, der das mit meinem Opa gemacht hatte, was wir nun alle ansahen. Seine Augen waren die ganze Zeit geschlossen, aber unter seinen Augenlidern schien einiges zu passieren.

Ich wunderte mich über den Tennisball, den mein Opa mit geschlossenen Augen von Hand zu Hand rollte, ab und an zudrückte und dann wieder rollte. Diese Bewegung der Hände schien seine ganze Konzentration zu fordern. Ich sah seine blauen Adern auf der knochigen Hand, die immer dann hervortraten, wenn er der gelben Filzkugel Druck gab. Seine Bewegungen waren von einer unaushaltbaren Zeitlupenhaftigkeit. Ich starrte das an, was mein Opa da machte, und es verzauberte mich für einen langsam verstreichenden Moment.

Ich fragte meinen Vater, der hinter mir stand, welche Funktion denn der Tennisball habe, und er versuchte es mir zu erklären. Der war da, weil Opas Gehirn kaputt war, und wenn er das mit dem Ball tat, was er gerade mit diesem Ball tat, dann würde sein Gehirn vielleicht wieder besser. Danach wandte er sich wieder Onkel Helmut zu.

Dann erschrak ich, wurde aus meiner Kinderlethargie gerissen, denn mein Cousin Frank stand neben mir und verhielt sich so, als müsse er zur Toilette, musste er aber nicht, sondern ihm war lediglich langweilig. Diese Tatsache unterstrich er mit einem permanenten Auf- und Abhüpfen und einem unruhigen, ziemlich deplatzierten und irrsinnigen Lachen. Aber das Lachen war ansteckend, ich kannte das Lachen aus der Schule, wo Frank jeden Tag neben mir saß, und wenn er mit dieser Art zu lachen begann, konnte ich nur noch mitmachen. Zur Verzweiflung unserer Lehrerin, Frau Schmidt, die dem lachenden Frank keinerlei Einhalt gebieten konnte. Und wenn er lachte, musste ich immer mitlachen, egal, in welchem Gemütszustand ich mich selbst gerade befand, das Lachen sprang einfach über und ich konnte mich trotz Gedankenverlorenheit nicht dagegen wehren. Mein Körper reagierte automatisiert. Frank roch wie immer nach Kakao, nach kaltem Kakao, eigentlich ein unliebsamer Geruch, aber das Lachen ...

Die meisten Gespräche im Krankenzimmer handelten aber nicht von Opa und diesem Schlaganfall, sondern viele Onkel und Tanten waren einfach froh, sich wiederzusehen, mein Vater sprach mit irgendwem über lokalen Fußball, Onkel Heinz und Onkel Walter verschwanden alle fünf Minuten zum Rauchen, das Kollektiv der Tanten, die sich größtenteils an der Fensterfront des Krankenzimmers aufhielten, verfiel mit meiner Oma in ein heilloses Geschnatter.

Frank und ich lachten schon eine ganze Weile vor uns hin und mein Cousin sprang dabei unruhig durchs Zimmer, was wohl seiner Mutter und auch anderen Tanten missfiel. Meine Mutter bot irgendwann an, mit uns beiden nach draußen zu gehen, und dann machte sie etwas, was ich nicht von ihr erwartet hätte. Sie nahm meinem Opa die Filzkugel aus der Hand und sagte, wir sollen draußen damit spielen. Ich versuchte zu verstehen, was sie da gerade gesagt hatte, und vor allem, welche Bedeutung das für meinen Opa hatte. «Er kommt schon 'ne Weile ohne den Ball aus, Kinder, geht ihr mal draußen spielen», sagte mein Vater noch, als meine Mutter mit Frank und mir aus dem Zimmer ging.

Meine Mutter war wohl auch froh, den vollen, stressgefüllten Raum endlich, wenn auch nur kurzfristig, verlassen zu können. Sie lächelte stumm und wir gingen hinter ihr her zum Aufzug. Drei Stockwerke abwärts und die ächzende Metalltür spuckte uns ins Freie. Durch die Tür und dann gab es da eine Luft zu atmen, die endlich mal nicht mehr Krankenhaus war. Draußen steckte sich meine Mutter eine Zigarette an, und Frank und ich rannten mit Opas Ball, den meine Mutter mir im Aufzug in die Hand gegeben hatte, auf eine Rasenfläche zu. Da war dann alles vergessen und kindlicher Spieltrieb regierte unser Handeln. Fußball. Der kleine Filzball wurde von uns über die Wiese getreten; Frank war etwas übermütiger als ich und ballerte das Teil zehn Meter über die Wiese. Ich lief dann dahin, wo sich das gelbe Filz gutmütig im satten Grün des Rasens abzeichnete. Dann nahm ich die Kugel hoch und versuchte einen Torwartabschlag, und ich hatte die Motivation, den Ball über dieselben zehn Meter zu Frank zurückzuschießen. Er hopste wieder wild auf und ab, meine Mutter hing immer noch ihren Gedanken nach und an ihrer Zigarette, das sah ich lediglich aus dem Augenwinkel. Ich schoss. Der Ball flog weit. Bis hin zu Frank, über Frank hinaus. Dann senkte er sich wieder und kam auf dem Boden auf, dann noch mal, dann verschwand das runde gelbe Filzding aus meinem Blickfeld. Was für ein Schuss! Frank hatte sich bereits umgedreht und suchte im Gras herumkrauchend den Ball. Ich rannte zu ihm. Als ich bei ihm war, deutete Frank auf eine Art Gullideckel, der direkt an die Rasenfläche angrenzte. Das Teil bestand aus vier parallel angeordneten Metallstreben, zwischen denen der Ball locker durchgepasst hätte. Das Dunkel unterhalb dieser Streben ließ keinen Blick in die Tiefe zu. «Da iss'er wohl rein», krakelte Frank und lachte laut, und ich wollte sofort anfangen zu weinen. Der Ball. Opa kann nicht ohne ... sein Gehirn. Ich versuchte, meine Augen zu zwingen, vielleicht doch in der Dunkelheit irgendwas sehen zu können. Vergeblich. Verdammt. Aus dem Augenwinkel sah ich, wie meine rauchende Mutter aufstand und umherblickte.

«Los, Jungs, wir gehen wieder zu Opa hoch.» Meine Mutter hatte ihre Zigarette mit der Fußsohle auf dem Asphalt vor dem Krankenhausvorplatz ausgetreten und atmete noch eine Rauchschwade aus. «Mama, der Ball ist weg.» Ich fühlte mich wie eben jene ausgetretene Zigarette, meiner kindlichen Glut beraubt, zur Nichtigkeit verkrüppelt. Mein Denken war an diesen Ball gebunden und mit ihm in den Gullideckel gefallen. Dumm machende Panik erfasste mich, meinte ich doch, dass dieser Ball für meinen Opa die einzige Rettung wäre, um jemals wieder die Augen zu öffnen. Tränen schoben sich in meine Augen, machten die Sicht auf die Dinge noch uneindeutiger, als sie ohnehin schon war. «Opa kriegt dann einen neuen, kommt jetzt.» Meine Mutter war ungeduldig und leicht gereizt und verstand nicht die Wichtigkeit, die ich mit dem Verlust der kleinen gelben Filzkugel verband. Ich hatte Opas Ball verloren gemacht. Ich spürte eine tiefe Leere, fühlte mich wie eine restlos ausgetrunkene Coladose, die Jugendliche achtlos aus dem Auto geworfen hatten und die nun naturverfeindet und umgebungsunangepasst vor sich hin rostete. Ich ging schweigend hinter meiner Mutter her. Frank fing wieder an zu springen. Sein Hüpfen bestätigte mir die Gleichgültigkeit seiner Empfindsamkeit. Er stank nach kaltem Kakao aus dem Mund, einem Geruch, den ich hasste, der mein Brechzentrum reizte. Er müffelte vor sich hin und sein Gang war der einer besoffenen Gazelle im Nieselregen. Leicht, flüchtig und auf der Suche nach ekelhafter Eleganz.

«... unser tägliches Brot gib uns heute, und vergib uns unsere Schuld, wie auch wir vergeben unseren Schuldigern ...» Alle im Raum murmelten dieses Gebet. Die meisten guckten nach unten, als schämten sie sich für etwas, was gerade passiert war. Wussten sie schon von dem Ball? Meine Oma saß neben meinem Opa und streichelte sein Gesicht. Sein Mund stand offen und seine Augen waren geschlossen. Als wir den Raum betraten, sahen einige kurz auf, mein Vater blickte mich an und hatte rotgeweinte Augen. Meine Mutter hielt die Luft an, Frank lachte und hopste ins Zimmer auf seine Mutter zu, die auch rote Augen hatte und ihm einfach eine knallte. Die flache Hand und das darauf zulaufende Kind kamen kurz in Kontakt und es brach ein Geräusch ins Gemurmel, das Applaus hätte werden können, dafür aber zu kurz war. Frank war dann still, heulte leise und stellte sich vor seine Mutter, die ihre Arme um seinen dünnen Oberkörper schlang. Ich konnte nichts sagen, traute mich nicht zu fragen, was hier los sei, und die Verwandtschaft betete weiter.

«... und führe uns nicht in Versuchung, sondern erlöse uns von dem Bösen, denn Dein ist das Reich und die Kraft und die Herrlichkeit, in Ewigkeit, Amen ...» Ein paar Tanten, die immer noch am Fenster standen, wischten sich mit Stofftaschentüchern Tränen von den dicken Gesichtern.

Ich spürte, dass diese ganze Szene Gigantismus beinhaltete, etwas, was ich nicht hinterblicken konnte, aber dergestalt groß war, dass sich keiner gedanklich an diesen im Raum schwebenden Mythos heranwagte, und weil keiner der Anwesenden irgendetwas zu verdeutlichen versuchte. Für mich hatte dieser Mangel an Greifbarkeit der Situation etwas Gefahrvolles wie auch etwas absolut Interesseweckendes. Da lag mein Opa, mit geschlossenen Augen und offenem Mund, und war der erste Mensch, den ich tot gesehen hatte, und der erste Mensch, den ich mit einem Tennisball getötet hatte.

Wir fuhren schweigend nach Hause. Mein Vater atmete, als würde sein Atem gleich nicht mehr aus ihm herauskommen, als würde die Mundhöhle immer enger und die Luft in ihm immer verbrauchter.

Wir waren draußen, als mein Opa starb. Meine Mutter, Frank und ich, und ich hatte Opas Ball verschwinden lassen. Ich dachte wirklich, ich wäre schuld an dieser kollektiven Familientrauer. Niemand sagte ein Wort, auch meine Mutter, die viel leiser schweigen konnte als alle anderen und die von meiner Panik wegen des Balls wusste, sagte nichts und sah teilnahmslos aus dem Fenster. Ab und zu rauchten meine Eltern und es roch nach Zigarettenqualm, und ich saß auf der Rückbank eines kleinen braunen Opel Kadetts und weinte leise nach innen.

Immer noch ratterte harte Metalmusik auf mich ein und ich öffnete die Augen. Die Musik war laut und ich trotzdem nicht bei ihr, sondern ich hing an diesem Fetzen Erinnerung wie der Schnauzbart am Kegelclubvorstandsvorsitzenden.

Ich sah mich schreckhaft um wie ein kleines Wiesel, das Gefahr in der Nähe spürt und eine Fluchtrichtung auszumachen suchte. Bekannte Umgebung, zumindest eine, in der ich vorher schon mal war. Halb schlafend, fremdgesteuert. Ich bin ein naiver Neverchecker. Das war wieder der Beweis dafür, dass die eigentliche Realität verschwinden kann, wenn man die Augen schließt, hierbei allerdings unter Zuhilfenahme von rasant vorwärts preschender Metalmusik.

Jetzt sah ich die Kennzeichnung der Haltestelle: Kastanienstraße, hier musste ich raus. Der Busfahrer bekam wohl mit, dass ich gedankenverloren auf der letzten Bank schlummerte. Er sah so aus, als wüsste er sonst auch eine ganze Menge, dieser Busfahrer, wie er da so abseits jeder Dienstlichkeit lächelte. Ich hastete stolpernd durch den Bus, mein Rucksack, den ich in der Hand hielt, schleifte auf dem Boden, Metalmusik hatte noch immer meinen Kopf besetzt. Die Augen des Busfahrers begegneten meinen auf eine Distanz vermeidende Art, und sein Lächeln war wie das eines verständnisvollen Sozialarbeiters, der mit einem zusammen eine gottverdammte Drogensucht besiegen wollte. Ich hatte keine Motivation, diesem Blick etwas Gleichwertiges zurückzuschenken. Stufe, Stufe, Bürgersteig, hinter mir zischte die Bustür und das schwere Gerät integrierte sich schleppend in den Straßenverkehr.

Ich hatte noch einige Schritte zu gehen und wechselte erst mal von Metalmusik zu Tom Waits. *I wait, you wait, Tom waits.* Ich schmückte mir das Heimgehen mit einer Filterzigarette und dieser schweren Musik eines alten Mannes, der sich mit seiner zigarettenrauch- und whiskeybeeinflussten Stimme in meinem Gehörzentrum brach und mich zur Langsamkeit zwang. Bewusste Schritte.

«Come with me, together we can take the long way home», so fiel es Waits aus dem Gesicht in meinen Gehörgang. Seine Stimme umgarnte meinen Gehörgang ersatzväterlich. Wenn ich Tom Waits mit meinem real existierenden Vater verglich, war es Waits, der die klügeren Dinge sagte, aber es war mein Vater, der den härteren Ausdruck hatte und zu dem ich mir die Nähe wünschte, die ich zu einer Person wie Waits ja bereits hatte. Ja, der jemand, der mit mir den langen Weg nach Hause ging, der fehlte noch.

Ich lief durch den Hinterhof, es roch, wie es nur hier im Hinterhof riechen konnte, nach verdorbenem Leben in der Ödnis; das Fünf-Parteien-Mietshaus tat sich vor meinem Auge auf und ich schaltete Tom Waits wieder ab, denn ich wusste ja, dass mich etwas Schönes erwarten könnte. Und tatsächlich.

Ich hörte Kai schon wieder Klavier spielen. Kai war mein Nachbar, ein ziemlich guter Musiker, und er hatte dieses Pianoteil, auf dem er formschöne Melodien zelebrierte; der Typ ging nicht arbeiten, aus seiner Wohnung roch es nach Ungewaschenheit und billigen Zigaretten, und wenn ich Kai mal ab und zu im Flur traf, weil er sich aus den Briefkästen, die sich im untersten Hausflur aufhielten, seine Post holen wollte, dann bestätigte sich dieser Eindruck auch optisch. Kai trug meist nicht mehr als eine Unterhose und ein ausgeleiertes Shirt, seine Haare waren ziemlich verfilzt und er roch manchmal nach Verweigerung von Waschgelegenheiten. Aber er war immer mit einer Freundlichkeit ausgestattet, die so frei von Herzen in die Welt schallerte, dass die Betrachtung seiner Ungepflegtheit in den Hintergrund geriet. Kai trug immer Dreitagebärte, manchmal auch Dreiwochenbärte und sehr häufig rot geäderte Augen. Eigentlich lief immer Musik bei ihm, manchmal von Tonträgern, aber meistens war sein Klavier die Quelle des Schönklangs. Und was ich von ihm an musikalischen Ergüssen durch die dünne Wand, die unsere Wohnungen trennte, hörte, fand ich phänomenal. Sehr oft spielte er einfach stundenlang irgendwelche Melodien; wie oft war ich schon bei seinem Spiel eingeschlafen, nicht weil es mich langweilte, sondern weil es so gefahrlos, vertraut und harmonisch klang und man sich in das Bett der aus der Ferne tropfenden Musik fallen lassen konnte mit einem Wohlgefühl, das sich so wunderbar individuell selbstgemacht anfühlte.

Manchmal erkannte ich Chopin oder Bach, manchmal vertiefte sich Kai in jazzige Arrangements, sehr oft hörte ich aber auch subtil schöne weibliche Begattungslaute aus seiner Wohnung. Der Typ hatte wirklich mächtig Erfolg bei den Frauen, er genoss das Privileg, sich wohl durch die Musik, die er am Klavier spielte, in diverse Vaginen Einlass zu gewähren. Ich mochte Kai, auch wenn ich ihn selten sah und es manchmal aus seiner Wohnung nach Leberwurst mit abgelaufenem Verfallsdatum roch. Er spielte so schön Klavier, und die Frauen, die oft bei ihm waren, blieben meist nie länger als eine Nacht, und ich glaube auch, dass er nie Frühstück für sie machte. Manchmal sah ich bildhübsche Frauen das Treppenhaus hinabschreiten, die mit Kai eine Nacht verbracht hatten. Erst Beethoven, dann Betthüpfen.

Kai war etwa in meinem Alter, also Mitte dreißig und von sehr drahtiger Erscheinung. Es gibt ja Leute, die sich nur von Musik und Liebe ernähren können, ich glaube, dass Kai so jemand war. Er war ja eigentlich ein wunderschöner junger Mann, der vielleicht etwas ungepflegt durch sein Leben stolperte, aber ich glaube, er hatte alles, was ihn glücklich machte: Musik und eine Vielzahl ihn besuchender und begehrender Damen. Ein reduziertes Leben. Den Mehrbedarf ausgebremst.

Ich ging an seiner Tür vorbei und blieb kurz stehen. Kai spielte, es war etwas russisch Trauriges, etwas tranig Süffiges, als ob er wusste, welcher Soundtrack zu meiner Befindlichkeit passen würde, wenn ich nach Hause kam. Das Stück war schleppend, die Akkordwechsel abgehackt. Ich wusste nicht, ob eine Frau bei ihm war, wenn ja, musste es wohl eine Osteuropäerin oder Russin sein, eine, die mit so viel Schwermut umgehen konnte. Russische Klassik war ja sehr häufig in dieser Gefühlslage angesiedelt.

Kai spielte mit viel misanthropischem Gefühl, das Klavier fügte sich ganz seiner Stimmung. Die Melodie erzählte viele traurige Geschichten von unerfüllter Sehnsucht und von der Gewohnheit, Liebe zu verlieren und Schmerz zu ertragen, zumindest kam mir das so vor. Ich stand mit geschlossenen Augen vor Kais Wohnungstür und wog mich in dem Rhythmus, den ich glaubte zu erkennen, hin und her. Ich sah grauen Beton, ich sah weinende Menschen, ich sah verschimmeltes Toastbrot, das auf einem grauen Heizkörper lag. Mein Gehirn schickte zufällige Assoziationen in mein schleppendes Bewusstsein, inspiriert von Kais Klavierspiel.

Plötzlich sprang die Tür auf. Ein Windhauch parfümgetränkte Atmosphäre presste sich aus Kais Wohnung, gemischt mit Alltagsfäulnis und dem Geruch nachlässig gewaschener Menschenkörper. Ich öffnete die Augen wieder, die Musik hörte nicht auf und ein rothaariges Mädchen in einem blauen Sommerkleid stand vor mir. Lange Locken umrahmten ein zierliches, puppenartiges Mädchengesicht, das aber ohne Ausdruck blieb. Sie schaute mich trocken an, und ich konnte die Melancholie so schnell nicht von mir abstreifen, also sah ich sie wohl voller Traurigkeit an. Sie ging links an mir vorbei und eilte ins Treppenhaus. Vorher schlug sie noch die Tür zu, was aber Kais Spiel nicht beeinflusste, er klavierte weiter, immer noch diese melancholische Note auf die Klaviatur zaubernd. Die sommerliche Rothaarige war schon unten im Treppenhaus, ich hörte die schwere, alte Haustür, die auf- und wieder zusprang, und kleine, immer leiser werdende Schritte, die das Fortschreiten des Mädchens bestätigten. Kai hörte nicht auf zu spielen, was für eine abstruse Situation.

Gab es Stress? Ich wusste ja, dass die Rothaarige nicht die einzige von Kai Beschlafene war. Vielleicht hatte er ja auch *non-sexual Girlfriends*? Oder eine Schwester? Ich wusste fast so wenig über meinen Nachbarn wie über die schöne rothaarige Frau, die soeben seine Wohnung verlassen hatte. Ich wusste nicht, was ich von diesem Phänomen der vorbeilaufenden, wohlriechenden Frau halten sollte, aber irgendwie befiel mich eine Sehnsucht, immer noch untermalt von Kais wundervollem Pianospiel, nach innig gelebter Liebe.

Kai war bestimmt kein schlechter Mensch, der seine Frauen mit Absicht verletzen wollte, vielleicht konnte er sich einfach nicht entscheiden. Wegen der Vielzahl der Möglichkeiten. Optionale Vielfalt war vielleicht auch das, was ihn in seinem Leben malträtierte, der einzige Leidenspunkt vielleicht. Ich meine, ein Klavier hat insgesamt 88 Tasten und sieben Oktaven, davon 52 weiße und 36 schwarze. Wie konnte sich Kai da entscheiden, welche zu seiner Melodie passten? Er tat dies wahrscheinlich intuitiv, oder weil ihm Notenblätter dabei halfen, aber für die Liebe oder für das, was wir alle dafür hielten, gab es nun mal keine Notenblätter. Kai spielte weiter diese anrührende Melodie, und ich musste weiter, wenn ich hier nicht dem Dufthauch des Mädchens gemischt mit dem Wohlklang des Klaviers erliegen wollte. Fünf Schritte. Meine Wohnungstür. Eine Schlüsseldrehung später war ich da, wo es nach mir roch, und ich liebte die Undurchsichtigkeit und Undurchdringbarkeit dieser Wände.

Ich ließ mich auf mein altes Sofa fallen, vergrub den Kopf in meinen Händen. Wofür eigentlich? Meinen Kopf guckte hier eh keiner an, aber in meinen Händen, stellte ich fest, da fühlte er sich wohl, mein Kopf. Ich ließ ihn also da liegen und streichelte meinen Haaransatz. Stumme Fragen im Kopf, die ich gern herausschütteln würde. Bringt es was, den Kopf gegen die Wand zu schlagen, und fallen dann auch nur die bösen Gedanken raus, wenn sich so ein Kopf öffnet? Welche Relevanz hat überhaupt so ein Kopf?

Es war jetzt früher Abend und ich roch immer noch nach Scheiße. Zumindest hatte ich das Gefühl, nach menschlicher Ausscheidung zu riechen. Das Trauerbild meiner Mutter im Kopf und mehr als ich ertragen konnte auf den Schultern. Gedankliche Gewichte, die mich in den Boden drückten. Diese ständige Konfrontation mit der Vergänglichkeit machte mich traurig, ließ mich selbst irgendwie an einem mentalen Abgrund stehen und runtergucken. Aber da war nur ein Loch, das sich Zukunft nannte. Ich sehe nicht, was niemand sieht, und das ist Zukunft und uncoloriert naturbelassen, bis sie passiert. Ich dachte, ich warte.

Meine Plattensammlung konnte all das verstärken oder auslöschen. Mächtige, heilige Plattensammlung. Mich dürstete nach Egotanz, ich hörte Kai noch leiser und trauriger klimpern als zuvor und wollte dieser Emotion etwas gegenüberstellen. Im CD-Schubfach lag noch die Boa-Platte, nee, das wäre jetzt zu viel, zu intensiv, zu attackierend; ich brauchte plumpes Gehirngedusche, etwas, was mich sauber machte und meine uneffektive Trauer wegsprengte. Ich brauchte einen Bombenangriff auf meine melancholische Befindlichkeit, das Schlechte auszulöschen und den Missmut im Feuer der Sprengkraft vergehen zu lassen. Mächtige, heilige Plattensammlung hilf!

Zwei fürchterlich miese, aber dafür ultrabrutale Grindcoreplatten und eine Dusche später war meine Ausgeglichenheit wieder hergestellt, und ich schaltete von Grindcoremodus auf Normalbetrieb um. Kai hatte mittlerweile aufgehört zu spielen und draußen vor dem Fenster verdunkelte sich der Abend. Ich war so froh über diese Wohnung mit Balkon und trat hinaus in die Stille der mich umgebenden Finsternis, um zu rauchen. Die Ruhe war diese typische Naturruhe, mit Vogelgezwitscher, leichtem Baumrascheln und entfernten Verkehrsgeräuschen. Schön. Da wurde mir bewusst, dass man die allerimposanteste Ruhe nur nach dem allerlautesten Geschrei wirklich gut genießen konnte. Sie war einfach deutlicher, die äußere Ruhe, aber wenn ich die äußere Ruhe manchmal meiner inneren Unruhe gegenüberstellte, dann gewann mein innerer Wellengang.

Nach zwei Zigaretten ging ich wieder rein, las noch ein wenig in einem Woody-Allen-Buch und fand das irgendwie nicht witzig, die Worte, die Zusammenhänge, all das fand meinen Kopf nicht, wurde vorbeigeschleudert an meinem Verständnis, traf nicht mein Bewusstsein. Vielleicht lag es auch an dieser Müdigkeit, die mich seit Kurzem beschattete. Dieser gab ich nun nach und wünschte mir selbst eine gute Nacht, in die ich nun wild entschlossen eintauchte.

Es ist gut, wenn man Leute, die man mag, für sich singen lassen kann. Ich ließ eine Zeit lang gern alte, beizeiten sogar tote Frauen und Männer für mich singen, nur um mich selbst nicht alt zu fühlen. Wenn man sich mit noch älteren Genen umgab, dann war die eigene Vergänglichkeit noch ein Stück dünner, da war doch noch Platz zwischen der Generation der Sterbenden und meinem eigenen Ableben.

Aber jeden Morgen sang mich ein Lebendiger vom Schlaf ins Wachsein. Moby: «... in my dreams I'm dying all the time ...» *Porcellain.* Jeden Morgen erwachte ich mit diesen Worten, die mich zärtlich wachküssen wollten und gleichzeitig Zerbrechlichkeit symbolisierten. Es war der Weckton meines Handys. Jeden Morgen diese Zerbrechlichkeit, die ich so schön finde.

Das Erwachen war gekennzeichnet vom gleichzeitigen Wunsch, in einer Tasse Kaffee zu Hause zu sein. Neben mir lag noch Woody Allen und intellektete mich von seinem Buchcover aus an. Dieser Blick. Diese Eulenbrille. All das machte mir ein schlechtes Gewissen. Ich wollte nicht denken. Über mir hing eine Wolke, aus der immer noch Müdigkeit auf mich regnete, aber ich schaffte es, ihr zu entkommen. Ich hinterließ zerwühlte Bettwäsche.

Es roch nach mir und nach Rauch und schon bald nach Kaffee in dieser Wohnung. Musik ließ ich aus und mich mit meinen Gedanken insoweit pur. Da waren aber keine konkreten

Gedanken, außer eben jene, die mich in den Zustand versetzten, arbeitstauglich sein zu müssen. Mich der wunderbaren Welt des Buchhandels zu widmen. Ja, verdammt, ich verkaufte Bücher. Und häufig hasste ich mich dafür, denn das war so ein Job, der einem einfach so passierte, und ich hatte mich doch immer um Leidenschaft im Leben bemüht und eben nicht um das Unzufriedenheit steigernde Abgehänge in den pseudointellektuellen Gefilden einer Großstadtbuchhandelsfiliale.

Wissen, Halbwissen, Theologie, Belletristik, Philosophie. All das in Regalen und davor befanden sich dann Kunden, die auf der Suche nach wahren, unterhaltsamen oder wissenschaftlichen Wortzusammenstellungen waren. So geht Buchhandel.

Zwei Kaffeetassen und ungefähr dreißig Minuten später stand ich dann auch vor diesem Laden, in dem all die Bücher sich prostituierten. Die meisten von denen standen wirklich in den Regalen wie kleine Nutten, einige laut, andere leise, manche durch Farben oder Titel obszöne Angebote an die Leser ausstoßend, viele schon alt und die Mehrzahl stinkend.

Ich war heute der, der den kleinen Laden aufschloss. Ich bin ja so aufgeschlossen, sagte der Buchladen, nachdem ich den Schlüssel gedreht hatte, und ich wusste, dass er log. Ich ging an der von vielen Menschen mit einem Kniefall bedachten Spiegelbestsellerliste vorbei, ließ sie rechts liegen und machte das Ladenlicht an. Neonröhren tanzten und zuckten und kurz darauf war der Laden in eine unangenehme Helligkeit getaucht. Ich ging an Bücherregalen vorbei, die mir ihre Schlauheit, ihre Erfahrenheit und ihr grenzenloses Wissen entgegenschleuderten, und dann machte ich Kaffee und dann sagte der Tag bereits: Hallo, ich habe dich gefangen und halte dich fest. Und gruseliges Grau wich der Faszination, aus der ein Leben an und für sich gemacht sein sollte.

Die Kaffeemaschine würgte vor sich hin, schwarze schwere Flüssigkeit durch den Filter pressend, und ich fand noch einen Erdnusskeks. Ich genoss die tickende Zeit allein und der trockene Keks war eine entspannte und Nerven fütternde Mahlzeit. Der Keks war nicht mehr der frischste und so war das Geräusch, das er in meinem Gesicht verursachte, ein ziemlich mattes. Statt des zu erwartenden Krachens, das ich mir von diesem Keks erhofft hatte, gab es nur einen matschigen Sumpfton, der ohne Nachhall verklang.

Bald würden die Frauen kommen, dachte ich so bei mir, und dann betrat auch schon die Auszubildende Claudia den Raum. Ihr Parfüm hatte sie schon angekündigt, bevor sie überhaupt in mein Sichtfeld getreten war. Claudia war jemand, die man fast bei jedem Anlass als *overdressed* klassifizieren konnte. Oder als *fashion victim*. Mode schien in ihrem Leben eine übergeordnete Wichtigkeit zu haben, noch vor Dingen wie Bildung oder guten Umgangsformen. Claudia war ein Mädchen, das dachte, man könne Stil anziehen. Und sie machte auch keinen Hehl daraus, dass ihr ihre optische Wirkung wichtig war, obwohl die Grundlage, aus der sie gemacht war, so viel Veränderung gar nicht nötig hatte. Sie war jemand, die sagte, dass ihr *H&M* zu billig und *Esprit* zu gewöhnlich sei, also trug sie ihr schwer verdientes Ausbildungsgehalt zu irgendwelchen Modehäusern und Edelboutiquen, deren Namen alle französisch klangen und somit den Wert der feilgebotenen Schneiderware allein dadurch steigen ließen. «Morgen.» Claudia gähnte sich in den Raum und hängte sorgfältig ihren Mantel an die Garderobe. «Morgen. Kaffee?» Auch ich verhielt mich ihr gegenüber und gerade morgens sehr einsilbig, das entsprach unserer Stimmung. Claudia kramte sich als Antwort eine Tasse aus dem oberen Hängeschrank und stellte sie neben die meine und setzte sich dann auf einen Stuhl. Sie roch nach Zigarettenrauch und Parfüm. Claudia trug ein enges Top und einen schmalen Rock, der sich bis kurz unter den Knien ihrer dünnen Beine entlangzog. Ihr aufgemalter Ausdruck ein trübtassiger. Ich schenkte ihr Kaffee ein, und ihre dünne Stimme presste ein leises «Danke» hervor, und ich nickte ihr zu und schenkte auch mir ein. Andächtig tranken wir in uns hineinschweigend und uns gegenübersitzend die schwarze Flüssigkeit. Blickten uns nicht an, uns verband lediglich der Moment des Schweigens, was ja eigentlich schon viel war. Viel für diese Zeit, viel für uns beide. Es gibt einfach Menschen, zu denen findet man keinen Weg, die findet man nicht mal interessant, wenn sie mit einer Zwergenmütze einen Gemüsegarten beackern oder mit einem Maschinengewehr Lochbilder in Betonmauern schießen. So eine war Claudia. Ich hatte keinen Zugang zu ihr, sie nicht zu mir, kein Magnetismus, nirgendwo. Da war nur dieses Nebeneinanderexistieren und die Akzeptanz der Tatsache, dass da außer einem selbst noch was anderes atmete. Wir schwiegen weiter, der Sekundenzeiger der Wanduhr beschattete unser Schweigen im gleichmäßig gelangweilten Takt und dann ging die Tür auf und Frau Braun schlich ins Zimmer.

Ja, sie schlich wirklich. Ihr Gang raubkatzenartig. So steckte diese elegante Frau von Mitte fünfzig in ihrer Kostümierung. Sie war unsere Chefin, die Filialleiterin dieses kleinen Buchladens, der einer etwas größeren Kette angehörte, aber sie lief nicht wie eine Chefin, sondern wie eine, die ihre Angst hinter ihrer Arroganz und Unnahbarkeit versteckte. Ihren feingliedrigen Leib umspielte ein brauner Rock, und ein grauer Mantel, den sie im Gehen ablegte, gab einen graublauen Rollkragenpullover aus elegant gesponnener Wolle frei. Ihre gespielte Leichtigkeit füllte den Raum mit Leben und auch Claudia wirkte sofort eine Spur wacher.

Frau Braun trug ihre Haare kurz und ihr Make-up dezent. Ihre großen blaugrauen Augen umspielte eine zart geschmiedete, schwarz geränderte runde Brille. Frau Braun wirkte immer wie eine ewig Weltschmerz tragende Kaputtperson in einem Superheldenkostüm, wie eine Frau, die eigentlich gebückter ihr Dasein fristen sollte, die sich aber jeden Tag dem Kampf des Alltags stellte. Sie war eine seltsame Person, die gute Braun, weil ihre Aura und ihr Gang nicht im Einklang waren. Stets schlich sie fast katzengleich lautlos im Laden um die Regale, um manchmal verstört vor Büchern stehen zu bleiben, um dann entweder an ihnen zu riechen oder sie kurz zu umarmen und dann zurückzustellen. Wenn ich das mitbekam, fand ich das immer ein wenig seltsam, ihr schien es ziemlich egal zu sein. Kommunikativ war sie gehemmt, außer wenn es darum ging, Kunden mit aufgesetzter Freundlichkeit die Spiegelbestsellerliste interessant zu labern.

Frau Braun, ja das war also hier so was wie unsere Chefin, nicht mit Dominanz, aber mit Erhabenheit ausgestattet. Sie grüßte distanziert mit einem Nicken und bediente sich am Kaffee, um dann hurtig in den Laden zu schleichen. Noch so eine komische Gangart: hurtiges Schleichen, aber Frau Braun war Spezialistin darin.

Claudia glotzte mich verpeilt an und ich guckte weg. Ein Hin- und Weggucken. Dann leerten wir beide in relativ synchroner Bewegung unsere Kaffeetassen, um uns ebenfalls in den Laden zu begeben. Schleichend, schweigend, kaum Geräusche erzeugend. Wir bewegten uns wie Menschen, deren Befindlichkeiten unerkannt bleiben sollen. Claudia ging zwei Schritte vor mir, ihr wohlgeformter Arsch tanzte und wippte so mädchenhaft beschwingt und das machte mir kurzfristig gute Laune.

Ich tendierte Richtung Computer, den ich ja vorhin schon eingeschaltet hatte, und ging stupiden Verrichtungen wie dem Abchecken von E-Mails von Großhändlern und dem

Katalogisieren von Neuerscheinungen nach. Täglich wurde der Markt überschwemmt von unzähligen Neuerscheinungen und nicht weniger unzählige Verlage versuchten durchs Dickicht der Unauffälligkeit durch Profilierungen jeder Art auffällig zu werden. Manchmal gab es da wirklich Interessantes, sehr häufig aber waren gerade von Großverlagshäusern angebotene «Hits der Saison» oder «Frauenbücher für alle Altersklassen» einfach nur schnödes Wortejakulat und an Austauschbarkeit kaum zu überbieten.

Claudia machte sich an der Kasse zu schaffen und zählte in entspannter Langeweile und in gediegener Langsamkeit Wechselgeld. Ihr Blick war so stupide beim Anfassen und Fallenlassen des Bargeldes. Sie wirkte wie ein zu groß geratenes behindertes Kind, das zu Lernspielzeug, das es in die Hand bekam, erst mal keinen Zugang entwickeln konnte. Aber all das konnte sie anscheinend hinter ihrer overdressten Eleganz verbergen; bloß mich konnte sie damit nicht verarschen.

Frau Braun schleppte einige Kisten an, zunächst das sogenannte Barsortiment, das wurde ja jede Nacht von Großhändlern angeliefert. Sie packte große und kleine Bücher aus, sah jedes mit einem Blick an, wie Eltern ein Kind beim ersten Schultag anschauen, und stellte sie ins Regal, nachdem sie sie auf dem Lieferschein abgehakt hatte. Diese Frau war ein wandelndes Mysterium für mich. So sehr ich wusste, dass Claudia ein mediales und modebewusstes Opfer darstellte, so wenig wusste ich, wer meine Chefin eigentlich war. Was ich wusste, war, dass sie geschieden war, aber ich wusste weder Gründe dafür noch irgendeine Perspektive, die sich für Helena Braun dadurch eröffnen könnte. Emotionales fand hier nicht statt, was ich sehr schade fand und das Arbeitsklima nicht unbedingt sommerlich gestaltete. Hier im Buchladen war immer Herbst, immer war jeder hier auf dem Rückzug in sich hinein, nur wenn Kundenaugen mal freundlich aufblitzten, konnte ein wenig Frühling durch den neonlichtgefluteten Raum schießen.

Die Zeit verstrich mit dem Austausch von Belanglosigkeiten; Frau Braun, Claudia und ich mischten uns in Regale, erklärten Handlungen diverser amerikanischer Unfugsromane, gaben Urlaubsbuchtipps und wickelten Kinderbücher in Kinderbuchgeschenkpapier ein. Und wir grinsten in Gesichter und wogen Münzen in den Händen und lächelten für Geld und Harmonie so falsch es ging, und die Freundlichkeit, so wussten wir doch alle, war nicht unser Arbeitskollege, die Freundlichkeit arbeitete wahrscheinlich beim Militär oder im Schlachthof, hier zumindest nicht, und trotzdem lächelten wir, wahrscheinlich, um diesen Arbeitstag pseudosympathisch zu gestalten.

Das ging ganz gut, und auch dieser Tag verstrich wie seine Vorgänger. Der Scheißkalender war nicht imstande, ein Blatt mal etwas länger als einen Tag bei sich zu behalten. Kein Sekundenzeiger konnte auch nur eine Sekunde stillstehen. Und so verging die Zeit und als geschäftsreicher Tag getarnte Belanglosigkeiten wechselten einander ab. Einen tieferen Sinn konnte ich diesem Verkaufen von Büchern nicht abgewinnen. Es war ein Job, keine Berufung. Um Geschmack ging es hier schon lange nicht mehr. Denn wie sollte eine Arbeit schon schmecken, die einem lediglich eine Miete einspielte, damit man etwas bewohnen konnte, was anderen gehörte? Und man konnte sich versichern, damit, wenn was kaputtgeht an einem selbst oder irgendwo anders, man deswegen nicht sofort verhungern musste. Dafür ging ich täglich an einen Ort, der mehr Unbehagen als Freundlichkeit ausstrahlte. Zwischen den Blöcken aus Arbeit und damit einhergehendem Zeittotschlagen versuchte ich immer noch, so was wie ein Leben zu haben.

Zum Abschied zuckten mir noch einmal die Neonröhren entgegen, die Bücher gingen schlafen, und Claudia und Frau Braun würgten jeweils ein mattes «Bis morgen dann» hervor, was ich jeweils mit einem Lächeln ohne Mehrwert quittierte. Jeder von uns ging in eine andere Richtung davon. Nach Hause. Oder das, was man dafür hält.

So vergammelten mir die Tage unter den Händen wie die Gehirnzellen meiner Mutter in ihrem Kopf. Die Stunden trugen mich durch die Sinnlosigkeit meiner Existenz. Dass der Sinn des Lebens nicht darin bestand, seinen Tag mit Arbeit zu füllen, die einen nichts anging, war mir nach kurzer

Zeit in diesem kleinen Buchladen ins Verständnis getreten. Aber worauf sollte ich dann meine Ziele richten? Was konnte ich mir wünschen, welches Lebenskonzept befand sich in der Nähe meiner Persönlichkeit? Mein Leben war aber durch meine Mutter und durch meine Arbeit und durch simple Gedankenverstrickmuster derart vollgestellt, dass ich kaum an diesen Problemen, die sich mir wie Hochhäuser in den Weg stellten, vorbeisehen konnte. Dahinter verbarg sich mein kleines Leben, die Eigentlichkeit, aus der ich gemacht war.

Es war Sommer geworden, ein seltsamer Mai und ein ebensolcher Juni trieben die Leute in den Buchladen, um Urlaubslektüre zu erstehen. Danach langweilten wir uns einen skurrilen Juli und einen schweißtreibenden August lang und danach wurde es langsam Herbst, die Bäume verteilten was, verfärbten sich, über die Natur war eine quälende Müdigkeit gefallen, die auch zu meiner wurde.

Ich hatte mir, einfach nur als Zeichen, um meine Struktur zu zerbrechen und meine Mutter nicht immer nur an einem Sonntag zu besuchen, irgendeinen Septembermittwoch freigenommen und am Morgen meine Mutter besucht. Sie war ohnehin nicht mehr imstande zu wissen, was ein Wochentag oder ein Kalender war, und ich allein, als denkender Mensch, hielt mich an diese dummen Angelegenheiten, die meinem Leben so viel Struktur wie Müdigkeit einverleibten. Und ich fragte mich, was für ein trauriges Leben ich denn führte, wenn sich schon die Änderung des Besuchstages bei meiner Mutter irgendwie radikal anfühlte. Strukturen zu zerbrechen wird mit der Anzahl der vergehenden Jahre immer schwieriger.

Wie immer war da dieser Flur, trist und trostlos, wie ewiges Toastbrotessen. Ich hätte es hier nicht lange ausgehalten, hätte wohl trotz immenser Feigheit ein offenstehendes Fenster für einen Sprungversuch genutzt, nur um dieser Toastbrotstimmung zu entkommen. Zumindest verschwendete ich daran einige lange und detaillierte Gedanken. Es war bitter und auch der Gedanke, dass meine Mutter nicht mal mehr die Entscheidungskompetenz hatte, in einem offenen Fenster einen Ausgang zu sehen, verbitterte die Situation zusehends. Vielleicht war aber gerade auch ihre Krankheit ein Schutzwall zur Realität, die sie umgab. Vielleicht war ihr Insichkehren, der Rückzug in ihre Person, vielleicht waren diese Aspekte ihre psychische Rettung. Akzeptanz durch Abbau. Das langsame Runterfahren aller vorhandenen Systeme. «Sie können diesen Menschenkörper jetzt ausschalten», wird irgendwann auf ihrem Bewusstsein zu lesen sein, und ein Neustart wird zur Unmöglichkeit erklärt, weil die Software, die zum Betrieb des Systems nötig wäre, nicht mehr vorhanden ist. Gelöschte menschliche Festplatten bleiben zurück, siechen dahin, verenden, verrecken, zerstreuen sich.

Ihr Zimmer roch erneut wie frisch desinfiziert. Meine Mutter lag nahezu regungslos auf dem Bett und ließ ihren Blick durch die Atmosphäre stechen. Der Blick jedoch war scharf wie ein frisch geschliffenes Sushimesser und doch ohne Koordination. Meine Mutter war ein mitleidserregender Anblick, wiederum das Schütten von kiloweise Salz in den offenen Blutkreislauf meiner Empathie. Ihr physischer Zustand hatte sich erneut verschlechtert und sie hatte erheblich an Gewicht verloren. Sie wirkte in ihrem mintgrünen Schlafanzug, als sei sie lediglich eine optische Ergänzung der Bettwäsche. Als sei sie nur eine einst schmucke Überwurfdecke, die ihren Glanz und ihre Farbgebung durch zu viele Waschgänge eingebüßt hatte, und alles, was jemals an ihr gelebt hatte, war schon entsorgt worden. Überführt in ein menschliches Endlager. Der Blick machte mir Angst, und ich erinnerte mich daran, diesen Blick schon einmal gesehen zu haben.

Ich war damals vielleicht drei Jahre alt und hatte mir durch eine zunächst harmlos beginnende Erkältung eine Meningitis eingefangen. Ich lag auf meinem Kinderbett, das Fieberthermometer zeigte über 40 Grad an, ich sah mein Kinderzimmer nur noch wie das Innere eines Aquariums. Wie unter Wasser, so war auch mein kindlich kaputtes Bewusstsein in diesen Krankheitstagen, und ich spürte, wie die Entzündung in meinem Kopf Dinge anrichtete, die man einem Kind nicht antun sollte. Ab und an kam ein Arzt vorbei, unser Hausarzt, der alte Doktor Julius, ein kinderfreundlicher älterer Mann mit einer schweren schwarzen Ledertasche. Ich erinnere mich sehr gut an die Tasche von Doktor Julius und an seinen schweren, fast haarlosen Schädel, in dem sich gutmütige Augen befanden. Dieser Arzt sagte zu meiner Mutter, und ich erinnere mich bis heute an den genauen Wortlaut: «Es steht nicht gut um Ihren Sohn, entweder er stirbt oder er behält eine Behinderung zurück.» Nachdem Doktor Julius meiner Mutter diese stahlharte Wahrheit präsentiert hatte, weinte sie nicht, sondern starrte mich einfach nur an. Und täglich machte sie mir mehrmals Wadenwickel, sprach aber nicht mehr mit mir, sondern starrte mich nur an, und ich, das kranke Kind im Fieberwahn, war zu krank und zu schwach zum Sprechen und sah den leeren und doch angstgefüllten Blick meiner Mutter, der auf mir ruhte. Nach vier solchen Tagen ging das Fieber aber runter, und ich erinnere mich an ein weiteres Detail: blaue Finger. Doktor Julius hatte blaue Finger, wenn er die blaue Plexiglasverpackung vom Fieberthermometer entfernte und sie festhielt. Durch den dunkelblauen Kunststoff sah ich seine Finger blau leuchten, wie ich mir vorstellte, dass irgendetwas gutmütiges Außerirdisches blau leuchtete, und das beruhigte mich, und auch meine Mutter hörte anschließend mit dem Starren auf und behandelte mich wieder wie ihr Kind und gab mir nicht mehr das Gefühl, an ihrer Trauer schuld zu sein. Denn genau das transportierte sie mit diesem Endlosstarrblick in mein Bewusstsein. Ein Blick, auf den ich nichts erwidern konnte außer stumme Hilflosigkeit. «Sterben oder Behinderung», ich kannte mich mit beiden von Doktor Julius in Aussicht gestellten Dingen überhaupt nicht aus, aber alles, was meiner Mutter einfiel, war, mich drei Tage lang anzustarren. Ich war also nicht gestorben, eine Behinderung war auch nicht zu vermerken, aber meine Mutter behandelte mich seit diesem

Vorfall wie einen viel zu kostbaren Gegenstand, der auf keinen Fall irgendeiner Gefahr ausgesetzt werden durfte. Manchmal genoss ich es, später wurde es mir aber zuwider, weil ich bemerkte, dass mich ihr mütterliches Schutzverhalten von Erfahrungen fernhielt, die ein junger Mensch eigentlich benötigt, um ein älterer Mensch zu werden. Aber den Blick, den sie gehabt hatte, als sie geglaubt hatte, ich stürbe demnächst, der hatte sich in mich eingebrannt, und genau diesen Blick glaubte ich jetzt in ihren leergelebten Augen zu erkennen.

Jetzt lag meine Mutter hier, in absoluter Hilflosigkeit und maximaler Pflegebedürftigkeit. Sie sprach auch nicht mehr, und ich saß neben ihrem Bett und sah ihr beim Starren zu. Sie hatte die Augen geöffnet und hätte sie nicht ab und zu schleifende und rasselnde Atemgeräusche von sich gegeben, ich hätte das Schlimmste befürchtet. Sie war noch da, die Hülle meiner Mutter, und jetzt hatte ich augenscheinlich einen Begriff davon, was die Phrase «im Sterben liegen» tatsächlich bedeutete. Sie lag da und ihr Sterben lag auch da, umfing sie und klammerte sich an ihren Leib.

Zehn Minuten vergingen, dann sprach ich leise ins Ohr meiner Mutter. «Mama, schön dich zu sehen.» Keine Reaktion. Ich schluckte und der Desinfektionsmittelgeruch komplettierte den Endzeithorror. Aber ich wollte weiter Gefühl streuen, einfach für ihr Unterbewusstsein. Wer konnte schon sagen, was genau meine Mutter in diesem Zustand noch wahrnahm? Vielleicht hatte sie in diesem Zwischendelirium Bilder vor

Augen, die sich ein Mensch ohne Abbauprozess im Gehirn gar nicht vorstellen konnte, und genoss es gar, in die angebliche Weite zu starren und Dinge zu sehen, die außerhalb meiner Assoziationskraft lagen.

«Mama, ich muss, bis Sonntag.» Und meine Mutter atmete einmal heftig aus, ihr Mund wurde schmal, daraus quoll ein Pfeifton, unbeabsichtigt wahrscheinlich und das musste mir als Antwort genügen. Ich stand auf und beabsichtigte den Raum zu verlassen. Am liebsten schnell, damit es weniger wehtat. So wie man ein Pflaster von einer Wunde abreißt, so gedachte ich zu verschwinden. Dinge, von denen ich wusste, dass in ihnen Schmerzpotential vorhanden war, versuchte ich immer, in überirdischer Geschwindigkeit zu erledigen, weil mich der Schmerz sonst zu Boden gerissen und wie eines seiner typischen Opfer behandelt hätte.

Meine Mutter starrte nach oben. Das Oben starrte zurück, und zwar in unmittelbar gleichförmiger Gelassenheit. Ich ging einige Schritte, das Bild meiner Mutter hatte sich verletzend in mein Bewusstsein geschlängelt, ich hatte diese tristen, grauen, morbiden Momente gespeichert, weil die was von mir wollten, die Momente. Aber das Bedürfnis dieser Momente, die sich in meinen Geist zu schütten gedachten, drang nicht mehr zu mir durch. Aus diesen Momenten bestand dann wohl letztendlich noch meine Mutter.

«Entschuldigung, haben Sie eine Minute?» Eine fette Altenpflegerin, an deren unförmiger Brust die Worte «Frauke Harmsen» und «examinierte Altenpflegerin» auf einem Schild zu lesen waren, passte mich auf dem Flur ab. Sie kam wohl gerade aus dem Zimmer von Frau Bender, aus dem es verzweifelt und vielsagend «wota, wota, äh ...» schallte, und diese Frauke begrüßte mich mit dem Handschlag eines Holzfällers. Ich dachte mir nur so, wenn sie mit dieser Grobmotorik auch Menschen wäscht und pflegt, verstünde ich die Verweigerung der letzten Lebenstage sehr gut. Frauke roch nach Desinfektionsmittel und Eigenschweiß. Eine sehr ungute olfaktorische Kombination.

Ich hatte sie hier schon öfter mal über den Flur laufen sehen und immer wirkte sie wie ein unförmiges Ding, das von Zimmer zu Zimmer hopste, Türen aufriss und in einer derben Sprache alte Menschen volltextete. Sie wirkte wirklich wie ein frustrierter Waldarbeiter, den man irrtümlich in einen falschen Körper gesteckt hatte und der nun, feinmotorisch überfordert, seinem Schaffen nachzugehen gedachte. Nur statt dem Zerlegen von Bäumen war es hier die Aufgabe, pflegebedürftigen Menschen, die in Betten lagen, zu helfen, und ich konnte mir vorstellen, wie es war, von Fraukes groben Händen gewaschen zu werden. Man fühlte sich wie eine Biergartenbank, die an einem Frühlingstag von einer sexuell frustrierten Kellnerin von Vogelkot gereinigt wurde, bevor sie an ihren Platz gerammt wurde.

Beim Begrüßen bemerkte ich auch, dass Frauke nicht nur von kräftiger Statur war, sondern dass eine Stimme in ihr wohnte, die das Bild der hobbyholzfällenden Pflegekraft noch ergänzte. Irgendwas zwischen Lemmy von *Motörhead* und dem Geräusch, das Zugbremsen machen, nannte sie ihre Stimme. Unangenehm, aber interessant. Sie fasste mir Distanz durchbrechend und pseudofreundlich an den Unterarm und sagte: «Also, Sie haben Ihre Mutter ja gerade gesehen, ihr Zustand hat sich weiter verschlechtert, sie reagiert nur noch momentweise und die Ernährungssituation ist wirklich besorgniserregend.» Im Vergleich zu Fraukes Ernährungssituation war mir das klar. «Wir denken über enterale Ernährung nach.» Ihre Augen glotzten mich aus tiefen Höhlen mit Nachdruck an. «Enterale Ernährung?», fragte ich vorsichtig und hatte Frauke damit eine Kompetenz verschleudernde Steilvorlage gegeben. «Wir müssen die Nährstoffversorgung Ihrer Mutter gewährleisten, und da sie nur noch selten selbstständig ist und wir das Essenanreichen aus Personalgründen nicht leisten können, empfehlen wir eine sogenannte Ernährungspumpe. Bei Ihrer Mutter wird ein minimaler operativer Eingriff vorgenommen, ambulant versteht sich, und durch einen kleinen Schnitt durch die Bauchdecke wird ein Schlauch direkt in ihren Magen eingeführt, durch den Ihre Mutter problemlos flüssig ernährt wird.» Bei dem Gedanken an diese Prozedur stieg mir Kotze an den Halsrand, und Frauke unterstützte ihre medizinische Ausführung mit den Worten, dass das ja heute ein Routineeingriff sei und ich die Sache mit meinem Vater besprechen solle, der ja als Ehemann so etwas wie der gesetzliche Vertreter meiner nicht mehr entscheidungskompetenten Mutter war. Der solle dann entscheiden. «Essen wird auf Dauer eine Qual für den dementen Menschen», verallgemeinerte dann Frauke den Zustand meiner Mutter, und spätestens da hätte ich ihr auch gerne ein Loch in die Bauchdecke geschnitten und ihr durch einen Schlauch den Magen aufgeblasen, bis sie geplatzt wäre. Ich kannte derlei Bilder, wie sie mir vorschwebten, aus drittklassigen Comics, aber diese Visionen verlangten nach tatsächlicher Erfüllung. Ich wollte Fraukes Reste als Schmierfilm an der Wand sehen, vermied es aber trotzdem, meine aufkeimende Wut gegen diesen Pflegeflummi zu offenbaren, und sagte nur: «Ok, mal überlegen. Muss mich mal informieren.» Das ärgerte Frauke ein wenig und sie unterstrich den Satz: «Sie tun Ihrer Mutter dadurch einen großen Gefallen», mit einer streichelnden Waschlappenhand, die über meinen Unterarm glitt und mir Gänsehaut verursachte. Ihre Haut an der Hand war sehr hart. Ich nickte Frauke zu, als Zeichen, sie verstanden zu haben, aber in diesem Blick lag auch der Wille, mich aus dieser Situation zu verabschieden. Frauke drehte sich wieder um, um in einem Zimmer zu verschwinden.

Ich wandte mich ebenfalls ab und ging Richtung Treppenhaus. Die Bender brüllte: «... wota, wota äh ...», und ich war heillos überrannt von einer Armee aus Informationen und Gefühlen. Für diese Art von Kampf war ich ein leichtes Opfer. Ich war entmachtet, wie meine Mutter, wie eigentlich alle Menschen von der Vergänglichkeit übernommen werden.

Feindliche Übernahme der Menschen seitens der Vergänglichkeit.

Im Eingangsbereich von *St. Anna* war nicht so viel los wie an den Wochenenden. Auch Frau Overberg war nicht da, sondern ein misanthropisch dreinblickender Zivildienstleistender, der seinen gelangweilten Blick durch den Raum gleiten ließ, als suchte er vergeblich nach Rückständen von Leben darin. Neben der Anmeldung saß auf einer Holzbank ein alter Mann mit einem braunen Cordhut. Er atmete wie eine Schnappschildkröte, und ich dachte, wie schlimm muss das sein, wenn die ganze Atmosphäre voller Atemluft ist, man selbst aber außerstande ist, diese für sich zu nutzen. Sterben geht so. Der Schildkrötenmann guckte mich aus verwässerten Augen an, als wusste er, was sich hinter der unbekannten Wand namens *Sterben* abspielte. Sein faltiges Gesicht verformte sich zu einer Art Lächeln, das ich aber nicht erwidern konnte. Er hatte sein eingespeicheltes Oberkiefergebiss in der zitternden linken Hand und versuchte, die Leichtigkeit des Atmens wiederzufinden. Vergebens schnappte er schildkrötengleich durch den Raum, der Versuch zu atmen sah aus wie der Stress, den ich empfand, wenn ich die Leichtigkeit von Gedanken suchte, aber nur Belastung fand.

Vor dem Gebäude rauchte ich schnell zwei Zigaretten hintereinander weg und der Geschmack im Mund wurde ein vertrauter. Ich ertrug diese regelmäßige Vergegenwärtigung des Sterbens nicht wirklich gut und doch faszinierte mich dieser Aspekt des menschlichen Lebens kurz vor der konkreten Ziellinie. Das Auf- und auch das Verblühen waren zwei Punkte am Menschsein, die große Symbole waren. Ich hoffte darauf, dass das Verblühen nicht wehtat, dass da kein Körperschmerz in meiner Mutter war, sondern nur ein grauer Vorhang, hinter dem sie sich bei Bedarf verstecken konnte. Das wünschte ich ihr von Herzen.

Ich ging einige Schritte Richtung Busbahnhof. Ich wusste nicht direkt, was mein nächstes Ziel sein sollte, und irgendwie fand ich es ungut, jetzt allein zu Hause zu sein. Ich entschied mich dazu, meinen Vater zu besuchen.

Zwischen zu wenig und zu viel Liebe bin ich hier aufgewachsen. Immer irgendwie unpassend, immer gerade der Tetrisblock, der nicht benötigt wird. Ein dünnes Kind mit dichten Gedankenschemen war ich. Eine Kleinigkeit zu befindlichkeitsfixiert.

Nicht Tom Waits öffnete die Tür, sondern ein Mensch ohne Musikgeschmack und ohne Feingefühl für Stil. Der, aus dessen Samen ich gemacht bin, der, der mich gepflanzt hat, der Architekt meiner Genetik. Trübtassiges Grau auf schütterem Haar war das Erste, was ich von ihm wahrnahm, und dann begannen Zellen zu überlegen und erkannten Eigenfleisch; und er, der nicht Tom Waits war, aber den ich mir als Tom Waits wünschte, er lächelte und eine kleine Welt wurde für

Bruchteile von Sekunden heil und rund, tickte aber etwas haltlos daher, aber immerhin, es tickte. Wir waren die salzlose Suppe im Obdachlosenwohnheim Leben.

Er wirkte ungepflegt. Vernachlässigte Rasur und spröde Haut. Er sah aus wie der Künstler, der er nicht war. Feuchte blaue Augen blickten mich durch eine schon in den 80er-Jahren unmoderne Hornbrille an. «Ach Junge, schön, dass du mal vorbeischaust.» «Hallo Papa.» Wir gaben uns die Hand wie Roboter, die programmiert darauf waren, einen guten Eindruck zu hinterlassen, nicht wie Verwandte. Die früher spürbaren genetischen Verbindungsstränge waren brüchig geworden mit der Zeit. Wir sahen uns ja relativ selten, nur wenn ich vorbeikam oder anrief, kam Kontakt überhaupt zustande. Aber es reichte uns beiden.

Er humpelte vor mir ins Wohnzimmer, es sah nach Schmerzen aus und nach Schutzhaltung für einen krummgearbeiteten Körper, und eigentlich kannte ich ihn nur in dieser Gangart, humpelnd, schleifend, zögernd, irgendwas war ja immer. Er ließ sich auf das Sofa fallen, fallen wie einer, der aufgegeben hatte, wie einer, der genau wusste, dass da ein Sofa stand und einem den Arsch vor Arschbruch rettete. Er ruckelte an seiner Brille, lächelte, strahlte halbe Väterlichkeit und halben Verrat aus und räusperte sich in seine Faust hinein.

Mein Vater hatte in seinem Leben aus gottesfürchtigen und moralischen Gründen immer alles gegeben, was er an Körperkraft hatte, um seine Familie finanziell zu ertragen. Das definierte er immer selbst als seine Funktion, obwohl er nie darüber sprach. Aber man sah seine Augen funkeln.

Jedoch war dies kein komplettes Bild von meinem Vater. Das Gemälde, das er war, ging über diesen schnöden Rahmen hinaus. Der Kampf, wie gesagt, der Kampf war sein Ding, vorne an der Front der Arbeitnehmer zu stehen und sich für die gute Sache, die sich Familie nannte, ausbeuten zu lassen. Aber innerhalb dieser familiären Struktur war er stets derjenige, der auf dem Rückzug vor den anderen Beteiligten war. Ich erkannte schon in früher Kindheit seine Mangelliebe zu meiner Mutter und ihr Leiden unter dieser Tatsache. Da ich ein mutterfixiertes Kleinkind war, distanzierte sich sein Herz auch spürbar von mir. Also, nicht dass man dies gesehen hätte, er verhielt sich wie ein Vater, der seinem Kind nur Gutes wollte, der für die Chancen seines Kindes kämpfte und mir das auch sagte. Aber was mir fehlte, war seine pure Liebe, sein Neben-mir-Sitzen, während ich an den Mathematikhausaufgaben verzweifelte, sein Fürsprechen, wenn ich meinen Eltern eine Freundin vorstellte, oder die Präsentation von kindgerechten Schlafliedern. Stattdessen hatte ich einen Vater, der nach einem Arbeitstag schmutzbesudelt heimkam, den Kopf neben einen dampfenden Teller legte und daraufhin in einen Schlaf fiel, den er nicht mehr zu unterbrechen schien.

Mein Vater war ein mental einfacher Mann, einer, der mal ein Mädchen geschwängert hatte und dann bei ihr geblieben war, weil Gott das so wollte. Glücklich war er mit meiner Mutter nie wirklich, sofern ich das beurteilen kann. Er gestaltete mir zwar schöne Dinge mit seiner Heimwerkerkraft (ich erinnere mich da an eine selbstgebaute Skateboardrampe aus Schalbrettern), aber wenn ich mit meinem kleinen Brett über diese Rampe sauste und auf die Fresse flog, war er woanders. Gefühle waren wohl nicht so sein Ding, habe ich mir irgendwann eingestanden.

Wir saßen im Wohnzimmer. Er trug ein blaues Hemd mit Tendenz zur Farb- und Geschmacklosigkeit und offenherzigen Achselschweißflecken. «Erika hilft mir jetzt ab und zu im Haushalt.» Seine Stimme war etwas erkältungsbeseelt und brüchig, sie klang nach der Kombination aus viel Knäckebrot und wenig Mineralwasser. «Erika?» «Ja, Erika, weißt doch noch, die von gegenüber, ungefähr mein Alter.» «Die Frau von Günther?», versuchte ich die nachbarschaftlichen Verhältnisse meiner Kindheit zu rekapitulieren. «Richtig, aber Günther ist seit einem dreiviertel Jahr tot. Lungenkrebs. Starker Raucher.» Mein Vater war jemand, der sich an Fakten festhielt, das merkte man auch an diesem Satz. Er hatte sich eine Ideologie zusammengeschraubt, die aus Sachlichkeit und katholischer Mitläuferschaft bestand, den Ingredienzien der Egokapitulation.

Mein Vater hustete laut und ich hatte immensen Bock auf eine Zigarette, wusste aber, dass mein Vater Probleme mit meiner Raucherei hatte, und zollte dieser Skepsis Respekt.

Und das, obwohl er früher selbst viel geraucht hatte. Ich erinnere mich an brechreizerregende Autofahrten Richtung Nordsee; ich saß hinten, leicht verschimmelnd auf der Rückbank eines alten Opels und vorne rauchten beide Elternteile, und es war heiß und ich hatte Kopfschmerzen und freute mich über jede Aschenbecherausleerpause. Der harte Raucher, der er mal war, war einem Mann gewichen, der wie jemand schaute, dem grad der Kehlkopf wegen dort ansässigem Krebs entfernt worden war, wenn er seinen Sohn mit Tabakwaren sah. Psychischer Druck, aber ich wusste nicht mal, ob mein Vater das bewusst machte, das mit den Blicken. Ich kannte ihn ja eigentlich als einen naiven Mann, der die Sachlichkeit der Dinge jeder Kontrollverlust verursachenden Gefühlsregung vorzog.

Ich versuchte, ein Gespräch zu gestalten. «Ok. Und die Erika kommt jetzt ab und zu vorbei und hilft dir beim Kochen, oder was?» Ich war ein wenig *out of order*, der Tag war bislang ein erdrückend eindrucksvoller gewesen, obwohl ich nur bei meiner Mutter zu Besuch war, und die Gefühllosigkeit meines Vaters und die daraus resultierende Oberflächlichkeit dieser Konversation raubten mir Nerv um Nerv. Wir unterhielten uns wie zwei alte Bekannte, die sich zufällig beim Bäcker oder Metzger getroffen haben und die sich zwar kennen, aber sonst keine näheren Bezüge zueinander aufwiesen. Aber wir waren doch Vater und Sohn und zwischen uns befand sich eine Leere, die jedes Mal, wenn ich diesem Mann begegnete, mein auf dem Boden der absoluten Tatsachen liegendes Herz verprügelte. Da schlug es dann schneller vor Aufregung, das dumme Herz, und schlug und schlug und wollte doch eigentlich synchron mit dem seinen schlagen, aber zu oft änderte sich der Takt aufs Unnachvollziehbarste. «Erika ist eine gute Frau, sie erinnert mich an deine Mutter.» Was war das denn jetzt für ein beschissener Satz? Meine Mutter lag im Pflegeheim, unfähig selbst Nahrung aufzunehmen, und mein gottesfürchtiger Vater ließ sich von einer Frau namens Erika sein Essen auftischen? Mir wurde schlecht, aus gutem Grund wurde mir einfach schlecht. «Ich geh mal Kaffee kochen», sagte ich und war froh, mal vier Minuten allein mit mir in der Küche zu verbringen. «Mach du mal», begleitete die Vaterstimme mein Vorhaben. «Weißt ja, wo alles steht. Hab nichts geändert, seit deine Mutter weg ist.» Ich fragte mich noch kurz, ob das Provokation oder Naivität war, wusste aber nach kurzer Selbstreflexion, dass es sich um Letzteres handelte.

Ich glaube, mein Vater genoss die Abwesenheit meiner Mutter und ihr perspektivloses Ansterben. Er war zu ihrer anfänglichen Krankheitszeit noch wirklich oft bei ihr im Pflegeheim gewesen, aber als meine Mutter dann solche Auffälligkeiten wie Inkontinenz und derbe Stimmungsschwankungen (inklusive herber Beleidigungen) absonderte, hielt sich mein Vater plötzlich stark zurück mit seinen Besuchen. Irgendwann kam er dann gar nicht mehr, fast unbemerkt von allen hatte er sich auf eine langsam ausschleichende Art davongeschlichen. Ich hatte aber das Gefühl, dass dieses Vorgehen für beide passte, dass beide Elternteile ihren beschissenen Frieden darin gefunden hatten, sich nicht mehr sehen zu müssen, sich nicht mehr ertragen zu müssen, sich langsam in eine Art Altersmilde zu vertiefen, so wie es mein Vater tat, oder einfach das Gehirn absprudeln zu lassen, wie es bei meiner Mutter der Fall war. Ihre Ehe erschien mir schon so lange wie eine Art Zwangsmaßnahme, mit der beide zwar ihr Auskommen hatten, aber glückliche Gesichter sah ich in dieser Gemeinschaft nie, immer aber pflichtbewusste.

Der Kaffee blubberte in die schlecht gespülte Kanne. Erika sollte sich schon ein wenig Mühe geben, wenn sie sich um meinen Vater bemühte. Im Nebenzimmer hatte mein Vater den Fernseher angemacht. Es lief eine Gerichtsshow, in der gerade irgendein Jugendlicher was von «Unschuld» rumbrüllte und irgendjemand anderes das als «Lüge» hinstellte. Der TV-Dialog war laut, mein Vater ein wenig hörgeschädigt, aber zu geizig oder zu eitel für ein Hörgerät. Ich hatte in den letzten Jahren viel an diesem Mann akzeptieren gelernt, aber ich spürte immer noch mental-destruktive Erregung, wenn er mir wieder mit seiner gedeckelten, christlichen Schutzhaltung daherkam und nebenbei seine Doppelmoral so offensiv und dumm zur Schau trug, dass sie jeder siebenjährige ADHS-Gestörte mitbekam. Er hatte eine Affäre mit dieser Erika, das wusste ich, und ich wusste auch, dass er mir diese Tatsache verheimlichen wollte. Ich ließ dem alten Mann seinen Glauben, sein Sohn wäre leicht zu verarschen. Der Kaffee war fertig. Vielleicht war ich ja auch leicht zu verarschen, auf ganz tragische Weise?

«Drei Würfel Zucker und ein Schuss Milch, aber nicht umrühren, ich mag das nicht so süß.» Diesen Satz sagte mein Vater vor jedem Kaffee, und immer wieder fand ich diese Aussage fast anrührend witzig, wahrscheinlich war das der einzige Witz, den er kannte, und diese Erika musste ihn sich tagtäglich anhören, und ich war froh, dass ich das nicht musste. Mein Vater wies ein simples, aber bis zum Umfallen haltbares Strickmuster auf. Ich liebte ihn in seiner Konsequenz und ich hasste ihn ebenso dafür. «Drei Würfel Zucker und ein Schuss Milch, aber nicht umrühren, ich mag das nicht so süß.» Mein Vater war wie eine Familienserie in der zehntausendsten Wiederholung.

Wir tranken schweigend, während im Fernsehen ein potentieller jugendlicher Straftäter von einem völlig aufgebrachten Staatsanwalt niedergebrüllt wurde. «... und Sie haben die Frau Denise Schneider wohl im Wald sexuell belästigt ...?» «Nein!», brüllte der Jugendliche, der aussah, als sei er aus einem Hip-Hop-Streetwear-Katalog ausgeschnitten und direkt in die Gerichtsszenerie hineinkopiert worden. «Nein, das hab ich nicht, Sie müssen mir glauben, Herr Staatsanwalt.» Mein Vater lächelte. Das gespielte Leid anderer schien in ihm eine gewisse Freude zu wecken. Wir saßen auf dem alten Sofa und schwiegen wie früher, während der Fernseher die unschönen Gedanken abschnitt, zusammenkehrte und in den Mülleimer des Vergessens fegte.

«Mama bekommt ’ne Magensonde, du musst da hin, zum Unterschreiben», sagte ich dann doch irgendwann zwischen zwei Werbespots für Waschmittel und einen Kleinwagen. «Ja, ja.» Mein Vater wandte seinen Blick nicht vom Bildschirm ab. «Mach ich übermorgen, da hab ich Zeit.» «Wär schön», unterstrich ich die Ernsthaftigkeit dieses Vorhabens. «Ja, ja», wiederholte mein Vater nochmals und schaute mich ganz kurz von der Seite an. Er war wirklich alt geworden, wirkte irgendwie zerrüttet und hilfsbedürftig, wie er da so saß, mit seinem Haushalt überfordert und von dieser Erika bemuttert. In ewigem Hilfsbedarf verweilend. Mein Vater. Er änderte seine Sitzposition ein wenig und sein schräg gearbeiteter Körper machte irgendwas mit seinem Ausdruck, was wie ein Schlaganfall wirkte, aber harmlos war. Nur eine zäh tickende Sekunde sah ich im alten Gesicht meines Vaters ein Kind, das neugierig in die Welt griff, das interessiert am Leben anderer soziale Fäden durch undurchschaubare Räume webte. Dann verschwand das Kind wieder in ihm und zurückblieb ein alter Mann, mehr Brüche als Konzepte sein Leben nennend.

Mein Vater und ich hatten nie diese ernsthaften Gespräche, wie man sie aus gesunden Familien kannte. Nie hatten wir diese abschließenden Ganzkörperumarmungen, die uns als Familienmitglieder hätten kenntlich machen können. Es war immer nur Liebe auf Distanz. Beide hatten wir viel zu tun in unseren Leben und einander lieben war lediglich eine Nebensache, von der ich als Jugendlicher noch mutmaßte, dass sie entweder sinnlos war und gar nicht kam oder aber, dass sie einfach von selbst herbeiflog, ohne irgendein Zutun von einem von uns. Die Liebe aber erschien nicht, blieb versteckt. Ich hatte das akzeptiert und er auch.

Er war einfach nur ein alter Mann, bei dem ich ab und an auf dem Sofa meiner Kindheit rumsaß und der mich einfach nicht überraschen konnte. Er wiederholte stets die gleichen Anekdoten, in seinem Leben geschah auch sonst nichts, was erzählenswert war, so sagte er immer, und ich glaubte ihm das. Die Wahrheit war traurig, aber eben wahr. Ein Monument war sie, diese Wahrheit, und mein Vater und ich hatten viel dafür getan, dass dieses Monument stabil blieb. Ein Denkmal der Trostlosigkeit, unfotogen sondergleichen und aus grauem Beton in die gute familiäre Stube gerammt.

Regenwetter im Wohnzimmer. Herbstzeitlosbude mit immer minimaleren Gewinnmöglichkeiten. Wir redeten kleine Sätze, die nicht unter die Oberfläche des Gegenübersitzenden dringen konnten. Die Sätze waren zu klein, waren kleine Buchstabengemische, die wir auf die Reise schickten ins bröckelnde Verständnis des jeweils anderen. Alles mehr süß als ernstzunehmend, mehr rauchschwadend schadenlos fließend als Substanz vermittelnd. So ging sie dahin, die Unterhaltung.

Und irgendwann entschied ich mich zu gehen, einfach zu gehen, diesen Raum zu verlassen, diesen Mann, bei dem Teile meiner spaltbaren Liebe wohnten, zu verlassen, eine Tür zu schließen, die ich schon so oft geschlossen hatte und doch immer, immer wieder öffnen würde. Da war ich mir sicher.

Hier war Liebe so selten wie Regen in der Wüste, aber wenn es mal leichten Nieselregen gab, stellte ich mich direkt hinein. In den schaudernd machenden Schauer ohne Schirm. Mein Vater konnte es regnen lassen, es gab einige wenige Momente, in denen Liebe aus ihm glitt und ihm keine Regung peinlich war, aber darauf musste man meistens lange warten. Mein Vater war schon immer wie ein Stein in seiner Präsenz gewesen, da, wo er hingerollt wurde, da blieb er, und er strahlte Konstanz und eine gewisse Härte aus. Ich hingegen war in meiner Kindheit und Jugend und auch jetzt als junger Mann wie ein frisch gelegtes Hühnerei, von einer zerbrechlichen Hülle umgeben, ständig auf der Flucht vor der Härte, was mein Leben derart beschleunigte, dass meine Emotionen teilweise Porsche fuhren, während meine Persönlichkeitsentwicklung weiterhin auf einem Fahrrad unterwegs war. Und ich kannte die Wahrheit, denn ich wusste: Eier sollten nicht mit Steinen tanzen.

Ich ging also, verließ noch mal dieses Elternhaus, was ich schon sehr oft und in immer schweigenderer Schlepptrauer getan hatte, ein Elternhaus, in dem nur noch mein Vater in seiner Rustikalwelt überlebte, weil es ihm dort gutging. Er passte bestens in dieses Sofa. Sofa, so good. Ich würde gern diese Erika mal kennenlernen, sagte ich ihm noch, als ich ging, und er nickte und gab mir die Hand, wie nach einem abgeschlossenen Geschäft, und ich fühlte mich wie ein entgleister Zug mit unzähligen verreisenden Gedanken, die alle keinen Anschluss mehr an die Realität bekommen würden. Wir hatten uns fast jeden Körperkontakt abgewöhnt. Handschlag. Feierabend. Abgang Sohn. Ausbleibender Applaus. Eine Geschichte, die jeden Rahmen sprengte und trotzdem unerzählbar blieb.

Als ich dann einige Tage später mit von Kundengesprächsfetzen vollgepesteten Ohren (... was macht der Stuckrad-Barre eigentlich heute? ... in welchem essentiellen Umstand liegt eigentlich der Unterschied zwischen Pop- und Trashliteratur begründet? ... war dieser Nietzsche eigentlich ein Homosexueller?) und schwerem Körper das Treppenhaus hochhastete, hörte ich wieder liebliche Klaviermelodiebögen durch die Atmosphäre gleiten. Ein fröhliches Stück war es diesmal, das Nachbar Kai dort performte, eins, das Tanzen machen wollte, aber auch Gehör forderte durch viele melodiöse Umbrüche. Aber es blieb immer gleichbleibend rasant, und ich stellte mir zehn Finger vor, die von einem zugeknallten Gehirn bedient werden und im Rausch über Tasten rutschen und eigentlich Konzerthallen füllen müssten, aber hier in kleinen Mietwohnungen gefangen gehalten werden. Viele Genies verstauben einfach unter den Umständen ihres Nichtentdecktwerdens. Aber wer machte sich schon die Mühe, jemanden wie Kai zu entstauben.

Den nächsten Schritten durch den Flur, die ich fast zärtlich und bedächtig auf den Industriefußboden setzte, wohnte der Gedanke inne, was mich an einem solchen Abend letztendlich erwartete. Das Woody-Allen-Buch, das ich nicht mochte, konnte ich noch fast als kulturelles und gefühlsprovozierendes Highlight werten. Jetzt bloß nicht allein sein mit mir. Muss ja. Wollte nicht immer der sein, der abgewrackt Heimkommende, der vor dem Fernseher Wegdösende, der vor YouPorn Onanierende, der ewig in sich selbst eingesperrte Romantikgutfinder bleiben. Weg, raus. Meine Muss-ja-Muster wollte ich zerbrechen, den Weg durch irgendwas gehen, mir unbekannte Phänomene begucken, aber: Stillstand. Mein Kopf war ein Minenfeld mit mehr Ideen als Ambitionen darin. Kais Klavier verstummte plötzlich.

Wahrlich, da wohnte etwas in ihm, was geniale Züge hatte. Erst kürzlich hatte ich ihn unterhemd- und jogginghosenbekleidet im Hausflur gesehen, wie er da so die Treppe runtertrabte, alle Eleganz vermeidend, die ein Mensch haben konnte, und in der Hand stinkenden Biomüll, bestehend aus Essensresten und unzähligen Kaffeefiltern. Aber wenn man ihn so sah, dann wusste man doch, dass da irgendwas in ihm schlummerte, was genial anmutete.

Seine Tür öffnete sich. Ich erschrak, weil ich nicht auf sozialen Kontakt eingestellt war. Innerlich wünschte ich mir aber schon welchen. Kais wirr blickende Augen sahen zunächst an mir vorbei, um dann direkt in meinem Antlitz zu landen. Die Flugbahn seiner Blicke war eine beängstigend kuriose, aber letztendlich traf er mich. «Sieh an, der Nachbar», raunzte er, und ich wusste, dass auch er sich mein Gesicht gemerkt hatte. Ich hob leicht die Hand zum Gruß, wirkte wie ein schüchterner Schuljunge mit mehr Minderwertigkeit als Komplexen und sagte: «Hallo, hab dich grad wieder spielen gehört. Gefällt mir übrigens sehr gut, was du da machst.» Kai grinste. «Danke, Mann, ich übe halt. Nicht alle hier im Haus sehen das so wie du. Letztens war der Kemper von unten links da ...» «Der mit dem komischen Pseudofrühlingsgestrüppkranz vor der Tür?» Kai nickte. «Genau der. Der kam letztens hoch und hat sich über meinen *Lärm* beschwert, ich hab ihn wohl während 'ner Volksmusiksendung mit experimenteller Klassik genervt.» Ich kannte diesen Kemper nicht, konnte mir aber vorstellen, was hinter der Haustür, die wie die seine aussah, abgehen konnte. Da war alles drin, von Verwandtenvergewaltigung bis Altnaziasyl. Dieser Kemper spielte sich wohl gern als gutes, gesundes, deutsches Gewissen auf. «Der Typ ist echt seltsam», gab ich schüchtern zu Protokoll. Ich fühlte mich selbst wie ein seltsamer Typ, Kai bestimmt nicht, für ihn schien seine Art von Seltsamkeit eine Art Privileg zu sein, der Schlüssel zu seiner Eigentlichkeit. «Ey, weil ich dich immer zur Toleranz gegenüber meiner selbstgemachten Musik zwinge, hast vielleicht Lust auf'n Bier? Wein hab ich auch.» Auch in dieser Frage wohnte irgendetwas, was Seltsamkeit transportierte.

Ich checkte noch kurz innerlich meine Optionen für den weiteren Verlauf des Abends, wie gesagt, ein halbgarer Woody Allen wartete auf mich und ein jämmerliches Ichselbst vor dem Computerbildschirm, das mir verpixelte Titten preisgab, mit dem Schwanz in der Hand die sexuellen Funktionen meines Körpers austestend. «Sicher.» Ich folgte Kai in seine Wohnung. Ich freute mich unanständig auf diesen neuen Eindruck, den ich mir schon in meiner Fantasie in giftgrün-grauen schimmelpilzartigen Farben auscoloriert hatte.

Kai lief vor mir in die Dunkelheit seiner Dreizimmerwohnung. Zunächst fiel mir ein Geruch auf, den Gemüse macht, wenn man es zu irgendwo zu lange stehen lässt. Es stank nicht wirklich, war auch nicht unangenehm, aber präsent, eben raumfüllend. Und umspielte schummerige Dunkelheit, als ich Kai durch seinen chaotisch vollgestellten Flur in sein Wohnzimmer folgte. Ich sah mich um. Bücher, Platten, Dinge, die Bekleidung, aber auch einfach nur Putztücher hätten sein können, Müll hier, Großartigkeiten kultureller Prägung dort. In der Mitte dieses Raumes präsentierte sich in durchaus auch in der Dunkelheit erkennbarem polierten Schwarz ein Konzertflügel, der in dieser leicht gammeligen Behausung aussah wie Schloss Neuschwanstein, das man mitten in peruanischen Slums neu errichtet hatte. Die Szenerie wirkte, als habe die fettig flutschende Kunst von Joseph Beuys das goldbepinselte Handwerk eines Gustav Klimt gefressen und eben diesen Raum hier ausgeschissen. Die erhabene Schönheit im abgrundtiefen Elend, das stellte dieses Klavier, stellte nahezu der ganze Raum dar.

Auf der Fensterbank flackerten Kerzen, und rotes Wachs tropfte auf den Holzfußboden und baute dort ebenfalls kleine

Gebäude. Zufallskunstwerke, wie sie nur in einem solchen Ambiente entstehen konnten. Kai kramte in der Küche, ich hörte eine Kühlschranktür, die auf- und wieder zuschlug und dabei ein Geräusch machte wie die synchronisierten Fausttrift-Schädeldecke-Schläge aus Bud-Spencer-Filmen.

Diese Wohnung passte zu Kai. Eine Mischung aus Dönerbuden-Backstage-Gammelfleisch-Lagerraum und königlichem Palastfeeling tat sich auf, und ich ließ mich in einen Sessel sinken. «Ey, pass auf, da liegen noch Noten rum», sagte Kai, der mit zwei Bierflaschen in den Händen in das Wohnzimmer kam, und ich fummelte unter meinem Arsch zwei zerknitterte A4-Zettel hervor, auf denen einige wirre Zeichen vermerkt waren. Ich reichte sie Kai, der lächelte und mir im Gegenzug eine kalte, bereits geöffnete grüne Flasche Bier in die Hand drückte. «Reinhaun», trinkspruchte er und trank die halbe Flasche ohne abzusetzen aus. Er rülpste laut durch die durstige Stille und bemerkte wohl meine Unsicherheit in seinen Gefilden. «Wenn du dich hier blöd fühlst, also, wir können auch zu dir rübergehen ...» «Nee, passt schon, alles cool hier, brauch nur immer ein bisschen, um mich an neue Umgebungen zu gewöhnen.» Ich trank und sah mich um. Kai war wieder aufgesprungen, um in seinen Vinylplatten zu wühlen, die in ungeordneten Kisten auf dem Holzboden standen. Er kramte einige Platten hervor. «Will dir mal was vorspielen», sagte er so vor sich hin und legte eine der schwarzen Scheiben auf den Plattenspieler, und nach einem nostalgischen Knistern fluteten harmonische Streicher das

Bild der Musik und eine massive Pauke taktete das und dann kam ein Piano rein und Kai rief: «Das bin ich, Alter, meine alte Band, kacke, war'n wir geil ...» Er freute sich wie ein kleines Kind, das zum ersten Mal seine Schuhe selbst zugebunden hat und die Erwartung von Mutterstolz durch Blicke und Kopfstreicheln erfüllt bekam. «Schöne Harmonien», ergänzte ich, obwohl ich nicht wusste, was Harmonien eigentlich waren, weder in irgendeiner Art von musikalischen Arrangements noch in meinem Restleben.

Plötzlich schmeckte auch das Bier besonders gut und nach vier weiteren und endlos vielen Kippen wusste ich, dass Kai klassisches Klavier studierte, an einer postmodernen Befindlichkeitsoper arbeitete und, was ich ja bereits geahnt hatte, gepflegten und ungepflegten sexuellen Kontakt zu allerlei weiblichen Schönheiten pflegte. Das mit den diversen Frauenbekanntschaften klang für mich wie eine ohne Arroganz oder Selbstüberschätzung gelebte Selbstverständlichkeit. Kai war fürwahr kein schlechter Mensch, der seine Geliebten auszunutzen pflegte, sondern er war einer dieser seltenen Männer, denen halt einfach wegen ihres innewohnenden musischen Genies und ihrer speziellen Art speziell gut auszusehen sexuelle Avancen gemacht wurden. Kai legte nicht viel wert auf seine optische Erscheinung und trotzdem war er einfach schön. Seine Bewegungen waren grazil und in jeder Geste, die er in den Raum warf, konnte man den edlen Pianisten erkennen, der er eigentlich war; er, der er eigentlich nicht über sich reden wollte, sondern einfach nur Klavier spielen wollte. Der geniale Simplicissimus. Kai war jemand, der den Zwischenraum zwischen intellektuellem Wahnsinnigen und postmodernem Bohéme gut auszufüllen vermochte.

Des Weiteren gab er Klavierunterricht, aber nur für Frauen mit kleinen Händen, wie er betonte, und spielte noch in einer Free-Jazz-Band. Sein Musikgeschmack wie auch sein Musikwissen waren quasi unbegrenzt, was mich sehr beeindruckte. «Ernst zu nehmende Rockbands sollten nicht *Itchy Poopskid* heißen und sich auch nicht so anhören», sagte er irgendwann, und das Bier war alle und der Weißwein rundete die Sache ab, war aber auch schon egal, die Geschmacksnerven waren mit kulturellen Begebenheiten beschäftigt. «Ja», ergänzte ich das Gespräch über miese Rockbands, «und Mando-Diao-Mädchen sind einfach nur mittelmäßig im Bett.» Kai lachte. Ich grinste und war endlos froh, hier gelandet zu sein. Im Hintergrund lief eine ABBA-Platte. Irgendjemand sang: «... the winner takes it all ...» Die Unbegreiflichkeit von Popmusik, und wir fühlten uns wie gesüßte Erdbeeren in einer Welt aus Zuckerwatte.

Ich rauchte. Kai rauchte. Wir hüllten einander in künstlichen Nebel und fühlten uns so elegant wie charmant dabei. Anderthalb weitere Flaschen Wein vergingen und die Lustigkeit wurde von einer heimtückischen Melancholie abgelöst, und nach zwei weiteren verglimmenden Zigaretten und einer grandiosen jazzigen Raumbeschallung erzählte ich ihm von meiner Mutter und der Intensität, die ihre Krankheit in mein Leben trug. Ich erzählte Kai von der Aufdringlichkeit und Daueranwesenheit der Vergänglichkeit, und es war eine Wohltat, einfach zu reden und Gefühl an eine andere Person treten zu lassen. Das war irgendwie lange her, dass ich dergleichen zuletzt getan hatte. Aber die unwiederbringbaren Gehirnzellen meiner Mutter und die emotionale Widerstandsfähigkeit meines Vaters gepaart mit der Tristesse meiner täglichen Arbeit waren schon graue, fiese und vor allem raumfordernde Monumente. Diese Denkmäler zeigte ich Kai, ich zeigte ihm ein kleines, wehrloses Leben, das meines war; der Alkohol und die anmutende Lockerheit der Situation ließen meine Gedanken entgleisen, aber das war gut so, entgleiste Gedanken artikulieren zu können, denn ich hatte das Gefühl, dass diese verstanden wurden.

Irgendwann endete meine Ausführung mein Leben betreffend und danach kam eine leise Stille, die in unsere Köpfe flog, nicht unangenehm, sondern einer Wohltat gleich. Der nasse Waschlappen auf der Stirn des fiebernden Jungen. Dass man es mit guten Menschen zu tun hatte, merkte man erst, wenn man gemeinsam erfüllend schweigen konnte.

Kai erzählte noch, wie er sich alles an musikalischer Vielfalt, was sich in ihm regte, selbst draufgeschafft hatte. Seine bereits verstorbenen Eltern wären beide typische Vertreter des Proletariats gewesen, ähnlich meinen eigenen Eltern. Förderung im Bereich Musik hatte nie stattgefunden, aber Kai erzählte, wie ihn Spaziergänge, die an einem bestimmten Instrumentenladen vorbeigeführt hatten, manisch elektrisiert und er jedes Mal diesen Laden auch hatte betreten müssen. «Herr Weber, so hieß der Typ, dem der Laden gehörte, das war voll der schrumpelige Alte, aber der hat mich seine Klaviere anfassen lassen, und durch anfängliches Klimpern ist dann irgendwann Verständnis für Noten und dann das Darüberhinausdenken entstanden», beschrieb Kai die Anfänge seiner Genieentfaltung. Dann sei «alles Schmetterling geworden», so Kais wundervolle Metapher für die Entpuppung seines Talents. Nach dem Abitur dann das Klavierstudium und die Teilhabe an diversen musikalischen Projekten.

Kai schenkte Wein nach und erzählte mir von einem Mädchen namens Johanna, das ihm vor einigen Jahren nicht nur das Herz gebrochen, sondern mehr damit gemacht hatte. Sie hatte es ihm amputiert, erfrieren lassen, es wiederbelebt, es zerschnitten, es zusammengenäht und reanimiert, es kaputt getreten und dann erneut wiederbelebt und irgendwann auf einem Haufen Fremdmitleid verbrannt. Er litt immer noch unter dieser Frau, so sagte er, dieser Unerreichbaren, ihn zutiefst Anrührenden. Beim Erzählen bekam er kleine rote Augen, aber es war ja auch schon spät und der Weißwein wirklich lecker. Johanna sei die Frau, für die er sterben würde, sagte er in einem Ton, der mir selbst in unserem angetrunkenen Zustand die pure Ernsthaftigkeit seiner Worte vermittelte. Andere Frauen, so Kai, hätten nicht den Hauch einer Möglichkeit, in seine Welt zu treten, solange es diese Johanna in selbiger noch geben würde. Sie war wohl wegen eines anderen gegangen und hatte ihn lange hingehalten, ihn leiden lassen, am ausgestreckten Mädchenarm verhungern, und Kai hatte eine Leidensfähigkeit, die er sich selbst kaum zutraute. Alle Frauen, die ihm heute begegneten, maß er an ihr, und keine wurde ihr auch nur im geringsten gerecht. Kai geriet ins Schwärmen, erzählte von durchgefickten Nächten an abgelegenen Stränden, von einer Philosophie, die über menschliches Denken hinausging hinein in pures Empfinden, in puren Herzschlag. «So muss eine Liebe sein», beendete er seine Ausführung, und vor meinem geistigen Auge hatte er seine Traumfrau hingestellt, und ich war angerührt von seiner Liebesfähigkeit. Meine hatte ich nämlich auf dem Weg meines kleinen Lebens eingebüßt, sie befand sich irgendwo, wo ich nicht einfach so hingelangen konnte. Irgendwo hatte ich sie verloren, die Liebesfähigkeit, hatte sie wohl an irgendeiner Garderobe hängen lassen, auf irgendeiner Party vergessen, wie einen Regenschirm oder eine Jacke. Die Realität meiner Liebe sauste an mir vorbei und alles sah aus wie der Blick aus dem Fenster eines fahrenden ICEs. Wo sich Grün und Blau vermischten zu einem Reiz überflutenden Gesamtspektakel. Befindlichkeitsdesign durch Alkohol und unsere Kunstwerke sind die Schönstmöglichen. Und doch so sensibel zerbrechlich. Vielleicht gerade auch deswegen ...

Wir tranken weiter. Noch eine Flasche Weißwein, der mild und perlig meine trunkene Kehle hinabstolperte. Der Wein selbst verhielt sich in mir wie ein trunkener Hooligan, der durch eine aufgetretene Tür in mein Bewusstsein trat. Kais

Wahrnehmung war auch schon ziemlich lädiert vom Alkoholgenuss. Unsere Augen wurden kleiner, aber wir waren maßlos froh, uns an diesem Ort so intensiv begegnet zu sein. Wir pusteten weiter Rauchschwaden durch Kais Rauchschwaden gewohntes Wohnzimmer. Das Klavier stand da, stand mitten im Raum und wartete auf irgendwas, vielleicht auf die Berührung durch musikalisch talentierte Hände oder auf eine Axt, die es endlich zerteilte, weil man die Intensität des Lebens, der Liebe und der Kunst einfach nicht mehr aushielt. Das restliche Inventar stand idiotengleich um das Klavier herum, war nur klein, nicht mit Emotionen belegt. Aber das Klavier war der Gott aller Möbelstücke. Nein, es war kein Möbelstück, es war ein Ding mit Seele, wurde mir bewusst. Schon oft hatte ich aus ihm gepresste und von Kai offenbarte Emotionen bis in meine Wohnung schwingen gehört. Manchmal an diesem trunkseligen Abend sah ich Kai sein Instrument anblicken, und zwar in der Art, wie ein Vater sein Kind anblickte, wenn es gerade gestürzt war und nun umfangender, tröstender Arme bedurfte. Ich glaubte, eine Art Hassliebe in seinen Augen zu erkennen, die ungesunde Kombination aus unmittelbarer Genialität und dem Zwang, diese auch zu benutzen. Darin konnte auch immer eine Tragik wohnen, wurde mir bewusst.

Es war garantiert schon drei Uhr, als ich mich aus zwanghaften Vernunftsgründen (Sklaverei der Lohnarbeit) dazu entschloss, mein Bett aufzusuchen. Ich bezweifelte noch stark meine morgige Arbeitsfähigkeit, und Kai, der so frei war, wie ein unbeschriebenes Blatt eben leer war, lachte laut durch seinen Raum, und wir rauchten noch eine Schweigezigarette. Ich ging ungern, dieser Abend hatte mich wieder an die Existenz großartiger Gedanken und Schöngeistigkeit mit gleichzeitigem Intellekt glauben lassen.

Als ich dann endlich in meinem Bett lag, war mir schwindelig wegen der Kombination aus Gedanken beschwerenden Getränken und Netzhaut trübendem Rauch. Der Raum drehte sich um mich, Möbelstücke tanzten an mir vorbei und zwischendrin Kais Augen und auch seine Worte. Aus der Nachbarwohnung hörte ich traurige Klaviermusik, die mich aber beruhigte, so sehr beruhigte, dass sich eine imaginäre Hand unaufdringlich auf meine Stirn legte, die alles Schlaf störende Übel von mir runterwischte. Mit einem gezielten und vor allem effektiven Handstreich. Und das Übel lag dann vor mir auf dem Boden, unfähig von mir Besitz zu ergreifen, ferngehalten von Klaviermusik, die mich bestürzte, aber mich auch beschützte. Ich schlief steingleich ein, umwoben von diesen wundervollen Klängen, um am nächsten Morgen schmerzfrei zu erwachen. Da lag etwas auf mir, was ich lange nicht beim Aufwachen auf mir gefunden hatte, und es war: ein Lächeln, das Lächeln der Möglichkeit des Fluchtversuchs aus dem Wahnsinn.

Ich war nun regelmäßig Kais Gast. Zweimal die Woche mindestens wurde aus zwei Individualisten ein Team, das nicht zurückhaltend mit der Weitergabe und der Veröffentlichung von gelebter Emotionalität war. Aber immer wieder hörte ich auch weibliche Stimmen in sexueller Erregung aus seiner Wohnung herüberschallen, das waren dann die Tage, die ich bei mir verbrachte, alte Platten hörte, stupide Dinge im Fernsehen verfolgte und irgendwelche uninteressanten Bücher las, von denen ich mir mehr erhoffte, als sie letztendlich hergaben. Celebration of Weltschmerz, ja, ja. Aber der junge Mann von nebenan brachte Hoffnung in mein Leben.

Der Herbst verging mit dem Verwelken der Dinge, dem ausdruckslosen und alljährlich wiederholten Rückzug der Natur. Es roch nach dem kalten Absterben der Sachen, die einen umgaben; was fruchtlos war, würde auch die nächste Zeit über fruchtlos bleiben. Wenn das Universum sich schlafen legt und der Mensch aber wach bleiben muss, das sind schlimme und zumeist kompensationsunfähige Momente.

Über Nacht war eine Art spröder Winter in die Landschaft eingedrungen, aber kein weißer, verstörend schöner, sondern ein komplett kompetenz- und farbloser. Ein Arbeiterwinter, kein Modewinter. Es war einfach nur klirrend kalt geworden; in den Wohnungen hielt man sich aus einem gewissen Schutzbedürfnis auf, das einem sein eigener Körper mitteilte, der immer meint, dass eine warme Umgebung einer kalten vorzuziehen sei. Täglich aber wagte ich mich hinaus in diese Kälte, um meinen Arbeitsvertrag zu erfüllen. Das Verkaufen von Büchern hatte viel Raum in meinem Leben eingenommen, und ich wusste keinerlei Strategie, wie ich mir diesen zurückerobern konnte und ob es das überhaupt wert war, sich in diesen Kampf einzulassen. Was konnte ich denn sonst noch so außer Buchladen. Ich war ein eingestürztes Haus, unter dessen Trümmern viele Talente begraben lagen, aber weil Krieg war, machte sich niemand daran, diese Trümmer beiseitezuschaffen, um diese Talente zu retten, zu reanimieren oder erst mal überhaupt zu entdecken. Und ich selbst hatte dafür keine Zeit und kein geeignetes Werkzeug.

Der kleine Buchladen. Unendliche Weiten, vermutete Tiefen. Und alles begann wie immer, hatte also irgendeinen Anfang und schlich sich als Strich durch die Zeit. So ein Arbeitstag, den man sich im Koordinatensystem vorstellt, ist immer irgendwo knapp über der Nulllinie des Lebens angesiedelt.

Irgendetwas hielt mich wach an so einem Arbeitstag und irgendwann erkannte ich, dass es mein Pflichtbewusstsein war. Das hatte ich von meiner Mutter, eine schon zu Lebzeiten vererbte Eigenschaft, die an mir klebte wie ausgerotzter Kaugummi an einem Turnschuh. Nur das Bewusstsein, einen Arbeitsvertrag zu haben, mit dem Geld, das man heimträgt, um sich die Berechtigung für die Bewohnung eines Hausteiles zu sichern, um in diesem Hausteil zu kochen, zu ficken, fernzusehen und irgendwann abgeholt zu werden, von wem auch immer. Diese Perspektive galt doch für den ganzen erbärmlichen Mittelstand, dessen Teil ich geworden war. Der

Blick auf mein Leben glich häufig dem Blick eines Einhandseglers bei Windstille mitten auf dem Ozean. Da trieb ich dahin und wartete auf stürmische Böen, auf Bewegung im Universum. Warten ist die kleine Schwester von Sterben, wurde mir da immer mehr und immer wieder bewusst.

Wäre so ein Tag ein kleiner zugelaufener Hund, man fände ihn zunächst mal süß und würde ihn auch gern behalten wollen. Dann würde der Tag die ersten Ansprüche anmelden und man würde dann schnellstens viele Gründe für seine Gefährlichkeit erfinden, um ihn loszuwerden und im Heim abzugeben. «Hier, dieser Tag ist gefährlich, er erzeugt Depressionen und trinkt das Mitgefühl aus einem raus, sodass man letzten Endes nur noch funktionieren kann und nur noch als Menschenattrappe irgendwo rumsteht. Bitte nehmen Sie ihn und sperren Sie das Mistding ein.» Und irgendein Typ würde wie im Neuen Testament sagen: «Fick dich, der Stall ist voll.» Und man hätte ihn am Arsch, den Tag, und man würde sich daran gewöhnen, aber wirklich lieben könnte man ihn nicht.

Der Tag schleppte sich dahin und zog mich wie einen alten Rollkoffer hinter sich her. Manchmal wurde der Untergrund, über den mich der Tag zog, recht uneben, aber wir erreichten unser Ziel, ich und der Tag. Aber etwas zerschlissen sah ich am Ende aus. Die beschissene Zerschlissenheit, die einem ein Tag wie dieser antun kann, und das obwohl er, der Tag, offensichtlich gar nichts vorhat mit einem, nicht mit Besonderheiten aufwartet. Die Zeit auf dem Elektroherd der Ewigkeit kocht auf Sparflamme, wird langsam garer, je näher ein Abend kommt und sich selbst einleitet.

Es stellten sich ja immer viele Hindernisse anekdotengleich in mein Tagesgeschäft, die meisten Hindernisse bestanden aus Menschen, deren Unverständnis eine tiefe, schier unendliche Fallgrube zu sein schien. Solcherlei Menschen waren auch meist mit Ideologien gesegnet, die ihre eigene Welt verkomplizierten sowie das soziale Miteinander mit ihrer Umwelt manchmal zur Unmöglichkeit erklärten.

Claudia stand neben mir hinter dem Kassentresen und packte mit zärtlichen Fingerbewegungen eine Jubiläumsausgabe von Brecht in blaues Geschenkpapier ein, und ich freute mich für den Beschenkten. Frau Braun war irgendwo in der Nähe des Philosophieregals untergetaucht und streichelte emotionslos, aber mit einer gewissen Nachhaltigkeit Jean-Paul-Sartre-Buchrücken. Sie lächelte. Ich sah sie nur ab und an aus dem Augenwinkel durch die Gänge huschen, ein flinkes Schleichen war ihre Gangart. Wie eine Gazelle, die Menschen wittert.

Eine Frau in ungefähr meinem Alter kam an den Tresen, an jeder Hand hatte sie ein steifes Kind. Den Kindern merkte man die Kälte an, die da draußen herrschte, ein wenig aber auch die, die sie bereits von Menschen erfahren hatten. Die Frau hielt einen Jungen von ungefähr zehn Jahren und ein kleines, zerrüttetes Mädchending, das vielleicht fünf war, an der Hand. Die Frau trug lange, blonde, ungepflegte Haare,

Wanderstiefel, die etwas Baumstammiges hatten und einen blauen Anorak, der wirkte, als hätte er seine Bestimmung als Kleidungsstück nie akzeptiert und wäre lieber ein Vorhang oder Bettwäsche geworden. Den Anorak trug die Frau offen, darunter eine Art Hemdkleid, das sich vorgenommen hatte, sexuelle Gelüste seiner Trägerin zur Unmöglichkeit zu erklären, und darunter trug sie keinen BH, das sah ich deutlich, denn als sich die Frau vor mir aufbaute, um mir ihr Begehren vorzutragen, gondelten ihre Brüste wie zickige Ponystuten unter ihrem Kleid umher. Die Frau sah aus wie eine, die einen ökologischen *way of life* einem geradlinigen Weg durch die Leidenslandschaft des Kapitalismus vorzog.

So wirkten auch die beiden Kinder. Das Mädchen war ebenfalls in einen Fetzen gewandet, der so bunt und kindlich war, dass es fast schon wieder süß in seiner Ungepflegtheit aussah. Der Junge trug Jeans und Pullover, markenunbewusst, und war daher wahrscheinlich ein leicht verkloppbares Opfer in der weiterführenden Schule. Ich konnte mir vorstellen, wie dieser Junge allein auf dem Pausenhof abhing, unter Tränen sein stinkendes und viel zu trockenes Vollkornroggenbrot mit Tofu und Salat runterwürgte und ab und zu, wie aus dem Nichts heraus, einfach so von den «coolen Jungs» in den Dreck gestoßen wurde. Einfach nur, weil es ging, weil auf seiner Stirn «Opfer» in großen Neonleuchtbuchstaben stand. Ich begann Mitgefühl zu entwickeln mit diesem Jungen, obwohl ich ihn zuvor noch nie gesehen hatte, aber die ökologische Dominanz, die ihm vollwertpädagogisch mitgeteilt wurde, schien für ihn ein Lebensweg zu sein, der über Tofubrote direkt in den Amoklauf führte. Das zumindest las ich in seinem unbeteiligten und irgendwie mit Fremd- und Eigenscham besetzten Gesicht. Seine Schwester konnte noch nichts ausdrücken außer kindlich verspielte Fröhlichkeit. «Ist das eine Energiesparlampe», fragte mich die Mutter und deutete auf das glimmende Licht, das man vom Tresen aus hinten im Büro leuchten sehen konnte. «Na klar», antwortete ich geistesgegenwärtig, um Diskussionen mit der Fundamentalistin vor mir im Keim zu ersticken. «Wie schön, so ist das richtig», sagte sie tonlos und doch irgendwie mit misstrauischem Nachklang, um dann ihren Wunsch kundzutun: «Ich brauche für den Justin-Gerd das Mathebuch fürs Gymnasium für die fünfte Klasse.»

Ich würde jeden Schuss, den Justin-Gerd demnächst aus einer Pumpgun auf seine Mutter abfeuern würde, verstehen und gutheißen. Wahrscheinlich würde er ohnehin freigesprochen werden. Allein die Namensgebung roch nach Freispruch nach bewiesenem Axtmord. Ich erkundigte mich nach der ISBN, und das Hippiegerümpel wurde nervös und ihre Brüste waren wieder lebendige Ponys, die auf einer Wiese das verspielte Dilemma ihrer vertanen Existenz zelebrierten. «Es gibt ungefähr 347 Titel für Mathematik in der fünften Klasse, ich bräuchte schon etwas konkretere Angaben», klärte ich sie auf. Die Frau im blauen Kleid wandte sich an ihren Sohn, die kleine Tochter wohnte der Tragödie stumm bei. «Justin-Gerd, hast du denn nicht aufgepasst, als Herr Lohgoff euch die Buchliste diktiert hat?» Justin-Gerd schwieg, wahrscheinlich aus Angst, die Ponys würden ihn gleich anfallen. «Also ohne ISBN kann ich nichts bestellen, tut mir leid», versuchte ich den kurzen Weg durch die Beratung zu gehen. Justin-Gerd stand stumm da, wie eine kleine Pflanze, die nur aus Schuld bestand und mit noch mehr Schuld gedüngt wurde, und ich sah minimalistische Nuancen von Wahnsinn in seinen Augen glänzen, konnte aber auch die Verzweiflung sein, dieser Szenerie so hilflos ausgeliefert zu sein. «Und du erkundigst dich dann morgen schnell nach der ISBN bei Herrn Lohgoff», befahl ihm seine Mutter, sein kleines, meditatives Schweigen unterbrechend. Dann legte die überforderte Ponybändigerin noch ein Kinderbuch mit dem Thema Wassersparen auf den Tresen, und das kleine Mädchen lächelte und sagte: «Das ist für mich.» Ich lächelte zurück, Justin-Gerd und seine Mutter schauten jeweils ernst in verschiedene Richtungen, und irgendwann schaute dann Justin-Gerd auf Claudia, als sie unter dem Tresen nach Katalogen suchte, wofür sie sich leicht bücken musste. Ihr Dekolleté trug Claudia heute recht offenherzig zur Schau, ihre offensichtliche Weiblichkeit drängte sich an die Oberfläche von Justin-Gerds Wahrnehmung. Auch ihre Hose umspannte ihren Po, was sich sehr zum demonstrativen Vorteil ihres Sitzorganes auswirkte, und zeichnete diesen deutlich in die Gegenwart des Jungen. Das schien ihn zu interessieren und er erkannte, dass es neben seiner Mutter auch noch Frauen mit so was wie Ausstrahlung gab. Sein Blick fixierte Claudias Rundungen, wahrscheinlich weichte gerade seine heile Welt mit diesem Blickkontakt auf, und er bemerkte, dass Sexualität und Eleganz nicht nur Wörter, sondern auch füllbare Gefäße waren. Claudia war so ein Gefäß, und Justin-Gerd vertiefte sich in seine Betrachtung. Nachdem seine Mutter das Geschäft mit dem ökologisch-pädagogischen Bilderbuch zum Thema Wassersparen mit mir abgewickelt hatte, erkannte sie den interessierten Blick ihres Sohnes, der auf den weiblichen Eigenschaften Claudias ruhte. «Johanna-Gala, Justin-Gerd, wir gehen», durchbrach sie den ruhigen Blick ihres Sprösslings, und der war plötzlich wieder das Opfer ihrer Methoden und Stimmungen und demzufolge in der pädagogischen Vorhölle gefangen. Johanna-Gala, Justin-Gerd und ihre Ponymutter verließen den Buchladen, und ich konnte mir vorstellen, dass der Sohn sich wohl noch zu Hause einen feministischen Aufklärungsaufsatz anhören musste, der das Starren auf Körperteile mit sexuellem Missbrauch gleichsetzte. Immer weiter Wasser auf die Schuldmühlen, dachte ich, und ich glaubte auch, dass seine Waffe schon geladen war, und wünschte ihm viel Glück auf seinem Weg Richtung Befreiung.

Ich dachte an meine eigene Mutter und an meine eigene Unfreiheit, ihr gedanklich, emotional oder sonst wie zu entkommen. Ich dachte also daran, die Gedanken von dieser Frau zu lösen und selbst in meiner Generation aufzusteigen, also dahin zu gehen, wo man unabhängig von diesen Sohngefühlen ist, sondern selbst gottvatergleich emporschwebt auf das nächste Level dieses gottlosen Lebens. Einfach ein wenig aufwärts, Richtung irgendwas, ich wusste doch, dass da was war, irgendwo in den Zwischenräumen dieser aufgeräumten Städte, deren Häuser wie Grabsteine wirkten, irgendwo da musste doch noch etwas Leben sein. Ein paar Gramm zumindest, die ich einsaugen könnte, um wieder so was wie Menschlichkeit zu empfinden.

Ich fühlte mich wie auf einer ewigen Exkursion, immer nur war da die Fahrt, aber nie war da ein Ziel. Über Ziele, also erreichbare und unerreichbare, dachte ich zwar viel nach, aber immer befand ich mich nur auf dem Weg dahin, und diesen Weg musste ich mir frei hacken mit meiner simplen genetischen und sonstigen Ausstattung, die mir anvertraut worden war. Menschsein war gewisserweise wie das Einbetoniertsein unter einem großen bedrohlichen Etwas, das langsam auf einen fiel. Jeder kannte das Ende. Das sah überall gleich aus, dieses Ende, und die einen strampelten mit ihren Beinchen, bis diese brachen, obwohl sie wussten, dass sie möglichkeitenlos erschlagen wurden, und dann gab es auch welche, die warteten einfach, bis sie erschlagen wurden, begrüßten fallende Betonteile wie alte Freunde und akzeptierten ihr Verblühen. Und ich wusste immer noch nicht, ob ich laufen oder stehen bleiben sollte.

Wie Grabsteine also standen da die Häuser, wie Friedhofsbesucher wirkten die Lebenden. Und die Gassen und die Straßen waren voller drängelnder und sloganartig brüllender Unfugmenschen, die alle irgendwie kreuz und quer aufgestellt die Wege zum Glück und zur Erkenntnis blockierten und so ihre und meine Zeit durch pseudomenschlichen Aktionismus verschleuderten. Ja, Aktionismus war ihnen wichtig, so wirkte man zumindest von außen betrachtet wie ein lebendes Ding, auch wenn innen bereits alles hoffnungslos verfriedhoft war. Es sah in einer Bewegungsphase immer so aus, als ob die Zeit, die man zwischen Kreissaal und Grabstätte verschleuderte, zumindest den Anschein von Sinnhaftigkeit hatte. Die Leisen, das waren die Nutzlosen, die ohne Beitrag, die ohne Stimme. Ich konnte und wollte nie mit diesen Schreihälsen da draußen konkurrieren.

Ich gab es irgendwann auf, sinnsuchend zu sein, und zwar aus dem Grund, weil dieser Sinn, den sich alle Halblebendigen auf die Fahnen geschrieben haben, sich eh ständig wieder änderte. Von Augenblick zu Augenblick konnte die Bedeutung eines Menschen oder einer Handlung variieren, und daher wusste man doch irgendwann, dass auf nichts wirklich Verlass war, außer auf die Veränderung von einem Unsinn zum nächsten. Kaum, dass eine Stunde verging, war der Sinn dieser hingeworfenen Existenz, die man selbst war, ein weiterer, ein anderer, ein um Kilometer entfernterer vom Jetztleben. Der Umstand war wie ein Kind, das bei Spielen auf eine Landmine trat und danach den Übergang vom Hoffnungsträger zum unetablierten Krüppel nacherzählen konnte.

Der Arbeitstag ging unter in diesem Wirrwarr von schweren Gedanken. Empathie verlangsamte mir das Leben, und ich war nur noch Kopf und Denken und Schlechtfühlen und Handlungsarmut und Konfliktpartei gegen mich selbst. Ich saß in einem Panzer, schon so lange, und ich lief Gefahr, dieser Panzer zu werden. Vielleicht wartete ich doch schon zu lange auf einen Krieg, obwohl ich eigentlich im Herzen Pazifist war.

Derlei philosophisches Trümmergedankengut mit mir führend saß ich irgendwann im Bus nach Hause, müde und in den Sitz gepresst von den Dialogen und Denkweisen, die da in mir stattfanden. Und es waren viele, und ich fühlte mich wieder wie der Autist, dessen sicherheitsspendende Struktur aufgebrochen wurde, der nichts mehr wiedererkannte und der sich letztendlich auf einem Hochseil über der Stadt wiederfand und insgeheim wusste, dass er fallen würde, und sich die ganze Zeit den Schmerz und das Ausmaß der Verletzungen vorstellte, die er vom Herunterstürzen davontrüge. Aber in den Gedanken, wie es wäre, auf diesem Seil so lange stehen zu bleiben, wie es mir möglich war, investierte ich nicht.

Ich war ein Widerspruch. Zu denkend zum wirklichen Losleben und zu fühlend zum einfachen Ableben. Irgendwo dazwischen in den grauen Wartezimmern des Lebens, da hielt ich mich auf und starrte die Wände an, die mich einfach nur zurück anstarrten und mich regungslos in sich gefangen hielten.

Ich sah aus dem Fenster und erkannte, dass die vorbeirauschende Stadt tatsächlich ein riesiger Friedhof war, diese Häuser allesamt Grabsteine, darin und darunter die Beerdigten, die Eingeäscherten, die Gefangenen, Gegangenen und Gegangenwordenen. Alles zu tot für mich. Ich fühlte mich wie eine lebendige Kamera, Objektiv und Speicherkarte gleichermaßen im Schädel, die all diese Eindrücke, die sich vor dem Busfenster manifestierten, mit Widerwillen aufsaugen und verarbeiten musste, um daraus irgendwie einen überlebenswürdigen Film zu kreieren.

Ich sinnierte so rum, das Gedachte wurde uferlos, und ich brauchte eine Bremse, die einfach mal das Karussell der Worte und Bilder, die da in mir stattfanden, verlangsamte. Ich fühlte mich wie ein ADHS-Kind ohne Ritalin in Disneyland. Milliarden Eindrücke und ich hatte kaum die Fähigkeit, zwischen wichtig und wegschmeißbar zu unterscheiden. Alles tanzte, nur ich blieb sitzen.

Ich musste mich irgendwie ablenken, mich mit eigener Kraft ins Leben zurückschleudern. Vor mir saß eine Gruppe Kids, es waren dieselben drei Ghettokids, die ich vor einigen Monaten an der Bushaltestelle getroffen und die so leichtfertig über ausgeübte Gewalt geplaudert hatten, als wäre es eine Sportart, einander die Köpfe zu öffnen. Ich erkannte sie sofort, obwohl es dergleichen Gruppierungen hier in der Stadt haufenweise gab. Die drei Figuren waren wieder mit klischeehafter Sportbekleidung um die unsportlichen Jungenleiber versehen. Der Dicke, der Dünne und der Araber, der wieder so unbeteiligt wirkte, als ob der Zufall ihn hierher gebracht hätte. Der Dicke hatte immer noch massive Hautprobleme, man konnte förmlich riechen, wie sich in ihm Fastfood-Konservierungsstoffe zu Hautkrankheiten formierten.

Und wieder artikulierten sie sich in einer gewaltverherrlichenden Art, Weise und Lautstärke, dass ich als Zeuge ihres Dialogs ein wenig Angst vor dem Ausbruch ebenjener Gewalt bekam. Der dicke Pubertierende trug erneut einen blauen Adidas-Trainingsanzug und sein rottweilerartiger monströser Kopf kläffte seine Dudes an. «Ey, die Alte kann was erleben, ey, die is jetzt mit Maurice zusammen, ey, der schwule Maurice.» Blut schoss dem fetten Kind vor Aufregung in den Kopf und malte da ein Bild der körperlichen Anstrengung durch seelische Auslöser. «Ich mach die beiden kalt, ey, kaputt, ich box die in Patientenstatus.» Seine Wut hatte also über Monate ihren Platz in seinem ausdruckslosen Körper gefunden. Sein Kumpel, der letztes Mal noch dagegen war, auf ein Mädchen loszugehen, und der eine viel zu große Mütze auf einem viel zu kindlichen Kopf trug, formte aus Zeige- und Mittelfinger seiner rechten Hand eine Pistole, aus der er imaginäre Munition abfeuerte. «Bin ich bei», sagte er nur kurz, und auch der Araber im No-Name-Outfit, der immer noch lebensgefährlich dünn wirkte, nickte nur kurz und starrte dann aus dem Busfenster. Man erkannte, dass er nicht glücklich war über diese Gedanken, aber auch, dass er menschlicher Wärme bedurfte.

Der verpickelte Adidas-Adipositas-Junge hielt sich dann noch mit Erzählungen auf, wie man kleinen Mädchen am besten die Arme bräche, die Hebelwirkung sei dabei von entscheidender Bedeutung, und sein kleiner Nike-Freund war eher der Anhänger von Fausthieben, «auf die Fresse», die da Löcher und Blutpfützen hinterlassen sollten. Ich fühlte mich beim Zugucken und Zuhören, als hielte ich mich in einem surrealen Comic mit drogenverseuchten Protagonisten auf, denen geringe Anlässe zur völligen Vernichtung von Umfeld und darin befindlichen Menschen genügte.

Ich fragte mich in Bezug auf den dicken Jungen eigentlich nur, wie man ein so fettes Herz eigentlich brechen konnte, und ob die Anwendung eines Pürierstabes nicht vielleicht viel sinnvoller wäre. Außerdem dachte ich darüber nach, ob und wie diese Kids imstande wären, ihre explosiven Gefühle irgendwann zu ordnen und einem System zuzuführen, das sie dazu bemächtigte, Gewalt abzulehnen. Ich hoffte es für sie und blickte versonnen aus dem Fenster und sah neben dem Bus ein dickes Mädchen auf einem BMX-Fahrrad strampeln. Das strammwadige Ding wirkte, als ob es unter sich überhaupt kein Fahrrad beherberge, sondern lediglich vorn und hinten diese typischen BMX-Reifen hatte, die der Mettwurstprinzessin überhaupt erst die notwendige Stabilität gaben. Sie radelte aber auf eine Weise, als wäre sie mit sportlichem Ehrgeiz und Kondition ausgestattet. Von oben sah man lediglich die ausladende Straffheit ihrer Bewegungen, die sie nach vorne trieben. Der Bus überholte sie langsam und verringerte sein Tempo.

Wir fuhren gerade auf eine Bushaltestelle zu und plötzlich waren die Gewaltfantasten sehr aufgeregt. «Da isse ja, die Bitch», sagte der dicke Typ und sein Kopf bewegte sich langsam hin und her, wie ein Medizinball beim Seniorensport. Er deutete auf das korpulente, aber rotierende Mädchen, als wäre er ein Seemann an Deck eines Segelschiffes und hätte nun zum ersten Mal seit hundertachtzig Tagen wieder Land gesehen. Vor Aufregung begannen seine Fettpolster ein Eigenleben, und es sah aus, als wolle sein Körper in alle Richtungen gleichzeitig aufstehen und der Kopf müsse erst noch die Bewegung koordinieren, um ein kontrolliertes Aufrichten zu gewährleisten. Die anderen beiden schauten auch hinaus, genauso wie ich, das dicke Mädchen hatte ordentlich zu treten, sie wirkte wie eine gut geölte Maschine, ein plumper Motorblock, der konstant und konsequent auf hohen Touren drehte.

Es gibt Opfer und es gibt Täter, musste ich abschließend noch denken, und die Rollenverteilung war hier schon klar, bevor die Jungs ausgestiegen waren, um dem Mädchen etwas anzutun, was für gewöhnlich Leute tun, die mit Fleischbeilchen und Inbrunst Metzgereiauslagen bestücken. Wäre dieser Ausbruch eine Musikrichtung, es wäre Grindcore, hätte kein spezifisches Intro und man hätte nur sägende Gitarren, die die Gesamtstimmung verdichtend beschrieben, und eine Snaredrum gehört, die schnelle Schläge und Tritte symbolisiert hätte, und die Angst des Mädchens und diese nassen Augen, die zunächst von Überraschung und dann vom Schmerz und dann von opfergleicher Gleichgültigkeit gezeichnet waren, diese Attribute kämen gar nicht vor in diesem Lied, genauso wenig wie das Fahrrad, das da noch lag, das kleine Fahrrad, der Hinterreifen drehte sich noch, und Schläge und Tritte von zweien der drei sausten nieder, immer wieder in den dicken Leib. *Blastbeat as Blastbeat can.* Einer stand nur daneben, der kleine Araber im No-Name-Trainingsanzug, und guckte sich das Spektakel an, und da kreuzte auch schon sein Blick den meinen und ich sah, wie sich kleine Tränen in seinen Augen sammelten, und er schaute schnell wieder weg, seine Körperhaltung war der Versuch, trotz Unbehagens eine grazile Coolness darzustellen, und das gelang ihm nur bedingt. Er war kein Schläger wie seine Freunde, er hatte Mitgefühl, vor allem mit sich selbst, und die Situation wuchs weiter über seinen Kopf und begrub ihn unter einer Radladerschaufel voller Mutterboden.

Die durch das Busfenster gedämpften Schreie des am Boden liegenden, zitternden, dicken Mädchens hörten bald einfach auf und wichen einem stummen Wimmern. Das war nicht zu hören, dieses Wimmern, aber die Bearbeitung der beiden Jungs war von professioneller Eigenart, danach konnte nur ein Wimmern aus dem Mädchen kommen, ein Wimmern und plumpes, rotes Mädchenblut. Nichts passte mehr zusammen in ihrem Gesicht, nichts war mehr an seinem Platz. Erschrocken starrte ich auf diese Massakerszene.

Empathie halte ich für eine nicht angeborene menschliche Fähigkeit aus Fremdschmerz Eigenschmerz, oder vielleicht in gedämpfter Form, Eigenscham oder -schande zu empfinden. Ich glaube, diese Fähigkeit wird stufenweise gelernt, so wie laufen oder sprechen. Babys weinen, wenn andere Babys weinen, es ist so eine Art Reflex, der immer weiter verbessert und immer mehr konkretisiert wird. Wenn was falsch läuft in einer sozialen Begegnung und man nicht lernt, wie Empathie sich anfühlt, dann ist man, so glaube ich, imstande Körper umzugestalten und ebenso in ihrer Konsistenz zu verändern. Das mir vor Augen geführte Beispiel alltäglicher menschlicher Grausamkeit vollzog sich in computerspielartigem Tempo, ein Rausch aus Gewalt und der Stummheit des Ertragens ebenjener Gewalt. Ein Wimmern ...

Einige Leute hatten angehalten, Passanten passierten und schwiegen lange Sätze über kopfschüttelnde Moral. Entsetzte Augen sahen zu, begutachteten Opfer und Täter, auch der Busfahrer sah die Bluttat, die sich nun auch in einer roten Pfütze um das Mädchen manifestierte, und fuhr weiter. Ich saß im Bus, schaute aus dem Fenster auf das Mädchen, das nur noch zuckte, und neben mir saßen Unfähigkeit und Hilflosigkeit, und die beiden kopulierten und daraus wuchs ein Wesen, das sich neben mir in den Sitz presste und mich zu würgen begann. Es hatte starke Hände, dieses Wesen, die sich um meinen Hals legten, um dort die Luftzufuhr zum Gehirn zu unterbrechen. Das fühlte sich wie mit dem Ziel gesegnet an, nur die Gedanken, die da jetzt im Kopf waren, drin zu lassen, da drin verfaulen zu lassen, bis es grün und bunt gärte, auf dass der Seuchenkopf endlich abfiele. Das dachte ich, und wir fuhren weiter durch die Zugebautheit dieser Straßen, der Zugebautheit des Seins, die Unmöglichkeit der Zerstreuung, den Willen zum Schreien und doch die absolute Unfähigkeit zu dieser Handlung, weil da Hände waren, die Hände eines Wesens, das mich mit sich vergiften wollte und mich würgte. Ich sah die Jungs noch rennen, sich schnell in alle Richtungen verteilen, nachdem sie zugeschlagen und zugetreten hatten, und endlich kamen auch welche, die sich zu dem wimmernden Mädchen hinunterbeugten.

Still. Still. Still. Stirb still. Das Wesen drückte mich in den Sitz, der Bus fuhr fast geräuschlos und die Stille in mir, so unglaublich laut, diese Stille, sie schrie mich aus all meinen Poren an. Da war irgendwas aus Mitgefühl, was zu viel war, die Überdosis Empfindung, Mädchenblut auf dem Asphalt der Zugebautheit, und die kleinen Tränen im Auge des Betrachters, der nicht mitschlagen wollte; all das hielt mich jetzt hier fest, die Eindrücke drückten mich tief ins Sitzkissen und weglaufen würde eh nichts bringen. Wovor auch und vor allem: wohin? Der Beigeschmack meiner eigenen hilflosen Unfähigkeit, irgendwie auf Gesehenes zu reagieren, machte diesen Bewusstseinscocktail ungenießbar. Aber ausspucken konnte ich ihn auch nicht ...

Ich war an meiner Haltestelle, draußen wie drinnen eine feuchte Kälte, eine Hilflosigkeit, ein Gedankensumpf, in den ich eingesackt war. Ich entstieg betäubt dem Bus, einige Schritte waren zu gehen. Wie immer. Immer wieder. Schritte. Schritte, wie von selbst. Ich ging nicht, es ging mich, passiv schlurfend, Opfer der Empfindsamkeit des Lebens, der ausdrücklichen Eindrücke, die Leben aus mir rausstanzten, wenn sie auf meinen Körper trafen. Kleine Punkte Leben werden mit jeder Situation, vor der man hilflos sitzt oder steht, einfach unwiederbringlich rausgeknüppelt vom Faustschlag der Vergänglichkeit. Das sind Zellen, die nie nachwachsen, da bleiben kleine empfindliche Löcher. Und dann liegt man da und man ist erschüttert, geschüttelt vom eigenen Leben, das man nicht so einfach loswird. Also abwarten.

Ich lag irgendwann auf meinem Bett und in mir war da so eine entsetzliche Müdigkeit. Ich dachte Kreise aus Möglichkeiten, aber es waren Kreise, die, wenn sie zu Ende gedacht waren, wieder aus einem Ende einen Anfang machten. Aus der Nebenwohnung hörte ich, wie Kai sein Klavier und später dann eine unbekannte, aber enthusiastische Frau liebte. Jeder betäubt sich eben anders, dachte ich so bei mir, jeder hat so seinen Weg, seiner Empfindlichkeit irgendwie aus dem Weg zu gehen, wenn sie einen bedroht und einem die eigene Existenz kleindrücken will. Jedem sein Weg, und meiner führte durch ein Gewächshaus mit Schlingpflanzen, die kaum einen Weg erkennen ließen; irgendwo erzählte meine Mutter was, irgendwo umarmte mein Vater eine fremde Frau, irgendwo leuchteten Bücher in den Händen von Frau Braun und Claudia, irgendwo spielte ein Verrückter Klavier, um sich danach mit einem Frauenkörper zu vereinigen, und irgendwo im Zentrum dieses Gewächshauses fügte sich alles zusammen, da kamen alle Pflanzen zusammen, verknoteten sich, und in dieser Mitte, in dieser absoluten Innerlichkeit stand ich und konnte fühlen, wie sich um meinen Hals eine Schlinge, getarnt als harmlose Schlingpflanze, zuzog. Ich hatte immensen Bedarf nach Atemluft und stand noch mal auf. Irgendetwas fehlte. Vielleicht auch irgendjemand.

Rauchend auf dem Balkon, die kalte klare Nacht inhalierend, bei Kai war es mittlerweile still geworden. Niemand musizierte oder hatte Sex. Lediglich Stille. Es war einer dieser stillen Augenblicke, die so leise waren, dass man ganz nah bei sich selbst sein konnte. Das Innere verschwamm mit dem Äußeren und man wurde eine Pfütze Emotionen, die undeutlich und schwammig herumsuppte, und man rauchte auf Balkonen, sah sich die Nacht an, dachte beim Betrachten der nackten Nacht an Ewigkeit und wusste doch: Vergänglichkeit ist ein Schienensystem ohne Bahnhöfe. Eine Seltsamkeit erdrückte die Welt, es war eine, die ich kannte, es war eine Seltsamkeit, die zu viel von mir wollte. Ich gab dem *Zuviel* in mir ein Zuhause, und ich war kein guter Vermieter, ich wollte, dass das *Zuviel* ein *Genaurichtig* wurde, und ich kannte den Weg noch nicht. Aber vorerst musste ich akzeptieren, dass dieses Leben so war, ein vergifteter Fluss, der aus der Quelle der simplen Eigenwahrnehmung entsprang und hinunterfloss zum Meer der Ungewissheit …

Später Nachmittag und sehr frühe frühlingshafte Sonnenstrahlen fielen einfach so vom Himmel. Die paar Bäume, die sich vor meinem Haus aufhielten, standen da wie eine coole Jugendgang, regungslos standen sie da, als ob sie wüssten, was so ging, und als würden sie ihre Parkplatzcredibility auschecken. So standen sie da, die Bäume, und verhielten sich wie Menschen mit windstillem Willen.

Ich saß auf meinem Balkon, es war ein Sonntag, bei meiner Mutter war ich schon gewesen. Sie hatte während meines ganzen Besuchs geschlafen, und ich hatte ihr ein wenig erzählt, wie es mir denn so ergangen war. Ganz leise und klein war ich neben ihrem Bett, hatte mich da hingesetzt, ihre Ausdruckslosigkeit angestarrt. Ganz minimal hatte sie ihre Augen unter den erschöpften Lidern bewegt, als ob ein Traum ihre völlige Hingabe beanspruchte. Vielleicht sehen Sterbende auch ganz tolle Filme im Kopf, von denen sie aber niemandem erzählen können, weil ihr Körper Kontaktaufnahme zur Außenwelt nicht mehr zulässt. Vielleicht sieht ein Sterbender auch das Sterben selbst schon vor seinem geistigen Auge. Mag ja sein, dass meine Mutter in ihrem Kopf schon beerdigt wurde, nur ihr realer Körper war noch hier. Vielleicht hindere ich sie am Sterben. Konnte ja sein, dass meine regelmäßigen Besuche lediglich eine Struktur aufrechterhielten, die schon lange nicht mehr notwendig war. Aber ich konnte meine Mutter nicht einfach so loslassen, sie einfach so gehenlassen. Der Tod war immer noch weit weg, obwohl die mir präsentierte Realität eine ganz andere und vor allem unmissverständliche Sprache sprach. Hier, in der Realität nämlich, die sich manchmal nicht nur *hier*, sondern auch *jetzt* nannte, war meine Mutter eine Art Bettlaken. Sie hatte sogar eine ähnliche Farbe. Ein halb totgepflegtes Chamäleon war sie, hatte sich dem Pflegebett angepasst, sich als Bettwäsche getarnt, vielleicht auch aus dem Grund, weil sie demnächst abgezogen werden wollte, um bei 90 Grad im Schleudergang der irdischen Existenz zu entkommen. Die ganz simple Zerrüttungstaktik. Gedanken, die einen auf den Boden drücken wie durchgeknallte 80er-Jahre-Wrestler in neongelben Turnanzügen.

Da war ja nun auch dieser Schlauch, der Schlauch, der an meiner Mutter festgemacht war und durch den sie durch die Bauchdecke ernährt wurde. Der Schlauch hing an einer Art Stativ, an dem oben eine Flasche festgemacht war, auf der *eiweißreich, ballaststoffreich, normokalorisch, bei niedrigem Energiebedarf* stand. Die Flasche war durchsichtig und gab den Blick auf eine graue, zähe Flüssigkeit frei, die wie Hoffnungslosigkeit aussah. Wenn man dieses zähe Grau einmal in sich gelassen hatte, so stellte ich mir vor, dann war man komplett ausbetoniert, gefühlsminimiert und abflugbereit für weitere Vorkommnisse im Restleben. Aber ein kleiner Teil in mir kämpfte gegen das Zulassen dieser Realität, schließlich lag da meine Mutter und die Flüssigkeit tröpfelte in sie hinein, und ich versuchte noch einmal nachzuempfinden, wie es war, als sie mich umarmt, als sie meinem damals kindlichen Körper alle ihr zur Verfügung stehende Liebe vermacht hatte. Dafür fasste ich mich selbst an, meine Arme umschlangen mich und ich wiegte mich ein wenig hin und her. Meine Mutter schnarchte derweil, todesnah und friedlich. Aber ich konnte einen Fetzen dieses Gefühls zurückbekommen. Ganz klein war das Gefühl und ganz kurz war es ebenso; aber ich hatte ihn irgendwo in mir gespeichert, diesen minimalistischen Mutterliebekomplex, der mich mit ihr verband.

Die rhythmische Hoffnungslosigkeit der tröpfelnden enteralen Ernährung zerfräste aber ziemlich schnell meine Gedanken an das Gewesene, an die ausgesendete Liebe, und da war dann wieder die Realität und in dieser wurde meine Mutter von innen zubetoniert mit Flüssigkeit, die von sich behauptete eiweißreich, ballaststoffreich und normokalorisch zu sein. Ich glaubte der Flüssigkeit alle diese Eigenschaften; sie tröpfelte auch allzu stur, als dass ich mich mit ihr auf etwaige Diskussionen eingelassen hätte. Sie war halt einfach da, füllte meine Mutter mit Restleben, und ich stand daneben und war ein wartender Sohn, einer, der nur warten konnte, und ich sprach ein wenig in die Stille hinein, fasste meine Mutter dabei an der Hand an, die war ganz kalt, die Hand, und rau war sie auch. Ich steckte ihre Hand zu ihr unter die Bettdecke, vielleicht auch, um sie etwas länger als nur zehn Sekunden berühren zu können. Ihre Augen blieben geschlossen und meine Mutter hatte keine Außenwelt mehr. Ich hoffte, dass da drin, in meiner Mutter, Sachen stattfanden, die sie gut fand, vielleicht ein Waldspaziergang mit Vogelstimmenanalyse, vielleicht sogar mein Vater oder eventuell ich. Also, die Stimmung von Liebe, die sollte sie bitte behalten dürfen, wenn ihr schon das meiste durch Gehirnversprudelung genommen worden war.

Außerdem erfuhr ich, dass Frau Bender gestorben war. Kein «... wota, wota äh ...» mehr. Das war bis zuletzt ihr Kampfschrei, der ihr Aufbegehren gegen den Tod symbolisiert hatte, vielleicht war es auch das einzige Merkmal, das sie von einer Toten unterschieden hatte. Seht her, sie spricht, also lebt sie. «... wota, wota äh ...» Und dann verschwand das Leben durch ein geöffnetes Fenster oder durch die Vordertür. Frau Benders Zimmer war jedoch schon wieder belegt, aber mit jemand Leisem, Sprachlosem, ebenso Dahinvegetierendem.

Ich saß auf meinem Balkon, rauchte. Leichter Wind, fast unbewegt die Atmosphäre. Passte gut zu dieser fest definierten Welt, diese unbewegte Atmosphäre. Sie schenkte mir Sekunden voller Stillstand, machte das ganze Denken so unbeweglich, das Fühlen ohnehin, und irgendwann spürte man nicht mal mehr Schmerz, der mit gewaltbereiten, geballten Fäusten anklopfte, weil man so totgestillstandet war, und diese minimalen Injektionen Zufriedenheit, die man sich immer selbst einbildete, wenn das Realbild der Welt undurchschaubar wurde, diese Zufriedenheit machte Zementseele. Ich rauchte bewusst, dachte, dass vielleicht dadurch, also durch diesen spürbaren Prozess, wieder was in Gang käme, um etwaige Fühlbarkeiten auszuchecken. Ich hatte über ein Jahr nicht geweint; ich wünschte, ich könnte es, die ganze Trauersuppe laufen lassen, meinen Alltag damit ausspülen, das müsste reinigend wirken. Aber es kam nichts, die Trauer versteckte sich in mir und dachte nicht daran, sich in Tränen zu offenbaren. Still saß ich da, leichter Wind glitt wie ein bekiffter Surfer durch die Leere, fast unbewegt gähnte die Atmosphäre. Ich fühlte mich wie in einem ewigen Herbst gefangen.

Ich glaube, Kai war nicht zu Hause, ich hörte keinen Laut aus seiner Wohnung. Ich war jetzt auch seit einigen Wochen nicht mehr bei ihm gewesen. Die letzten Abende, die ich bei ihm verbracht hatte, waren immer mehr geprägt gewesen von einer außerordentlichen Zueinanderfindung. Allerdings benötigten wir immer weniger des Klebstoffs Alkohol, der uns bei unserer ersten Begegnung aneinandergefesselt hatte und dies auch nachhaltig tat. Es war ein gutes Gefühl, jemanden wie Kai nebenan zu wissen, also jemanden, der einen mit Flaschen voller alkoholhaltiger Erfrischungsgetränke sowie einem Mund voller guter Worte, als auch mit einem Kopf voller einfühlsamer Gedanken begrüßen konnte. Bei Kai war es die Kombination aus diesen Zutaten, die mich mindestens zwei Mal wöchentlich in seine Wohnung trieb. Was blieb mir auch? Hier wartete niemand auf mich. Die Leere meines eigenen aufgeräumten Lebens tauschte ich nur herzlich gern gegen die Fülle und Fruchtbarkeit seiner Künstlerexistenz ein. Und ich fühlte mich hier wertgeschätzt. Der Buchhändler mit der sich auflösenden Mutter, das war ich, mehr ging manchmal nicht, mehr Gehalt hatte meine kleine Existenz an vielen Tagen nicht.

Gestern Abend hatte er wohl erneut Besuch gehabt. Aber es war nicht wie sonst. Keine Musik, auf die keinerlei verbal sexuelle Lautoffenbarung folgte, sondern ich wurde lediglich Zeuge einer langsam anschwellenden und schlussendlich eskalierenden Unterhaltung zwischen einer fremden Frau und Kai. Die Frau brüllte böse Wörter, sie schrie, wie jemand schreit, der sich von irgendetwas lösen möchte, sie brüllte, wie wenn man an etwas festgeklebt war, und im gleichen Moment an dem Ort, an dem man festklebte, eine Gefahr vermutete. So schrie diese Frau, und Kais Stimme war eher ein Kontrapunkt in diesem unnachvollziehbaren Dialog, denn sie vermittelte Ruhe und Gelassenheit, fast eine Weinerlichkeit. Die Wände hier waren von einer schalldurchlässigen Dünnheit. Ich konnte aber lediglich die Tonlagen und Lautstärken der beiden erkennen, nicht den Inhalt des Gesprächs nachvollziehen. Vielleicht sollte ich Kai danach fragen.

Ich hatte schon so lange nicht mehr so was wie einen besten Freund, und vielleicht war ich mit Kai auf dem Weg, so etwas wie Freundschaft hinzubekommen; ich glaube nämlich, dass wir da auf einem guten Weg waren, den ich gern Stück für Stück weiter mit ihm gehen wollte. Ich war dazu bereit. Freundschaften, genau wie Beziehungen zu Frauen, waren für mich immer ein Phänomen mit begrenzter Haltbarkeit, das irgendwann entsorgt werden musste, weil es entweder nicht mehr zu halten war oder derart gefühllos vonstatten ging, dass sich ein Handlungszwang in Form einer Trennung ergeben musste.

Ich dachte an Schmidt. Dieser Typ war mein bester Freund, als ich ungefähr siebzehn Jahre alt war. Und er war so eine Art Augenöffner für spätere Kontakte.

Damals gab es einen heißen Sommer nach dem anderen, als ich siebzehn war. Ich weiß noch, dass es dieser spezielle Sommer mit einer schwer zu atmenden Luft war, irgendwas brannte ständig in meiner Lunge. Außerdem hatte ich zu rauchen begonnen, was auch in meiner Lunge brannte, mich aber auf wundersame Weise vom gesundheitsbewussten Restvolk um mich herum distanzierte. Gesundheitsunbewusst, so dehnten sich die Tage der Jugend aus.

Ich war aber immer noch ein kleines Pflänzchen, ein orientierungslos aus der Erde ragender neugieriger Grashalm, der den Wind mochte, der aber in seinem eigenen Dreck so stark verwurzelt war, dass er unfähig war, sich einfach wegwehen zu lassen.

Ich war viel allein zu der Zeit; irgendwie war ich nicht imstande, die Leute, die mit mir zur Schule gingen, an mich zu binden, zufriedenstellende freundschaftliche Verhältnisse hinzubekommen. Sie verschwanden aus meinem Leben, ich hatte mit mir selbst zu tun. Ich war dabei, erwachsen zu werden. Ich hing sehr oft meinen Gedanken nach, schrieb darüber verstörende Gedichte, die mich selbst erschraken, und mein Kopf war ein besetztes Haus und die Autonomen darin hörten auf die Namen Verzweiflung, Widerstand, Machtlosigkeit und unbedingter Wille zum Ausbruch. Flugunfähiger Vogel Jugend. Welche Richtung ich diesem Ausbruch aber geben sollte, war mir bis dato noch nicht klar. So blieb ich ein kleines Häufchen Unentschlossenheit, das sich den Fügungen des Schicksals zu überantworten hatte.

Zu diesem Zeitpunkt hatte ich meine Realschullaufbahn erfolgreich beendet und einen Ausbildungsberuf begonnen. Da ich mich schon immer schwer mit zukunftsweisenden Entscheidungen getan hatte und ich nur einige Dinge wusste, die ich nicht wollte (zum Beispiel müde und schmutzig nach Hause zu kommen, mit verwundeten Händen und stinkend, so wie mein Vater, der als KFZ-Mechaniker arbeitete), bewarb ich mich relativ planlos und unbewusst auf kaufmännische Lehrstellen. Bürokaufmann, Industriekaufmann, Kaufmann im Groß- und Außenhandel, die Auswahl war so erdrückend wie vielfältig. Mit diesen Berufsbildern assoziierte ich ungefährliche und saubere Arbeitsplätze. Meine Welt war klein, überschaubar und an jedes Schwarz grenzte ein Weiß, daher war das Gegenteil eines schmutzig machenden Freiluftarbeitsplatz irgendwas in irgendeinem Büro zu sortieren oder zu stapeln und in endloser Wichtigkeit irgendwelche Zettel zu beschriften oder mit Stempeln zu versehen. Das alles schien eine Übersichtlichkeit zu haben, eine, die ich in meiner gewöhnlichen Existenz vermisste.

Das Empfinden von Spaß stellte ich selbst viel zu oft in den Hintergrund, denn meine Mutter übte großen Druck auf mich aus, ich solle mich um einen Ausbildungsberuf kümmern und diesen auch gefälligst zu Ende bringen. Als ob sie irgendetwas von meinem Unterbewusstsein geahnt hätte. Die Jahre der Pubertät hatten mich von meiner Mutter derart entfremdet, dass ich kaum mehr diese Sohngefühle spürte. Jeder von uns machte sein Ding und Kontakt war uns beiden unlieb; ihr wohnte stets diese Hysterie inne und sie flippte regelmäßig aus, auch bei Lappalien. Jeder Kontakt zwischen meiner Mutter und mir entsprach einem negativen Reiz, jedes Wort, das wir sprachen, war zu dieser Zeit eine Art spätpubertärer Brandsatz, in allem vermutete ich eine Provokation. Meinem Vater waren viele meiner jugendlichen Regungen schlichtweg egal, er war der typische dauerübermüdete Arbeiter, der emotional erkältet und distanziert von der Umwelt in seiner eigenen Gedankensuppe zu Hause war und nie Verbote aussprach, das überließ er meiner Mutter. Daher manifestierte sich meine Haltung gegenüber meinem bürgerlichen Elternhaus in schlichter Ablehnung. Leicht paranoid, dieses Denken, aber ich fühlte mich von dieser Frau, die mich geboren hatte, derart belästigt, dass ich mich immer weniger in meinem Elternhaus aufhielt. Meine Mutter prügelte verbal auf mich ein, um im Anschluss daran auf irgendwelche Hemden einzubügeln. Ihr Haushalt hatte eine sonderbare und einnehmende Priorität, ich hatte in diesen Gefilden nichts verloren, also suchte ich da auch nichts.

Ich bekam also irgendwann eine Zusage bezüglich einer Ausbildungsstelle zum Bürokaufmann, und zwar in einem Elektrogroß- und -einzelhandel. Es war ein kleines mittelständisches Familienunternehmen mit standardisierten Abläufen. Dort war es meine Aufgabe, die Buchführung zu machen, Materialien für das damals schon unzeitgemäß große Lager zu bestellen und auch mit Kunden in Kontakt zu treten, die im Einzelhandelsladen diverse Elektroartikel oder Installationszubehör kaufen wollten. Der Job machte von Anfang an keinen Spaß, aber Spaß war, wie bereits erwähnt, nicht der Antrieb, um diese Ausbildung zu beenden, sondern es bildete sich ein Wille zur unbedingten Unabhängigkeit bezüglich familiärer Zwänge heraus. Ich wollte so schnell wie möglich ausziehen, eine eigene Wohnung haben, mir ein Leben finanzieren, dessen Richtung ich selbst steuern konnte. Meine Mutter aber mischte sich in viele Angelegenheiten ein, die ich von ihr entfernt selbst beurteilen und einschätzen wollte. Ich wollte die eigene brennende Erfahrung, auch wenn sie in Schmerz enden würde. Ich wusste, dass es so was wie Leidenschaft gab, und kannte mich in meinen Gedanken damals noch gut aus und glaubte zu wissen, was für ein Leben nötig wäre, damit eben solche Leidenschaft stattfände. Stattdessen baute meine Mutter um mich eine Entscheidungsfestung, die ich unbedingt durchbrechen musste, wenn ich erstens nicht verrückt werden wollte und zweitens ein selbstständiges Leben mein eigen nennen wollte.

Weil ich viel allein war und trotzdem nichts verpassen wollte, was zu einer radikal durchlebten Jugend gehörte, ging ich oft allein aus. Ich hatte mir angewöhnt an Freitagabenden erst in meinem Zimmer zu wilder Metalmusik, vorzugsweise von Kreator, Sepultura und AC/DC, Alkohol zu trinken, um dann mit dem Nachtbus in die nächste größere Stadt zu fahren. Dort ging ich in einen Alternativ-Club, wo sie allfreitaglich eine gesunde Mischung aus Wave, Punk, Hardcore und diversen Spielarten des Heavy Metal zustande brachten. Diese Musikmixtur prägte mein inneres Reifen, mein bloßes Heranwachsen wurde kombiniert mit gesellschaftskritischen Texten und rumpeligem, unterkühltem und bewusst brutalem Soundtrack. In diesem Club tanzte, soff und rauchte ich mir die Einsamkeit aus dem Körper. Optisch war ich ja nie der typische Szenegänger, aber auch dieser Umstand reizte mich und offenbarte mir meine eigene Besonderheit. Als Normaler unter Besonderen ist man ja wieder der Besondere. Und so war ich allfreitaglich der besonders normale Besondere.

Die Welt im Club war immer eine sehr laute. Dunkel und morbide träufelten die Nächte dahin, manchmal aber auch rasant. Es gab Nächte, da war ich außerstande, meine eigenen Gedanken zu verstehen, aber was wollten auch Gedanken in meinem Kopf, wenn nebenan auf dem Dancefloor gerade Bands wie Napalm Death oder Obiturary in Flugzeugstartlautstärke gespielt wurden. Da gehörten keine Gedanken hin. Sie waren zwar da, die Gedanken, wirkten aber eher wie ein Makel.

Schnell lernte ich auf dieser oberflächlichen Basis Menschen kennen, größtenteils hielten sich hier Punks, Hardcoretypen und Metaller auf, und irgendwann hatte ich feste Ansprechpartner. Irgendwie hatten hier alle Anwesenden eine gesellschaftliche Randposition inne, die sie durch ihr Herkommen auch noch manifestierten. Einige Leute waren aber, trotz geringen Alters, schon kognitiv zu früh abgebogen, dass heißt, man konnte wunderbar erkennen, dass ihnen ihr Istzustand ausreichte, um für den Rest ihrer Existenz so etwas wie angedeutetes Glück zu verspüren. Ich hingegen war da sehr zurückhaltend, denn wenn ich Glück wollte, dann solches, das mich zum Explodieren bringen sollte. Ich versteckte meine Emotionalität absichtlich, weil ich keinen Grund kannte, was diese Menschen hier mit meinen Gefühlen veranstalten sollten. Deswegen schloss ich emotionale Teilhabe aus und spielte, ja war gar der coole Unnahbare.

Oder aber, ich lebte meine Gefühle beim Pogo auf der Tanzfläche aus. Ich hatte Wut und Güte und Liebe und ich hatte an Abenden wie diesen einen alkoholisch beeinflussten Körper, der sich elegant von seiner Gehirnsteuerung lösen konnte und im Tanzgebaren dann ausschließlich Leib war. Ich ließ meine Körperlichkeit durch die Nächte rocken, trank, sang und liebte mich in der Rolle des normalen Besonderen. Als solcher fand ich hier die nötige Akzeptanz. Das waren hier keine Freundschaften, sondern nur an Subkultur und dazugehörige Rauscherzeugnisse gebundene Zweck- und Dreckgemeinschaften, die lediglich zum Ziel hatten, diese beschleunigten Nächte mit so was wie Randkommunikation zu füllen.

An einem Freitag lernte ich durch meine spontanen und sporadischen Freunde Schmidt kennen. Schmidt war Punk und das mit intelligenter und trotzdem klischeebeladener Leidenschaft. Von dürrer Gestalt, auf seinem kleinen Kopf ein obligatorischer roter Iro, so stellte er ein ausgehungertes Wesen voller Leidenschaft dar. Ihn umgab eine Aura, die sehr schwer zu fassen war. Einerseits war er eine Chaos verströmende Kaputtheit, andererseits sah man an seinen kindlich blitzenden Augen seine Jungenhaftigkeit, die auch mit massivem Alkoholkonsum nicht klein zu saufen war. Schmidt, den echt alle nur Schmidt nannten, weil das so was wie ein Szenename war, stand in irgendeiner Nacht am Rand der Tanzfläche plötzlich neben mir, guckte öffentlich unloyal und kredenzte mir auf einmal eine Zigarette, die ich dankend annahm. Als er mir Feuer gab, beschwerte er sich im gleichen Atemzug über die Musik des Abends. «Alles zu lau hier, zu unpolitisch, zu kosmisch falsch irgendwie», lallte er in meine Richtung, und dann erzählte er mir von seiner Vorliebe für die Band *Dead Kennedys* und lobte deren politischen Aktivismus und Sarkasmus, mit dem sie Anfang der 80er neue Maßstäbe setzten. Die *Dead Kennedys* waren mir natürlich ein Begriff, und wir verfielen anschließend sofort in Lobeshymnen über den nicht nachzuahmenden Jello-Biafra-typischen Gesangsstil, und dass eine Band wie die *Kennedys* als nicht zu covern gelten sollte.

Anschließend gaben wir, in einer abgeschiedenen Ecke des Clubs herumlungernd, unseren Köpfen und Körpern, wonach sie verlangten. Endlos viele Zigaretten wurden während einer berauschenden und beschleunigenden Mischung aus Bier, Wodka und kulturell wertvollem Gesprächsstoff verstoffwechselt. Nebenbei inhalierten wir gegenseitig unsere Gedanken, und es war ein Festival der emotional angereicherten positivsten Besoffenheit. Schmidt bot dann noch einige Joints feil, und wir taumelten einander in die Arme, als ob wir seit Ewigkeiten befreundet wären. Da wusste ich, dass ich einen besonderen Menschen kennengelernt hatte. Wir wirkten an diesem Abend wie zwei Jungs, die sich ihre Lieblingsplatten vorspielen.

Ich sah Schmidt dann öfter, wir verabredeten uns für Konzerte und Demos, und ich ließ mich in seine revolutionäre Aura fallen. Es wurde immer persönlicher. Er erzählte viel von seiner Familie und von seiner Punkwerdung. Diese beiden Aspekte in seinem Leben gingen nämlich nebeneinander spazieren. Schmidt war der älteste von sechs Geschwistern, sein Vater war arbeitsloser Alkoholiker und seine Mutter unlängst an bösartigen Tumoren verreckt. Sein Schicksal öffnete in seiner Tiefe bei mir viele emotionale Schleusen. Das war fast das komplette Gegenteil meines überbehüteten Einzelkinddaseins. Häufig verstörte mich die Grobheit Schmidts, doch ich kannte ja die Hintergründe. Wer mit fünf Jahren drei Tage lang im Keller eingesperrt worden war und nur durch Verdroschenwerden durch die väterliche Hand

Sozialkontakte bekommen hatte, der konnte auch werden wie Schmidt. Ihm nahm ich als Einzigem das revolutionäre Gebaren ab, das er an den Tag legte, der Rest der Meute aus dem Club waren nur aufgepumpte und von Punkfachbekleidungsgeschäften ausgestattete Schauspieler, das war in vielen Gesprächen zu erkennen.

Schmidt und ich wurden richtig gute Freunde, zunächst zelebrierten wir lediglich unsere Freitagssessions, dann wurde uns das zu wenig. Ich wusste, dass meine Mutter diesen stadtbekannten Gesindelpunk nicht in ihr Heileweltbild passen lassen konnte. Als sie uns mal irgendwo zusammen mit einer Weinflasche lauthals philosophierend auf einer stillgelegten Bushaltestellenbank sitzen sah, sprach sie mich einige Stunden später, als ich wieder zu Hause war, darauf an, dass so ein Schmidt-Kontakt wohl der Untergang jedweden Sozialaufstiegs sei. Sie hielt ihn für abgestandenen Abschaum, unfähig einen Waschlappen zu benutzen, und das lediglich, weil sie seine Familie kannte, eine Familie, die nur jemanden wie Schmidt hervorbringen konnte. Schmidt war Realismus und meine Mutter verweigerte ihr Verständnis für die Wahrheit unserer Freundschaft. Meine Mutter war voller Angst, dass dieser Schmidt in mein Leben dergestalt eingreifen könnte, dass auch ich in Bälde den Asozialen angehören würde. Es war aber überwiegend eine Angst vor den Augen der Nachbarn und der Bekannten in der Stadt, mit angekratzter Oberfläche bestehen zu können. Wer mit Schmidt-Leuten abhängt, der ist selbst der Asozialen einer, so schief dachte meine Mutter.

Ich dachte: Von der Mutter sozialisiert und von Jugenderfahrungen asozialisiert zu werden würde mich schon zu dem machen, was ich denn eigentlich zu sein strebte. Obwohl der Mensch, der ich zu sein strebte, in keiner konkreten Vorstellung vorkam; da waren immer nur zufällige Bilder, die wie Kinder, die sich verlaufen hatten, orientierungslos in meinem Kopf kreisten.

Irgendwann stand Schmidt dann bei uns vor der Haustür, und meine Mutter öffnete und sah diesen heruntergekommenen Sack Restmensch in seinen konformitätsverweigernden Anziehsachen. Konfrontativ baute er sich vor ihr auf und seine Kleidung war mehr kaputt als vorhanden. Seinen Iro hatte er heute nicht aufgestellt, die roten Spackhaare klebten leblos an seinem Schädel. Er rauchte und lächelte und fragte, ob ich denn wohl da sei. Meine Mutter schrie auf und schlug Schmidt die Tür vor dem Zigaretten beherbergenden Gesicht zu und rief nach mir. Wieder einer dieser quälenden hysterischen Anfälle. Ich stand auf dem Treppenabsatz des Obergeschosses meines Elternhauses und hatte gesehen, wie meine Mutter Schmidt behandelt hatte, und spürte sofort wieder dieses mir zugemutete Unrecht und die Verweigerung von zugemuteten Erfahrungen, und ich spürte auch, dass ich mich *jetzt* gegen meine Mutter durchzusetzen hatte oder es würde nie klappen. Sie wusste ja nichts mehr von meinem Leben, wusste nicht, auf welche Musik ich stand und dass sich durchaus Menschen wie Schmidt in meinem Freundeskreis aufhielten. «Spinnst du jetzt völlig? Da draußen steht so'n Penner, der will dich abholen. Bist du verrückt? Mit dem Schmidt?», war dann auch ihre hysterisch gebrüllte Beschallung, als ich schweigend an ihr vorbei auf die Haustür zusteuerte, Schmidt mit einer für Männer untypischen Ganzkörperumarmung begrüßte und ihn sogar noch als Zusatzprovokation auf die Wange küsste. Schmidt und ich gingen einige Schritte Hand in Hand die Straße hinunter. Meine Mutter stand an der Türschwelle, über die ich gerade in ein eigenes Leben geschritten war, ihr gerade noch laut rufender Mund stand nun stumm offen. Ich hatte es geschafft, ich war so was wie erwachsen.

Nach und nach akzeptierte meine Mutter gezwungenermaßen meine immer intensiver werdende Freundschaft mit Schmidt. Sie war zwar immer noch sehr skeptisch, was den Kontakt zu meinem Punkerfreund betraf, aber sie spürte wohl auch, dass ich nicht mehr gewillt war, ihre Verbote so einfach und lapidar hinzunehmen. Sie spürte, was ich auch klar und immer kompromissloser ausstrahlte, dass sie den Kontakt zu mir verlieren würde, sofern sie versuchte, mir diesen Kontakt zu verbieten. Immerhin war ich siebzehn, also immer noch irgendwie richtungslos im Denken, aber ich hatte jemanden gefunden, der mich ernst, an die Hand und überall mit hinnahm. Schmidt, der großartigste Mensch dieser Zeit.

Bewaffnet mit Ausstrahlung und Intelligenz sowie endlos erscheinendem durstlöschendem Bier- und Weinvorrat lagen wir zunächst auf Frühlingswiesen, dann an Sommerseen und schließlich auch auf herbstlichen Terrassen. Zumindest glaubte ich, in uns Intelligenz zu erkennen, weil wir scheinbar in einer Art Seifenblase über dem Bevölkerungsrest zu schweben schienen. Wie behauptete man sich in einer Gesellschaft, die man intuitiv ablehnte, aber der gegenüber man auch nicht macht- und kraftlos sein wollte? Wir wussten es, unser Verhalten war das allerrichtigste, die Verweigerung des Alltags. Schmidt verweigerte den Alltag mehr als ich, weil mein Leben ja noch von der Struktur der Arbeitnehmerschaft gekennzeichnet war. Aber diese Momente, die Stunden mit Schmidt, das miteinander, aufeinander Rumhängen, das war eine Behauptung, die wie die Gesellschaft selbst funktionierte. Wir fühlten den Kontrast und das war eben Intelligenz.

Das uns geschenkte Leben wurde nur durch meine täglichen Gänge zur Arbeit und Schmidts Versuche, seine Wohlschaffenheitsallergie abzulegen, geprägt. Er verbrachte einige Vormittage in Arbeitsämtern, nur um dann am Abend zu verlautbaren, dass ihn niemals jemand versklaven könne. Ich fühlte mich klein daneben, ich war ja in der Sklaverei der Lohnarbeit gefangen, aber es hatte den Sinn, mich aus dem Haushalt meiner Erzeuger zu befreien. Schmidt verstand das, und ich war glücklich darüber.

Er hingegen hatte auch viel Stress in seinem Elternhaus, er wurde viel von seinem überalkoholisierten Vater geschlagen, was seine Mutter, ebenfalls ewig trunken, als sie noch lebte, toleriert hatte. Als Schmidt dann irgendwann zurückschlug, wich der Vater mit seinen Gewaltanwandlungen auf die jüngeren Geschwister Schmidts aus und Schmidt wurde fortan in Ruhe gelassen, musste aber all das ertragen, in seinen jungen Jahren. Die frühkindliche Gewalterfahrung und die Unberechenbarkeit seines Lebens, irgendwann einfach in eine extra für ihn geballte Faust oder Schlimmeres zu laufen, das gab ihm eine gewisse Welterfahrung und eine abstrakte Abgefucktheit, deretwegen ich ihn bewunderte.

Wir vertrödelten unsere junge und gut aussehende, aber immer Perspektiven scheue Jugend mit vielerlei selbsterfundener, obskurer Freizeit. Eines Abends gründeten wir beispielsweise eine imaginäre Band zwischen zwei Weinflaschen der Sorte Lambrusco. Während die Flasche zwischen uns zirkulierte und dabei unsere Kreativität befeuerte, wurden unsere Fantasien immer waghalsiger. Wir hingegen wurden immer betrunkener, die imaginäre Band, die übrigens den Namen *Der Hund beißt nicht, der amputiert sofort!!!* tragen sollte, wurde immer konkreter. In unseren Ausführungen waren wir Menschen, die fähig waren, beherrschende Systeme mittels unkontrollierter Musik zu zerstören.

Schmidt war eine verbale Abrissbirne, eine linguistische Kettensäge, und wir stellten fest, dass Duette immer besser klangen als Duelle. Wir erfanden Songtexte irgendwo zwischen Blixa Bargeld, Helmut Kohl und Goethe; Baby Lambrusco war uns dabei ein gern gespürter Gedankenbeschleuniger und Verhaltensverwalter.

Eines Abends saßen wir auf einer Wiese, die unweit des Ortsschildes unserer Kleinstadt gelegen war. Ich war sofort nach Feierabend auf mein Fahrrad gestiegen und zum Supermarkt geradelt, um mich mit Alkohol auszurüsten, Schmidt hatte wie so oft kein Geld, hatte dies schon im Vorfeld unseres Treffens angekündigt, und so kaufte ich Bier und Wein für zwei Personen. Es war ein Freitag, und wir hatten nach unserer Freilufttrinksession noch vor, unseren Punkclub zu besuchen, um dort noch ein wenig unsere dürren Tanzbeine zu schwingen und ein paar andere Menschen zu treffen. Wir lagen also rum, die Sonne wärmte das Gras, auf dem wir lagen, und die Luft roch nach Endlosigkeit. Zeit war kein Faktor auf dieser Wiese. Wir rauchten Selbstgedrehte, und ich erzählte ihm ein wenig von der Arbeit. «Viel zu tun in diesem Kacklager, heute nur Kabelschleppen gewesen.» «Ich dachte, du bist Bürokaufmann, was machst dir denn die Hände unsauber?» «Ja, muss, Lagerist ist krank und als Azubi bist du halt immer der Vollarsch. Mädchen für alles quasi.» Schmidt grinste und rauchte und guckte in den Himmel, der sich in nachvollziehbarer Langsamkeit wolkenlos verdunkelte. Es wurde etwas kälter, ich hatte noch Wein im Rucksack. «Hast noch Teelichter dabei? Hast doch sonst immer, du geiler Romancier.» Ich kramte im Rucksack und da waren noch drei Teelichter, die ich in möglichst beiläufig wirkender Coolness auf den Rasen warf, und Schmidt zündete eins nach dem anderen an. Wir waren angenehm betrunken, nicht zu sehr, unserer Gehirne Arbeit eine einander verständlich.

Wir schwiegen, die kleinen Lichter flackerten, der Wein ging seinen Weg durch unsere Blutbahnen, und plötzlich spürte ich Schmidts Hand, die meine streichelte, erst ganz sanft und kaum spürbar, aber dann erkannte ich, dass es keine zufälligen, sondern geplante Bewegungen waren. Ich ließ seine Hand liegen, die rutschte auf meinen Bauch, dann etwas tiefer. Ich glotzte dumpf in die angedeutete Dunkelheit, in mir explodierte ein Emotionsfeuerwerk, gemischt aus Interesse und Angst. Dann kam die Hand zurück zu meiner, umklammerte sie wie ein Äffchen, das Angst hatte vom Baum zu fallen; immer fester und fordernder wurde der Druck, und ich sah aus dem Augenwinkel, wie Schmidt mein Gesicht fixierte. «Alter, blöde Idee und ich wär auch nicht sauer, wenn du Nein sagst, aber hättest du Lust, mir einen zu blasen?» Ich dachte zunächst, ich hätte mich verhört, der Wein hätte meine akustische Wahrnehmung sexualisiert oder so, aber dann wurde Schmidt dringlicher und detaillierter. «Einfach nur mal so, als Homoerfahrung, ich weiß, wir sind beide nicht schwul, aber das hier ist doch der absolut passende Moment für so was.» Ich hatte noch nie mit einem Mädchen geschlafen, fiel mir ein, aber ich wusste allein durch die Gefühlsschwankungen, die ich gegenüber einigen Mädchen hatte, dass ich definitiv heterosexuell veranlagt war. Ich begann zu schwitzen, entzog meine Hand der seinen und stotterte: «Ich weiß nicht ... einfach so?» «Wir sind die besten Freunde, Mann, die absolut besten Freunde. Befreundete Weiber knutschen doch auch rum und befummeln sich, wenn sie geil sind, oder?» Ja, davon hatte ich gehört, und dann gewann das Gefühl des

Interesses die Oberhand; ja klar, scheiß der Hund drauf, wir sind nicht schwul, aber interessiert am puren, bombastischen, glorreichen, großen Leben, also her mit allem, was erlebbar ist. «Ok», flüsterte ich dann, immer noch ein wenig unsicher, «aber ich blase nur dir einen, und bevor du abspritzt, sag bloß Bescheid.» «Klar doch.» Schmidt fummelte sich schon am Gürtel rum. Ich war sexualisiert und aufgeregt. Das war so eine Aufregung wie vor dem ersten Sprung vom Fünfmeterbrett im Hallenbad. Du hast schon andere unten ankommen sehen, lustvoll spritzte das Wasser, die Freude der mutig Gesprungenen war so eindeutig, und irgendwann bist du auch da hoch und du dachtest: Wenn ich hier sterbe, dann als Held.

Ich langte noch mal nach der Weinflasche, um einen großen Schluck zu nehmen, ich war einfach nur gespannt, wie es sich anfühlte, einen Penis im Mund zu haben. Den Penis meines besten Freundes. Homophobie war ebenso wenig ein Thema wie Schwulsein, und ich wusste, dass wir da was vorhatten, was sich in meinen Lebenslauf einkerben würde. Aus der Ferne klangen Kirchenglocken als Appell an unsere verkommene Moral. Die Glocken kamen mir aber vor wie ein Soundtrack, der jetzt hier einfach hingehörte, als Untermalung der Faszination, die sich uns durch unsere kleinen, jugendlichen Körper offenbarte.

Ich versuchte mich an Techniken zu erinnern, die ich in diversen Pornofilmen gesehen hatte, und wollte gern, dass es schnell geht. Ich erinnerte mich aber an nichts Konkretes, nur an aufgedunsene Lippen von Frauen in viel zu engen und viel zu wenigen Anziehsachen, die spermabenetzt dumm lächelten. Ich hatte vor Aufregung eine Erektion, die ich aber jetzt nicht bewerten konnte, die war halt da, nicht wirklich heftig, aber spürbar. Schmidt stand vor mir, rauchte und hatte in der Nichtraucherhand eine Weinflasche. Ich kniete vor ihm. Wir waren allein. Diese Wiese war unser würdevolles Schlafzimmer. Der ausklingende Sommer zeichnete ein weiches Licht um uns. Ich war glücklich. Sein Penis war so groß wie eine Weintraube und schmeckte bitter ...

Später lagen wir im Gras, Kopf an Kopf, und guckten Sterne. Die Sterne guckten freundlich zurück, und ich konnte mir einen Begriff von Romantik machen. Die Teelichter waren ausgebrannt, die heißen runden Metallschalen hatten schwarze Kreise ins Gras gezeichnet. Ich hatte Schmidt leergesaugt. Es hatte vielleicht zwei Minuten gedauert, bis die Weintraube übergesprudelt war, aber diese Handlung war die Schweißnaht zwischen zwei jungen Menschen, die immer noch orientierungslos durch ihr Leben irrten, aber immerhin von einer Radikalität beseelt waren. Wir lagen da wie abgestürzte Hochseilartisten, ja Hochseiltautisten, unfähig uns der Situation mit Worten zu stellen, um nicht die Schönheit des Augenblicks mit Worten zu zerstören.

Irgendwann stand Schmidt auf. «Komm, lass uns tanzen gehen.» Er war wieder der alte, getriebene Punkrocker, die Romantik war wie weggeblasen, doch das Leben wirkte wie ein rundgelutschtes Bonbon, wunderschön und wohlschmeckend. Ich sah, dass ihm die Freundschaft, die ich ihm schenkte, guttat, und das machte mich glücklich. Was in aller Welt hätte uns jetzt noch zerstören können?

Der Sommer wurde Herbst und der dann wieder Winter, und Schmidt und ich machten immer so weiter, nur ohne Oralverkehr, das war eine einmalige Sache geblieben und deswegen so wunderbar besonders. Wir besuchten Konzerte, unseren Freitagsclub und wurden reifer, unsere Themen erwachsener. Unsere? Nein, eigentlich nur meine. Er machte so weiter, der Alkohol floss aus großen Flaschen in den kleinen Körper, bis dieser Funktionen verweigerte, und ich bemerkte, was ich nie hatte bemerken wollen, ich aber schon viel früher hätte bemerken können: Schmidt war auf einer intellektuellen Ebene stehen geblieben, die ich bereits unabsichtlich hinter mich gebracht hatte. Mein Musikgeschmack hatte sich erweitert, für ihn gab es weiterhin lediglich die *Dead Kennedys*, Metal und Deutschpunk, und wenn ich mit Bands wie *Tocotronic* oder den *Sternen*, oder auch deutschem Hip-Hop um die Ecke kam, wurde Schmidt böse garstig und verschrie mich als «stumpfdummes Weichei mit verrotteten Wurzeln», bevor er sich dann wieder irgendeine Alkohol tragende Flasche zwischen die Lippen setzte und trank, als wäre die Realität zu schmerzhaft, zu unmittelbar. Und um dann zum fünftausendsten Mal *Kill the poor* von den *Dead Kennedys* zu hören, dessen Text er immer noch falsch zitierte. Immer mehr distanzierte er sich von der Realität, das Arbeitsamt und dessen

Vermittlungsversuche waren noch immer seine erklärtesten Feinde. Ich versuchte, ihm die Sinnhaftigkeit einer Berufsausbildung zu vermitteln, wurde aber stets dafür ausgelacht und als «Sklave des Systems der Dummen» abgestempelt.

Ich bemerkte, dass das Leben doch nicht so funktionierte, die ewig gleichen Standpunkte, das fortwährende Abgleichen seiner eigenen Coolness, das war mir irgendwann zu dünn als Lebenskonzept. Darunter friert man doch, wenn man sich das als Egodecke auferlegt, dachte ich so bei mir, unter diesem Leben würde ich mich erkälten. Schmidt verstand das nicht, das war seine Grenze, die ich auch mit der uns eigenen Sprache nicht überwinden konnte. Schmidt blieb Schmidt und fand sich am allerrichtigsten. Ich dosierte dann irgendwann meinen Kontakt zu ihm, imaginierte, dass er vielleicht wach würde, wenn wir uns mal einige Wochen nicht sahen. Daher blieb ich zum Erstaunen meiner immer noch stark dafür sensibilisierten Mutter einige Wochenenden zu Hause, rauchte mir Nebelschwaden durchs Zimmer, schrieb Gedichte und hörte Musik, die ich mit Schmidt nicht hätte genießen können. Ich fühlte die Expansion meines Egos, irgendetwas kroch in mich, eine Erkenntnis, ein Glaube, eine Vergrößerung meiner Sinnesorgane ohne Drogeneinfluss, nur aufgrund der Tatsache, dass man anfängt zu denken. Ich ließ auch vom Alkohol ab und mein Verstand klärte sich allmählich.

Ich hatte ein wenig dieses Rocky-Balboa-Feeling aus dem Film Rocky 2. Es handelt sich bei diesem speziellen Gefühl um eine ungefähr zweiminütige Szene aus diesem Film. Balboa springt förmlich aus seinem Haus, dazu ertönt eine Fanfare, die diesem Augenblick etwas Erhabenes anhaften lässt. Dann läuft er los, rennt durch seine Nachbarschaft, immer mehr Leute heften sich an seine Fersen. Dann steht Rocky Balboa vor einer schier endlos aufwärts ragenden Treppe, der Boxer spurtet, gefolgt von all den «Mitläufern» die Treppe hinauf. Unten sieht man die ganzen Verfolger, die jetzt nach und nach auf die Plattform kommen und den Boxer umzingeln, als wäre er das Monument, das es zu bestaunen gelte. Die Menge brüllt «Rocky, Rocky» und alle hüpfen auf und ab und auch Balboa nimmt sich dem Hüpfrhythmus an. Eine der epochalsten Filmszenen der 80er-Jahre. Durch meinen Kampf bin ich umschlungen von allem und es gefällt mir gut auf dem Berg der Egosinnlichkeit ...

Ich erweiterte meinen Geist mit Büchern von Sartre, Brecht und Marx, verstand manchmal alles, manchmal wenig, oft auch gar nichts, aber ich las mir die Gehirnwindungen bröselig. Das tat gut. Ich war ja mittlerweile achtzehn geworden, hatte den Führerschein gemacht und sparte immer noch für die erste eigene Wohnung, was fühlbar kurz bevorstand. Selbst meine Mutter legte in diesen Tagen eine seltsame Lockerheit an den Tag, die ich nicht von ihr gewohnt war.

Nach Wochen ging ich dann mal wieder in den Club, es war ein Freitag, ich war nüchtern, mein Vater hatte mir sogar sein Auto geliehen, was ich für einen wunderbaren Vertrauensbeweis hielt. Mein Vater legte generell immer viel Wert auf seine Fahrzeuge, auf alle, die er jemals besessen hatte; er hatte diese typisch deutsche KFZ-Verliebtheit, die machte ihn berechenbar, aber liebenswert. Langsam, so schien es mir, entwickelten sich mein Vater und ich zu Menschen, die einander egal waren, aber in dieser Entwicklung zumindest so etwas wie Respekt voreinander empfanden.

Als ich in den zugerauchten Club kam, überfiel mich irrsinniges Grindcoregeballer und ich musste grinsen, fühlte mich mit meinen achtzehn Jahren bereits als Nostalgiker, und es war wie ein abcheckendes Heimkommen, wie das Wiederkommen nach einiger Zeit des Fortbleibens mit dem Wissen, dass sich da, wo man fortgeht, nicht viel ändern würde. So meine Spekulation, so die Realität. Hier hielten sich immer noch die gleichen Personen auf, die in ihrer gleichmütig besoffenen Art ihre Revolution zur Unmöglichkeit erklärten. Die Musik rummste aus der alten Anlage, der Raum war bevölkert von jungen Menschen, die alle eine Art des Andersseins und Individualismus pflegten. Es war aber eher diese Art Individualismus, die jedem, der diese Szene hier kannte, ins Gesicht brüllte: «Es ist egal, ob du Terrorist, Putzfrau oder Bürokaufmann bist, dein Leben bleibt gebrochen.» Das war wahrscheinlich auch der Grund, der mich unbewusst schon immer hergezogen hatte, der aber jetzt mit der Distanz zu diesen Menschen an diesem Ort noch deutlicher zu spüren war. Ich fühlte wieder Balboa-Erhabenheit. Dies war nicht mehr mein Zimmer und es tat gut, das zu wissen.

Ich suchte Schmidt in den Reihen derer, die sich mit hochprozentigen Schnäpsen in eine Ecke zurückgezogen hatten, um ihrem Leben zumindest für die Stunden des Rausches eine positive Nuance zu schenken. Er war nicht dabei. Dafür kam aber einer, den sie Kalle nannten, von dem ich aber nicht wusste, ob er wirklich so hieß, auf mich zu, um mich zu begrüßen. Kalle stank nach Schnaps und der verpassten Möglichkeit, seine Kleidung zu wechseln, wenn man sie mal vollgekotzt hatte. «Ey, Mann, lang nicht mehr gesehen, Alter.» «Ja, war lange nicht hier, stimmt.» Kalle legte seinen Arm auf meine Schulter und wirkte so hilfs- und schutzbedürftig wie ein Kleinkind in dieser coolen Geste. «Was hast denn so angestellt in der Zwischenzeit?» «Überlegungen.» Schweigen. Einwortantworten in direktem Nachhall auf seine Frage zu bekommen stellte etwas mit seinem Gehirn an, auf das er grad nicht klarkam. «Ist ja auch egal», sagte ich ihm, und ich musste meiner Stimme etwas mehr Druck geben, um irgendeinen lauten Metalsong zu übertönen, der den Raum mit brachialen Schallwellen zu durchkreuzen schien. Ich wischte mir Kalles Hand von der Schulter, und der guckte immer noch so, als warte er jetzt auf irgendein Spiel oder darauf, dass ich gleich einen Karton mit Bauklötzen vor seinen Augen ausschüttete, mit denen er seine Kreativität herausfordern dürfte. «Sag mal, Kalle, weißt du, ob Schmidt hier irgendwo unterwegs ist heute Abend?» Nach dieser Frage schlich sich eine Brutalität in Kalles Blick, die ich nicht erwartet hatte. Er zog mich mit sich, umklammerte mit seiner Hand mein Handgelenk und schleifte mich Richtung Bar, wo er dem ebenfalls nach hygienischem Hilfsbedarf aussehenden jungen Mann, der sich dahinter aufhielt: «Zwei Bier und wenn's schnell geht, macht nix!», entgegenbrüllte, worauf dieser aktiv wurde und in einem ranzigen Kühlschrank kramte. Wir setzten uns auf die Reste von zwei Barhockern, hier war so ziemlich alles kaputt.

«Schmidt ist komplett im Arsch, Alter», begann Kalle seine Ausführung, «der ist auf irgendso 'ner Chemikalie hängengeblieben.» «Wie Chemie? Der hat doch eigentlich nur mit Alkohol und eventuell mal Kiffen zu tun gehabt.» Ich war verwirrt. Schmidt, ein Chemiedrogenopfer? Unsere Biere wurden auf den Tresen gestellt. Wir tranken schweigend den ersten Schluck, bevor Kalle weiter berichtete: «Also, du warst echt lange nicht mehr hier, Schmidt hat dann so'n Typen kennengelernt, so'n Raver, der ab und zu mal hier war und sich zugeknallt hat. Der hat dann Schmidt mit Tanztabletten versorgt. Und Schmidt ging voll drauf ab.» Wir tranken, ich schwieg, Kalle sprach laut weiter, spuckte Bierschaum auf meinen Unterarm. «Du glaubst das nicht, wie Schmidt drauf war. Ey, der kam hier vor ein paar Wochen mal rein und hat sich mit jedem angelegt, Entzug oder so, keine Ahnung. Der hat sogar Sibylle verdroschen, weil er auf irgendwelche Chemiedrogen nicht klarkam. Kennst ja Schmidt, wenn der mal was gefunden hat ...» Kalle lachte, wie man lacht, wenn man über einen unlängst Verstorbenen spricht, dieses in sich gekehrte Lächeln nach kurzem Hallgelächter, versonnene Blicke durch den Raum werfend, *Hach-ja*-Handbewegungen durch die Atmosphäre streichelnd. «Und wo ist er jetzt unterwegs?» Ich wurde etwas nervös, weil Kalle so eine aufgesetzte Pathosfigur war, wahrscheinlich auch eine Nebenwirkung von sozialen Defiziten. «Psychiatrie, Mann, der Schmidt is in 'ner Klapse, Alter, und ich glaub auch nicht, dass die den da wieder rauslassen.» Kalle stürzte sein Restbier runter. «Irgendwann saß der nur noch bei sich zu Hause im Garten und hat gequiekt wie ein Ferkel, weil sein Gehirn anscheinend verpufft ist, und dann hat er in der Sonne gesessen und keine Sau hat sich drum gekümmert, is ja nie einer da, und irgendwann iss er halbwahnsinnig irgendwo im Park gesehen worden, wie er Enten verfolgt hat, und dann ham sie ihn eingewiesen, herbe Geschichte. Seine kleine Schwester hat gesagt, er sitzt da nur rum, malt Kinderbilder mit Wachsmalkreide und würd sich vollpinkeln, wenn ihm danach is. Böses Ende so weit.» Kalle erwartete wohl in irgendeiner Form Zustimmung oder Nachfragen zu seiner Berichterstattung, aber ich war zu verwirrt zum Sprechen, zu viele Dinge drehten sich in meinem Kopf, unter anderem Schmidts Weintraubenpenis und seine lustvolle Art dem Leben alles abzugewinnen außer Zwang. Und dann passierte so was. Enthirnt von den falschen Drogen. Der gute Schmidt.

Ich trank mein Bier langsam aus, Kalle bestellte Schnaps, bot auch mir welchen an, aber ich wollte keinen Hardtalk, ich war ja mit dem Auto da. Meine Gedanken waren in diesen Stunden lauter als das Hardcoregebolze aus der Beschallungsanlage, meine Wahrnehmung hatte plötzlich viele Filter und ich sah alles wie hinter Glas und hörte alles wie unter Wasser. Stimmen schwammen wie kleine Fische an mir vorbei, Musik waberte wie ziellose und dem Zufallsprinzip anvertraute Meeresalgen durch meinen Kopf, ohne imstande zu sein, mich zu berühren.

Ich fuhr irgendwann nach Hause und wusste, dass ich auch nicht so schnell in dieses Aquarium der stinkenden Fische zurückkehren würde. Mir machte der Gedanke Angst, eventuell Mitschuld an Schmidts Untergang zu haben. Vielleicht hätte meine Gegenwart ihn vor bösen Drogen bewahrt. Viele *Vielleichts* zirkulierten wilde Gedankenkreise in mir. Das Leben war doch eine Halde von Optionen, und es gab immer Menschen, die sich für die falschen entschieden. Schmidt war wichtig, wichtig für mein Erwachsenwerden, wichtig für die Bildung einer Vorstellung des Wortes *Freiheit* und vor allem auch wichtig für das Erkennen, dass ich viel unterlassen würde in diesem Leben, was mich zu einem derartigen Ende führen würde.

Als ich die Schmidt-Epoche zu Ende gedacht hatte, wurde mir noch kurz bewusst, wie grundlegend gut dieses Erleben war, aber wie wenig ich von den Erkenntnissen meiner Jugend in die Jetztwelt übertragen konnte. Manchmal kam es mir wirklich so vor, als ob nichts, aber auch gar nichts von Bestand war, nicht ein Ding, was festzuhalten war. Aber die Sehnsucht nach dem Halten von Epochen oder Momenten verfolgte die Menschen, ich war auch in diesen Momenten auf diesem Balkon nur ein Opfer meiner Erinnerung, die mich heimsuchte und mir vor Augen führte, wie irgendwas mal war und was daraus hätte werden können. Wäre ich selbst abgestumpft, vielleicht hätte ich mit Schmidt eine erfreuliche Freundschaft zelebrieren können, eine, die aufrecht dasteht und einem täglich erzählt, wie unwichtig man doch selbst ist, und dass man gefälligst mal mit dem Reflektieren der Umgebung zugunsten einer Überdosis Leben aufhören sollte.

Ich saß auf dem Balkon, es war Sonntag. Mittlerweile war auch Kai zurückgekommen und spielte eine zauberhafte Melodie, etwas Verträumtes, etwas, was man neben Tassengeklimper und dem Kaffeemaschinendurchlaufgeräusch gerne morgens hören würde, weil man dann weiß, dass da einer ist, der sich kümmert und dem das nicht zu viel wird. Und vielleicht schwingt da ein wenig Verlässlichkeit mit mit diesem Menschen. Morgen, so entschied ich mich spontan, würde ich dann nochmals zu Kai rübergehen, um ihn mit meinen Sehnsüchten zu konfrontieren, den Sehnsüchten nach Verlässlichkeit, nach Nähe, nach der Substanz, aus der eine haltbare Bindung wie Freundschaft bestehen sollte. Ich wollte ihm erzählen, was in mir vorging, was für mich die Vergänglichkeit bedeutete, und dass die damit verbundene Angst mich manchmal so hemmte, dass ich es kaum für lohnenswert erachtete, irgendwo aufzustehen, wo ich mal gefallen war. Kai wird mich verstehen, dachte ich, er wird in seine Seele gucken und da Licht finden und das mit mir teilen wollen, weil er mich als jemanden achtet, der es wert ist, geachtet zu werden. Und wir werden reden und Gemeinsamkeiten haben und es nicht auf ein Ende zulaufen lassen, ein Ende, an dessen Schmerz ich mich wohl nie ganz gewöhnen könnte. Aber ich werde ihm definitiv keinen blasen.

Und manchmal, bevor mein Leben eskaliert und mir der ganze Matsch explosionsartig um die Ohren an die hinter mir liegende Wand klatscht, suche ich Normalität. Ich weiß, dass es anmaßend ist, weil man, wenn man eine Norm sucht, ja eigentlich so etwas wie ein Elternteil sucht, das einem den Weg durch einen unbekannten Dschungel zeigt, weil man selbst wieder zu hilflos ist, diesen Weg zu erkennen oder im Navigationssystem des Lebens die korrekten Koordinaten einzugeben. Der, der den Weg verloren hat, soll ihn auch gefälligst selbst wiederfinden. Das könnten die Lebensweisheit tragenden Worte meiner Mutter sein, aber es sind meine eigenen, meine gedachten kleinen Denkscherben, die hier überall verteilt liegen, und manchmal trete ich eben rein und so ein Ding, so ein Gedanke setzt sich fest und besetzt meinen Kopf und malt dann Transparente und hängt sie mir aus den Augen oder Ohren und auf diesen ist zu lesen: Der Gedanke ist autonom, aber der Kopf nicht.

Teil meiner kleinen Normerfüllung war mein Arbeitsplatz, den ich täglich wie automatisiert ansteuerte. Robotergleich, wie ein programmiertes Rechenbeispiel, ging ich dort meiner Arbeit nach, obwohl ich es schöner gefunden hätte, wenn meine Arbeit *mir* nachginge, wenn ich den Tag nicht so fremdbestimmt erlebte. Ohne Empfindung, da war nur Leere; ich war ein leeres Gefäß, das seine Füllung, seinen Luft verdrängenden Inhalt suchte und so im Arbeitsalltag herumstolperte und irgendwelchen unbekannten Menschen Lesesachen verkaufte. Auch die Kunden waren leere Gefäße, leere Tassen und Eimer kamen als gesammelte Kundschaft in diesen Buchladen und forderten Füllung durch Worte. Mal wollten sie lernen, mal Gefühle produziert bekommen oder einfach nur schreiend lachen oder in Literaturdiskussionen nicht nichts sagen wollen und dadurch blöd erscheinen.

Die Fremdbestimmung meiner Arbeit erinnert mich an die Situation meiner Mutter. Sie liegt in diesem Bett und hat meine Aufmerksamkeit, solange ich bei ihr bin, aber irgendwann gehe ich dann wieder, weil ich es nicht mehr aushalten kann, dass da jemand herzensnahes liegt und nicht mehr an der Gewöhnlichkeit des normalen Lebens teilnehmen kann. Da gibt es ein Missverhältnis zwischen den Sterbenden und den anderen Leuten, diesen Gesunden, die noch glauben, sie könnten in sich selbst Erlösung finden. Aber die meisten haben doch irgendwie den Faden verloren und greifen wahllos um sich, um sich mit einer Norm auszustatten, die unantastbar macht. Denn was macht man mit denen, die den Faden verlieren? Man ignoriert sie, und wenn sie ausflippen und Busse entführen, oder in Schulen oder Kirchen um sich ballern, oder wie Schmidt ihre Gehirnfunktionen in chemische Substanzen einlegen, dann sperrt man sie weg. Dann könnten sie auch tot sein, die Fadenverlierer, tot und weg, aus dem Sichtfeld von allen Dingen, denn sie versperren doch die Zufahrtsstraße ins Glück. Da guckt man lieber zweimal weg.

Und am allerbesten stellt man doch sein Untotsein durch den Besitz einer Norm dar. Das ist das deutlichste Signal und spricht: Räumt mich nicht weg, ich bin normal. Das ist meine Existenzberechtigung. Daher, aus dieser Angst heraus, bauen viele Leute Häuser aus genormten Steinen, hängen sich genormte Hunde an die genormten Leinen und begeben sich in normgerechte Partnerschaften und sind und bleiben fremdbestimmt. Und auch ich bin so geworden und es tut weh, das immer wieder zu erkennen. Der Job, die Mietwohnung, meine ganze Existenz ist auf den Pfeilern aufgestellt, die ich als Jugendlicher ausgelacht habe.

Und im Zustand zwischen diesen Dingen befinde ich mich. Mein Leben besteht ja aus kleinen dünnen Mauern, die ich aus Arbeit, festem Wohnsitz und der minimalen Beteiligung am öffentlichen Leben errichtet habe, aber dahinter, ja dahinter findet eine Pathosparty statt, die ich mal liebe und dann wieder verachte. Da wird getanzt und gesoffen und gelitten und gelacht, und alles geht und alles ist fühlbar, doch es bleibt keine Essenz liegen, nichts, was man aufheben kann und woran man sich festhalten mag. Die Abwesenheit von Sicherheit macht die ohnehin schon unsicheren Schritte noch instabiler. Ich meine die innere Sicherheit, die eine ohnehin schon fragile Persönlichkeit davor bewahrt, einfach so auf dem Boden zu zerschellen.

Und ich tanze immer noch auf dem Dancefloor meiner brachliegenden Seele, und danach lege ich mich in die Ecke und habe Träume aus Pappe, die ich nach und nach ins Feuer der Realität werfe. So sieht's aus. Es knistert, und manchmal denke ich, dass ich verrückt werde. Und zwar ganz langsam. Oder dass sich irgendeine höhere Instanz aus meinem Leben einen Spaß macht. Ich, die Flipperkugel Gottes? Obwohl verrückt ja nur heißt, an einem Ort zu stehen, an dem man zuvor noch nicht gewesen ist. Schau her, ich habe diesen Schrank verrückt und jetzt ist mein Leben anders. In meinem kleinen Wahnsinn schlummern Möglichkeiten, das weiß ich.

Ich hatte also die Normalität, das gewöhnliche Leben an mich gerissen, um Buchhändler zu sein. So stupide dieser Job war, so strukturgebend war er auch. Nein, eigentlich habe ich an nichts *gerissen*, sondern es gab diesen individuellen Augenblick der minimalen Neuorientierung, und ich war wie eine Münze, die man in einen Brunnen wirft und sich daraufhin was wünscht. Nach all den anderen Jobs, warum nicht Buchhändler sein? Ich war ja gelernter Bürokaufmann und im Sachverhalte verwalten kannte ich mich aus. Aber nur nach außen hin, meine inneren Belange blieben zerkratzt und unbehandelbar offen.

Den Job hatte ich damals bekommen, weil der Ex-Ehemann von Frau Braun ein freundschaftliches Verhältnis zu meinem Vater pflegte, und so kam ich als ungelernter Buchhändler in diesen kleinen Laden, in diese Herberge von Holz und Papier, die mir immer mehr vorkam wie ein rustikales Gefängnis.

Dem allgemeinen Image des Buchhändlers, das in den Köpfen der Leute da draußen so halbgar vorherrscht, entspreche ich in vielen Punkten. Buchhändler werden häufig für introvertierte, nerdige Typen gehalten, die sich gern in sich zurückziehen, die vielleicht mit der ein oder anderen psychischen Auffälligkeit aufwarten können und Fachwissen einer allgemeinen Soziabilität vorziehen. Ein wenig bin ich ja so, ein egomeditatives Ding mit depressiver Grenzerfahrung und mein Kopf ein Freizeitpark, in dem die Achterbahn im Dauerbetrieb läuft. Und auch die Geisterbahn ist voll besetzt.

Frau Braun hielt sich irgendwo zwischen Kochbüchern und Haushaltstipps auf und neben mir stand Claudia, eingewickelt in Designerkleidung, und packte ein Kinderbuch in Geschenkpapier ein und lächelte dabei wie ein Weihnachtsengel. Manche Leute scheinen nur zu existieren, um maschinenartige Dinge mit der Rechtfertigung zu tun, dass irgendwer halt immer irgendwas zu tun haben muss. Claudia streichelte das Geschenkpapier glatt und der Kreislauf der Zwangshandlungen war geschlossen. Die Kundin lächelte zurück; es war ein Lächeln, das wie der Reflex wirkte, wenn man von einem 500-Watt-Halogenstrahler geblendet wird und zwinkern muss wegen der abstrusen Helligkeit und der eigene Ausdruck einem zur unfreiwilligen Freudenfratze mutiert. Ein Kind würde mit einem Buch beschenkt werden, und Claudia lächelte besinnungslos auf die Kundin ein, um eine Emotion vorzuheucheln, die sie vielleicht gar nicht hatte. Ich wusste nicht, wie sie funktionierte, diese Claudia, was ihr Antrieb war, warum sie diese Stumpfheit ausstrahlte und trotzdem irgendwie selbstbewusst dabei aussah. Ich konnte nicht verstehen, wieso sie augenscheinlich glücklich zu sein schien, der Job konnte es wohl kaum sein. Wahrscheinlich hatte sie Leute, die ihr ihre Schönheit wie hochglanzpolierte Spiegel reflektierten, und vielleicht reichte ihr das, um einen ganzen Tag lang zu lächeln. Vielleicht war sie aber auch tatsächlich einfach nur zufrieden, weil sie bedrohliche Mechanismen einfach nicht an sich ranließ, die Gedanken der Gefährlichkeit und der Unfreiheit nicht in ihr Bewusstsein bettete.

Emotional derangiert und kognitiv dekompensiert stand ich da hinter diesem Kassentresen, neben mir die übersprudelnde und in der Berufsschule erlernte Kundenfreundlichkeit Claudias, und da war dieser Mann, der stand da vor mir und hielt ein Buch in der Hand. Er war im Alter meines Vaters, nur sah man seinem Kleidungsstil, seinem Gesicht, seinen Bewegungen und seinen Händen an, dass er nicht unter schmierigen Autos alte Ölreste abkratzen musste oder auf windigen Baustellen mit Schüppen und Eisenmatten rummachte, sondern an irgendwelchen Stätten der Sauberkeit ein irgendetwas verwaltendes Dasein fristete. FDP-Wähler, so fuhr mir ein

Gedankengeschoss durch den Kopf, sind einkommensstarke Politdesinteressierte mit Hang zur Moralunterschätzung oder aber vollkommene Idioten, die aus Machtgeilheit ein politisches Amt bekleiden, nur damit sie was zum Anziehen haben.

Der Mann vor mir begann zu sprechen, nachdem er mich ungefähr eine Minute lang gemustert und seine Blicke über meinen Körper hatte wandern lassen. «Junger Mann, bedienen Sie hier?» Geringschätzigkeit lag in diesen Worten. Es war die Geringschätzigkeit eines Mannes, dem alles zu gering vorkam, das Leben zu kurz, die Mitmenschen zu inkompetent, die Suppen zu verwässert. Ich zimmerte mir ein Ich-bin-so-dankbar-für-meinen-Job-und-lass-mich-gern-von-Kunden-wie-Biomüll-behandeln-Lächeln und nickte ihm mit zugewandter Freundlichkeit zu. «Was kann ich für Sie tun?» «Ach wissen Sie, diese Goethe-Gesamtausgabe, die kenne ich ja schon auswendig, ja, Goethe, so was fehlt unserer unreinen deutschen Kultur heute. Schriftsteller, die ein Gefühl für jede Stimmung hatten und wussten, dass Worte auch Arbeit sind. So einer war der Goethe.» Er hielt mir das Buch hin, ich nickte, wollte es gerade zum Kassieren an mich nehmen, da entzog er es mir wieder und monologisierte erneut auf mich ein. «Ja, wissen Sie, Goethe hat ja wie ich in Leipzig Jura studiert, bevor er dann nach Weimar kam. Kennen Sie Weimar, junger Mann? Natürlich kennen Sie Weimar nicht, Ihre Generation hat ja überhaupt kein Gefühl mehr für die Geschichte. Ja, Weimar, eine kreisfreie Stadt im schönen Thüringen. Vor allem bekannt durch ihr kulturelles Erbe. Und natürlich durch die Gedenkstätte Buchenwald, ich hoffe, Sie wissen, was da geschehen ist, junger Mann?» Und er redete weiter, und ich klinkte mich gedanklich aus und erkannte, was den Fremden und mich verband: außen eine leicht subversive Lethargie und innen tobender Krieg. Er redete auf mich ein, und in jedem Wort hörte man deutlich das Betteln nach Beendigung seiner Einsamkeit, aber er konnte, wahrscheinlich aus Selbstunsicherheit, nicht aufhören mit dem Gerede und schlug mir Wortschwall um Wortschwall wie ein durchgeknallter Poetry Slammer um die Ohren, und ich begriff die Tragik, die er darstellte, denn sie war meiner eigenen Tragik nicht unähnlich, und er endete mit: « das ist dann wohl ein Generationenproblem ...» Er schluckte, wirkte irgendwie gerührt und die entstehende Pause verband uns. «29,99 bitte», sagte ich dann schlussendlich, weil ich es nicht mehr aushielt, und ich sah in seinem Gesicht die Unausgeglichenheit, deren Opfer er war. «Haben Sie vielleicht eine Tüte?» Ich lächelte dienstmädchengleich und ließ das Buch in eine Plastiktüte sinken, die ich ihm lächelnd reichte. Nun sah er ganz kurz so aus, als wolle er seinen wahren Schmerz doch noch artikulieren, aber seine Schwäche, die sich als Stärke verkleidet hatte, konnte das nicht zulassen. «Und denken Sie mal über Weimar nach, es ist wunderschön dort, auch für junge Menschen.» Sein leicht weinerlicher Ausdruck zum Ende seines Monologs hätte mich fast mitgerissen, Mitgefühl schaukelte an mir rum, verlangte von mir eine Umarmung oder Ähnliches, aber auch ich nickte nur abwesend und meinte: «Danke für den Hinweis und einen schönen Tag noch.»

Der Mann ging weg, sein letzter müder Blick aus seinen zusammengekniffenen Augen streifte mich, war aber schon so leer wie seine Worte. Sein Mantel wallte um seine Beine, und er wirkte wie ein Cowboy nach einem Duell, der seinen Gegner zwar mit einem gezielten Kopfschuss erledigt hatte, das Geschoss aber, das im eigenen Herzen steckte, nicht bemerkte. Da wurde mir bewusst, dass, wenn ich nicht beginnen würde, meine eigenen Barrikaden, die um mich waren, zu zerstören, dann die Möglichkeit gefährlich groß wäre, ebenso tragisch wie eben jener Mann zu enden. Ich schaute ihm nach, sah, wie er aus dem Laden schaukelte, und verlor ihn dann in der Fußgängermasse, die ihn vor dem kleinen Buchladen verschluckte.

Der Rest des Tages war wie ein schwerfälliges Ein- und Ausatmen. Er war wie Sauerstoffzufuhr durch verschmutzte Atemwege. Das Gehirn nur langsam, die Augen nur müde und der Gang immer schleppender. Am Abend, kurz vor Feierabend, entdeckte ich Frau Braun am Philosophieregal, wie sie ein Ludwig-Wittgenstein-Buch umklammerte und den Buchdeckel streichelte, ich glaube, es war *Über Gewissheit.* Das Bild der überkandidelten, alternden, verrückt anmutenden Buchliebhaberin, verzweifelnd im eigenen Laden, gab ich mir eine halbe Minute, dann wandte ich mich aus Fremdpeinlichkeit ab. Ich wusste nicht, ob sie wusste, wie sie in meinen Augen wirkte. Sie genoss bei mir schon den Status einer Vorgesetzten, allerdings mit den Merkmalen der grenzdebilen Kaputtheit. Irgendwie war sie ja süß in ihrer Kompromisslosigkeit, all diese Bücher liebzuhaben.

Claudia war jemand, die gern auf der menschlichen Oberfläche spazieren ging. Sie hat nicht diese *Braun'sche Tiefe* im Umgang mit Büchern, für sie waren das lediglich Produkte, als würde sie Zahnbürsten oder Glühbirnen verkaufen. Aber sie professionalisierte sich immer mehr in diesem Metier, manchmal überraschte sie mich mit Zusammenfassungen von Büchern, die sie nie gelesen hatte, verwies dann aber auf ihre Berufsschule und dass man da so was lerne. Aber ich glaube, sie könnte auch Schlachten oder Anstreichen lernen, die Claudia. Sie hatte wohl ein auswendig gelerntes Leben mit einer auswendig gelernten Frisur und auswendig gelernten lebenspraktischen Verrichtungen. Da schien es einen Plan zu geben, einen überdeutlichen, und dieser Plan schien über allem zu stehen, und so Kleinigkeiten wie Kleidungsstil, Haarlänge und Wortschatz gehörten auch zur Vollkommenheit dieses Plans, den die Claudia da zu erfüllen gedachte.

Dieser Tag, wie so viele Tage, ein Regenschauer aus Langeweile, bitteren Gefühlen und meinen kleinen Analyseanwandlungen. Manchmal dachte ich, ich sollte Psychologie studieren, weil ich meine Beobachtungsgabe für entwaffnend hielt, dann aber hatte ich diesbezüglich auch Angst vor mir selbst, denn was war, wenn ich herausfand, dass in mir etwas nicht stimmte. Wenn in mir fehlgeleitete Gefühle oder Bewusstseinsoptionen herumwaberten, die ich am Ende gar nicht kontrollieren konnte. Und dann würde ich dasitzen, ein Psychologiediplom in der Tasche, und hätte aber die Erkenntnis im Rucksack, dass ich nicht wirklich funktioniere, dass ich ein Fehler im System bin, vielleicht sogar das System im Fehler; ja, vielleicht bin ich tatsächlich ein systematischer Fehler, der einfach irgendwo in der Weltgeschichte aufgetaucht ist und sich selbst in Unruhe versetzt hat. Daher nahm ich vom Gedanken an ein Psychologiestudium Abstand. Viel zu gefährlich, viel zu nah an der Selbsterkenntnis. Ich glaube ja, dass Menschen einen Automatismus haben, der es ihnen erlaubt, eine andere Denkrichtung einzuschlagen, wenn da ein mit allen Waffen der Selbstzerstörung ausgestatteter Schmerz auf sie zukommt. Das ist purer Selbstschutz. Zum Beispiel ein Lied pfeifen zu können, wenn die Mutter im Sterben liegt. Diese Fähigkeit hat jeder Mensch, manche haben sie nur sehr stark in sich vergraben. Unter Emotionstrümmern wie Hass, Desinteresse und dem Hadern am Eigenschicksal.

Ich dachte mich immer tiefer in einen Sumpf. So ein Sumpf hat ja die Eigenschaft, dass er einen umso mehr runterzieht, je heftiger man sich in ihm bewegt. Ich versuche seit Jahren, mich freizustrampeln, und werde immer bewegungsunfähiger. Tiefer sinkend. Ich muss nach Hause, ein Lied pfeifen, vielleicht ein Bier mit Kai trinken, aufhören das Leben zu analysieren und an Dingen hängen zu bleiben wie Fehlen, Sterben oder Untergehen. Ich sollte versuchen, Akzeptanz zu lernen, doch wie geht so was? Ich kann doch nicht einfach irgendwo stehen bleiben, dem unausweichlichen Schicksal mich als Nahrung anbieten und das auch noch gutfinden. Oder doch?

Daraus ist Akzeptanz doch gemacht. Akzeptanz bedeutet ja auch Aufgeben, das Hinnehmen von Unausweichlichkeit, und man fühlt sich so dumm wie ein Reh, das auf einer ICE-Strecke grast und dann zerbrochen im Graben des Schicksals liegt und sich fragt, wieso es das jetzt nicht akzeptieren kann, dass es so doof war, da einfach stehen zu bleiben, als der Zug kam, und nicht einfach den entscheidenden lebensbejahenden Schritt zur Seite tat. Ich will nicht so enden wie ein kaputtes Reh im Gleisbett, ich will leben, und wenn der große böse Zug auf die Strecke kommt, auf der ich mich gerade befinde, dann suche ich mir eine andere Zugverbindung und verschwinde. Aber lebendig.

Hinten im Bus war Platz für mich. Wieder diese letzte Bank, und mein Kopf spulte diverse Videobänder des Tages vor und zurück, und ich dachte noch daran, dass der Wahnsinn manchmal dichter an einem ist als die Vermutung, ein funktionierendes Leben zu haben. Der Bus schleppte sich durch den Feierabendverkehr und verhielt sich dabei wie ein in der Großstadt verirrter Hund, der aus Orientierungsgründen an jedem Kackhaufen riecht. Und dann immer die Suche nach dem Daheimgefühl und immer wieder nur fremde Scheiße beschnüffeln. Ein seltsames Gefühl völliger Leere füllte mich aus. Das hier fühlte sich nicht an wie Nachhausefahren, das fühlte sich an, wie in einer Ladung Kotze nach etwas Essbarem zu fahnden.

Als ich nach einer Stunde stumpfmachendem, aber immerhin Gedankenmasse auflösendem TV-Programm in meinem Bett lag, war ich ziemlich durch. Durchsein bedeutet aber nicht, etwas überstanden zu haben, sondern lediglich abgewetzt wie eine zweihundertsiebenundsechzigmal gewaschene Unterhose auf der Wäscheleine des Lebens zu hängen, um sich auf den nächsten Gebrauch am Unterleib vorzubereiten. Das Gefühl des Wartens. Das Denken im Warten. Das Alleinsein im Denken im Warten. Das machte alles schwierig und irgendwie klebrig. Das Denken an die Vielfalt der Optionen, das gefiel mir irgendwie nicht, das war alles mehr, als meine teilweise autistische Wahrnehmung zur Verarbeitung weiterleiten konnte. Deswegen war ich unruhig. Getrieben gar vom Phänomen der Freiheit, die mir jeden Tag versuchte, den Arsch anzuzünden, als ob sich ein Raketentriebwerk darin befände, aber ich war immun gegen diesen Gedanken.

Ich lag also da, in diesem Bett, und auch wenn die Augen geschlossen waren, kam da so ein Licht vorbeigeflitzt, eins, das so seltsame Striche durch mein Leben machte, zarte, aber trotzdem extrem präsente Linien, die klare Blicke auf Ruhepole störten. Ja, verdammt, irgendetwas störte mein Leben, und ich war nicht imstande es wegzuräumen. Vielleicht war es auch meine Mutter, die sterbend herumlag, hilflos, abhängig, nicht mehr autonom agierend, und ich konnte diese Gedankengeschosse nicht verarbeiten. Oder es war die Unfähigkeit sich zu bewegen, in einem Land, das Freiheit zwar ermöglicht, aber alles daran setzt, dir Ketten um deine Existenz zu werfen, und zwar so lange, bis du die Ketten akzeptierst und dich an sie gewöhnst. Irgendwie sah ich auch nur noch Menschen, die wie die Inhaber verlebter Fressen langjähriger Gefangener aussahen, eingeknastet von der Freiheit höchstpersönlich, die dir den Fitnessclub, den Bausparvertrag und das Automobilleasing ermöglicht, und es gibt Leute, die das tatsächlich für Freiheit halten. Für mich war Freiheit immer der Gedankenansatz, mehrere Stunden am Tag still dasitzen zu dürfen, ohne ein Fremdgeräusch, ohne ein Telefonklingeln, ohne E-Mail-Antwortzwang. Ich wusste nicht, ob ich so was überhaupt noch konnte.

Die Müdigkeit wurde gröber zu mir, sie zerrte mich an sich, und ich war der unangenehmen Auffassung, noch weiterdenken zu müssen; ich glaube, hätte ich noch weitergedacht in dieser Nacht, ich wäre aus einem Fenster gesprungen oder hätte das Geheimnis der menschlichen Existenz ergründet. Nicht den Sinn des Lebens, der ändert sich zu schnell, aber es gibt Mysterien, die man mit Gedanken nur umschlingen kann. Ich wollte weiter, aber der Schlaf holte mich zu sich, warf einen niederträchtigen Traum auf mich und entließ mich am nächsten Morgen unausgeglichener denn je. Irgendwas musste passieren ...

Zwei Tage später wollte ich meinen Vater besuchen, nicht aus einem wirklichen Willen heraus, sondern eher aus dem inneren Zwang, diesem Menschen in seiner manchmal schier unerträglichen Stumpfheit beizuwohnen. Ja, *Beiwohnen* ist dafür ein schöner Begriff, ein richtiges Miteinander gab es da nie so wirklich mit meinem Vater. Ich hatte aber das unbestimmte Gefühl, dass die ohnehin schon sehr rissigen und spröden Kontaktstränge sich weiter verdünnisierten, wenn ich ihm nicht ab und zu unter die Augen trat. Jemandem unter die Augen treten, jemandem aus den Augen gehen, aus den Augen und aus dem Sinn sein, das sind extrem harte Begrifflichkeiten, die ich trotz der durch mein Leben mitgeschleppten Beziehungsarmut mit meinem Vater nicht haben wollte. Ich war sein Sohn, ich wollte es bleiben, und mich vor allem so fühlen, trotz all dieser Umstände, die mich manchmal in die Nähe der Verzweiflung trieben, trotz der grauen Stimmung, die hier herrschte.

Eine Frau öffnete die Tür. Erika. Er hatte ja von ihr erzählt, und ich glaubte schon, dass sie sein Leben bereicherte, aber sie hier als Türöffnerin vor mir zu sehen, erschreckte mich doch ein wenig. Sie wirkte wie eine gut genährte Bauersfrau, die versuchte durch modische Accessoires, wie ein völlig deplatziertes weißes Halstuch, ihre bäuerliche Herkunft zu verleugnen. Dazu trug sie eine blaue Stoffhose und eine graue Bluse, und das um ihren Hals gelegte weiße Teil rieb sich an ihrem geröteten Doppelkinn. «Ach hallo», sagte sie sanft zwitschernd in einem Bäckereifachverkäuferinnenton, rammte sich ein lächerliches und unsicheres Lächeln ins Gesicht und reichte mir die Hand wie die Fremde, die sie ja nun mal für mich war. Ich erkannte sie aber, sie war ja lange Jahre meine Nachbarin gewesen, und auch ich versuchte, ein wenig Freundlichkeit in meinen Ausdruck zu legen, was mir aber nur bedingt gelang. «Dein Vater ist im Wohnzimmer.» Sie ging voran, ich schloss zögernd ohne unnötige Geräusche zu verursachen die Haustür und folgte ihr.

Ich hatte plötzlich ein Gefühl der Fremdheit, die fremde Frau im Haus meiner Kindheit machte dieses Gefühl. Ich fühlte mich verloren, denn da lief eine Frau, die anscheinend die Rolle meiner Mutter zu übernehmen gedachte, wie selbstverständlich durch die Räume. Kindheitserinnerungen kamen auf, solche, die man nur hat, wenn man durch das Haus geht, in dem man aufgewachsen ist. Mein Vater saß im Wohnzimmer und hatte gute Laune, als ich in sein Blickfeld trat. Er saß auf dem alten Sofa, auf seinem angestammten Platz und schaute mich mit freundlichen Augen an. Dann machte er etwas, was diese Situation besonders machte, nämlich den Fernseher aus. Und mit einer durch sein Gesicht sichtbaren quälenden Bewegung stand er auf, rückte an seiner Hornbrille und kam zwei Schritte auf mich zu. Irgendetwas Gutherziges leuchtete da in seinem Blick, sein Gesicht war von ausdrucksstarker Freude bewohnt. Zunächst gab er mir die Hand, kam dann aber noch näher an mich heran und durchbrach die Distanz, diese tausendjährige, immer schon bestehende Differenz mit einer angedeuteten Umarmung. «Hallo Junge», sagte er sanft, war dabei ganz nah an meinem Ohr, und ich spürte allein durch die Farbe dieser beiden gesprochenen Worte, dass er sich freute, wirklich freute, mich zu sehen. Das war wunderbar, ich lächelte und machte die Umarmung etwas fester, wollte diesen Moment in mich reinlassen; die sekundenschöne Einheit machte ganz kurz den Kopf aus und ein kleines Feuer in mir an.

Wir setzten uns. Er sah mich an, er sah mich an mit väterlichem Interesse, so als ob jetzt der Moment wäre, der uns beide als das darstellte, was wir eigentlich auch waren, nämlich Vater und Sohn. Das Fremdheitsgefühl war weg. Nicht mehr da, weggespült von diesen Blicken aus Wärme und Zutrauen. Ich fühlte mich wie in einem erquicklichen Regenschauer nach einem 40-Grad-im-Schatten-Tag. Mein Vater war ein Sommergewitter. Sekunden, die reinigen. Ich ließ alles rein, und Blicke wurden zu Worten, die wieder von Blicken ergänzt zu schönen, wenn auch subtilen Momenten wurden.

Erika brachte Kaffee. Ich glaube auch, dass sie der Grund war für die Öffnung meines Vaters, die beiden wirkten vertraut; Erika rotierte ein wenig in der Küche, was ich erst schwer ertrug, aber es waren andere Küchenbetriebsgeräusche wie die, die meine Mutter einst hier abgesondert hatte. Es war gut, weil es anders war, denn ich spürte, dass diese Frau nicht meine Mutter zu ersetzen gedachte, sondern meinen Vater ergänzen wollte.

Das Bild, das ich von meinem Vater hatte, veränderte sich an diesem Tag nicht dramatisch, ich aber meine Perspektive. Er war offener, natürlich nicht so offen, dass er mir seine Herzfrequenz hätte mitteilen können, aber es ging immerhin so viel, dass wir imstande waren, gemeinsam zu lachen. Und das tat gut, es erfrischte meine Sinne, stellte das jahrelang aufrechterhaltene und immer wieder bestätigte Bild des gefühlskalten, unempathischen Mannes in Frage, als den ich meinen Vater stets und ständig wahrgenommen hatte.

Wir saßen im Wohnzimmer, Erika hielt sich kommunikationstechnisch auffällig zurück, aber ich merkte, wie sie mit meinem Vater Blicke austauschte, Blicke voller Vertrauen und Zuversicht. Ich erkannte etwas, und es war eine Wahrheit aus Beton. Mein Vater und diese Frau waren tatsächlich verliebt, und genau dieser Umstand bescherte meinem Vater ein offeneres Herz. Erika grinste beständig, nicht mehr ganz so dümmlich wie anfangs; sie bemerkte wohl ebenfalls, dass hier etwas Sonderbares im Gange war, etwas mit einer Wirkung, die sie nicht wirklich einschätzen konnte, aber auch sie spürte, dass es gut war. Und auch mein Vater und ich waren in einer Stimmung, die wir ganz selten, vielleicht nur in Kindertagen erlebt hatten. Wir bewegten unsere Stimmen durch den Raum, waren zu gehaltvollen Späßen aufgelegt, verhielten uns wie Verwandte, die sich zu schätzen wussten. Das war ein Gefühl der Erfrischung, gerade zu diesem Zeitpunkt in meinem Leben. Die Härte der Erkenntnis beinhaltete wohl auch, dass mein Vater wahrscheinlich mit meiner Mutter nicht diese Gefühle erlebt hatte, dass es da eher schwierig war, diese Lockerheit zu behalten während so einer Ehe, mit diesen moralischen Vorstellungen und Erwartungen bestückt zu sein, die nun mal auch mit so einer Ehe einhergingen. Mein Vater hatte all das stumm ertragen und jetzt, da meine Mutter außer Sichtweite war, konnte er sich Gefühle wie diese hier leisten. In meiner Funktion als Sohn war das zwar zunächst bitter, aber im Verlauf dieses Nachmittags begann ich, meinem Vater dieses späte Glück einfach nur zu gönnen. Es hatte ihn verändert, der Zwang war weg, einer Frau zugewiesen zu sein, die man geheiratet und laut moralischen Anweisungen immer zu lieben hatte. Ich glaube, dass sich die Liebe meiner Eltern einfach irgendwann verkleinert hat, und jetzt war sie fast ganz verschwunden, und Erika war eine gute Seele, die meinen Vater mit ihrem Dabei- und Dransein vervollständigte. Wäre diese Szene ein Bild, es wäre mit sonneninspirierten Farben gemalt worden, irgendwo oberhalb der Köpfe meines Vaters und Erikas würde zwar noch die Abbildung meiner Mutter in einem Krankenbett sein, aber das Gelb und Orange würde eine warme Gesamtstimmung zaubern.

Ich zögerte zwar, das alles in mich reinzulassen, das Glück meines Vaters so zu akzeptieren, wie es mir hier präsentiert wurde, weil es meine Mutter gab, die sterbend in einem Bett lag und nichts von dieser Szene hier mitbekam, aber ich glaube, auch ihr Herz hätte sich für die Fröhlichkeit meines Vaters geöffnet. Ich wünschte, sie würde das irgendwie mitbekommen, diese Güte, die jetzt hier war, und vielleicht könnte sie sich freuen. Da Erika selbst ja sehr zurückhaltend war, war der Geist meiner Mutter auch anwesend, wir sprachen zwar nicht über sie, aber sie war hier, hier mit uns, hier in meinem Herzen, in meinem Kopf. Sie war zwar die, die hier nicht mehr mitspielte, weil ich wusste, dass ihr Bewusstsein das nicht mehr würde registrieren können, aber ich hielt ihr Herz für nicht so steif, als dass sie nicht auch ein wenig Freude an der Freude meines Vaters gehabt hätte. Natürlich war es pure Mutmaßung, das zu denken, aber immerhin bestand die Möglichkeit. Wir konnten sie nicht mehr fragen, ob sie es wirklich gutfand. Aber das Glück meines Vaters war im Moment dominanter.

Erika lächelte, ihr weißes Halstuch glänzte. Mein Vater rückte seine Brille zurecht. Der Kaffee duftete nach guter Erinnerung. Mein Vater, der Kämpfer, der, der immer kämpfte, bloß damit Ruhe war, damit ich eine Kindheit mit Ruhe und Gutsein hatte verbringen können, dieser Mann saß jetzt altersmilde vor mir und war mir jetzt doch ein Vorbild, weil er sich über die moralischen Gesetzmäßigkeiten, die um ihn lagerten, einfach hinweggesetzt hatte. Das tat gut, ihn so frei zu sehen, so frei, wie ich selbst noch nie war.

Auf der Türschwelle lächelte ich über die Schulter meines Vaters hinweg Erika an. Dieses Lächeln sollte sie ermutigen, genauso weiterzumachen. Ich empfand keinen Groll, denn mein Vater war eine blühende Pflanze durch sie geworden, etwas spät zwar und auch die Blüte war nicht in voller Reife, aber immerhin war hier etwas passiert, was auch auf mich Einfluss hatte. Dann umarmte ich noch einmal meinen warmen

Vater, dieses Mal etwas länger, und ich bemerkte auch, dass sein Umarmungsdruck etwas fester war als die zögerliche, aber immerhin präsente Umarmung, die er mir geschenkt hatte, als ich hier reingekommen war. Es war etwas passiert, und ich war nicht wütend, hatte nicht das Gefühl, das er vielleicht vermutete: Erika würde den Platz meiner Mutter einnehmen. Sondern ich erkannte genau das, was hier passiert war: Erika hatte meinen Vater vervollständigt, und ich ging mit einem Lächeln durch die Tür, durch die ich gekommen war. Es war seltsam, ganz seltsam alles, aber trotzdem voller Güte und so sonnengetränkt wie frische Erdbeeren.

Mein Vater und ich, wir hatten uns wieder Körperkontakt angewöhnt, ungewohnt das, aber darin lag ein Reiz. Der Reiz, das Grau zu überwinden, das uns jahrelang ausgemacht hat. Altersmilde. Kein Vergeben oder Vergessen, aber der Effekt der leichten Einsicht in bislang undurchdringbare Gefilde. Da war noch Seele übrig. In meinem Vater, in mir, kleine Restbrocken Seele, mit denen wir uns an diesem Nachmittag gegenseitig gefüttert hatten.

Jetzt galt es noch, meine Mutter zufriedenzustellen. Und außerdem und vielleicht dadurch: mich. Das war natürlich schwierig, weil sie nicht mehr wirklich reaktionsfähig war. Wie stellt man Sterbende zufrieden? Was brauchen Leute, die dem Tod näher als dem Leben sind? Machen Gespräche, in diesem Fall Monologe, noch zufrieden? Man kann doch keinerlei Perspektiven eröffnen, wenn man selbst nicht weiß, was da ist, wo der Sterbende hinsoll? Die Frage nach Gott ist irrelevant, die Frage nach der Angst umso interessanter. Und bedrohlicher. Die Angst ist ein Horizont aus Krieg und Gewitterfront. Man hört nur die Geräusche aus der Ferne und kann imaginieren, was da passiert, wo es blitzt und explodiert. Hingehen will man da eigentlich nicht, aber der Weg führt nur geradeaus, hinter einem wächst er sofort wieder zu, der Weg, und es geht nur vorwärts, und da ist Krieg und Gewitter sowie Armut und Demut und anderer Morast, der schwer zu durchschreiten sein wird. Aber es geht nur nach vorn, andere Wege existieren nicht.

Ich war glücklicher an diesem Tag, glücklicher als meistens. Diese Begegnung hatte mich angefüllt mit Gutheit, mit Richtigkeit, mit der Erkenntnis, dass da etwas Fühlbares war, etwas Familiäres existierte. So richtig randvoll angefüllt mit guten Emotionen aus scheinbarer Ehrlichkeit hatte mich dieser Tag.

Auf dem Heimweg fiel das Glück langsam wieder von mir runter, wie ausgekämmte Haare blieb es in der Haarbürste des Lebens hängen. Gesundes Haar, so sagt ja der Volksmund, braucht hundert Bürstenstriche pro Tag, gesundes Leben braucht mindestens einen guten Gedanken am Tag.

Tage später saß ich zu Hause und dachte. Dachte wieder mal um Ecken, schaute hinter diesen Ecken nach Beweggründen für dieses Leben. Wollte durch das Denken Fülle in mein Leben bringen wie Schaumfestiger in Frisuren. Die unerträgliche Schwierigkeit des Meins. Ein beinloser Hürdenläufer war ich vor den Umständen, die mich umstanden.

Frau Braun hatte sich krankgemeldet, Claudia und ich waren seit einer Woche allein im Buchladen, und sie kam mir oberflächlicher denn je vor. Es hätte meine Einsamkeit ein wenig entschärft, wenn sie sich nur um ein klein wenig Zugang zu meiner Welt bemüht hätte. Aber alle Gespräche, die wir hatten, gingen nicht über ein Niveau hinaus, das Leute haben, die sich im Supermarkt treffen, aber eigentlich gar nicht treffen wollten.

Außerdem ging es meiner Mutter erheblich schlechter. Ein Arzt hatte mich angerufen und mir von ihrem Zustand berichtet. Dieser Arzt war ein sehr unsensibler Mann, der seinem medizinischen Fachwissen freien Lauf ließ und einen Wortschwall aus Fachbegriffen auf mich herabregnen ließ, die ich manchmal zwar einzeln, nie aber wirklich im Zusammenhang verstand. Ich stand im Sperrfeuer der Sondertermini und fand weder Schutz noch Halt. Das Einzige, was in diesem Arztmonolog wirklich ernsthaft erkennbar war, war die Tatsache, dass die irdische Existenz meiner Mutter bald ausbleichen würde. Zum ersten Mal hatte das jemand so direkt ausgesprochen. Er benutzte Wörter wie «Endstadium», «Lungenentzündung», «Humanismus», «Krankenkasse», «Grenzen der Medizin», «Atemprobleme» und «Absaugen».

Dieses Absaugen erklärte er mir in zwei Sätzen: «Da Ihre Mutter so langsam ihren Schluckreflex eingebüßt hat, muss das Pflegepersonal sie absaugen, da sie in den oberen Atemwegen Sekrete bildet, die sie nicht mehr abhusten kann. Dazu wird ein Schlauch in den Mund Ihrer Mutter eingeführt und ein Sog hergestellt, der möglichst viel angesammeltes Sekret absaugen soll.» Ich verstummte, hatte keine Fragen mehr, sah nur die Einbahnstraße auf der meine Mutter, hilflos in ihr Pflegebett gepresst, runterfuhr. Willenlos, entfremdet von der eigenen Persönlichkeit. Nicht mal mehr imstande, den Dreck zu schlucken, der ihr im Hals umgeht. Was sie wohl denkt? Ob auch die Angst durch sich auflösendes Denken weniger wird? Wenn nicht, was ist wohl das Thema ihrer Angst? Sterben? Hinterbleibende hinterlassen? Gott? Schicksal? Ich würde gern einmal in der Ruine ihrer Gedankenschemen spazieren gehen und die letzten Trümmer küssen, wertschätzen, was noch wertzuschätzen ist, und Liebe spenden, wo welche fehlt. Aber ich bin gefangen in dieser Welt der zuckenden Lebendigkeit, die so wenig mit ihrer Welt des passiven Verwesens zu tun hat.

Ich lief nach dem Telefonat sehr unruhig in meiner Wohnung umher, auf der Suche nach etwas, das wie eine aufgelegte Hand wirkte. Irgendetwas, in das ich mich schützend legen konnte, ein Versteck, ein Versteck in der eigenen Wohnung, in dem ich mich vor meinen kleinen Ängsten verstecken konnte. Ich dachte an meine Mutter, wie sie jetzt dalag, mehr tot als lebendig, unfähig zu erkennen, wer ich war, unfähig ein Gefühl zu mir zu haben. Und ich erinnerte mich an etwas, was ich mit meiner Mutter erlebt hatte, etwas, das eine ähnliche Hilflosigkeit provoziert hatte. Ich saß in einem Schulbus und ...

es stank. Es stank, wie es stinkt, wenn in einem Menschen mehr los ist, als von außen ersichtlich ist. Ich saß mitten im vollen Bus.

Ich war damals ein vierzehn-jähriger Fahrschüler, der jeden Tag einen halbstündigen Schulweg in überfüllten Nahverkehrsbussen in Kauf nehmen musste. Manchmal konnte man gut den Schultag hinter sich lassen während dieser Busfahrten, wenn man in seinem Walkman selbst zusammengestellte C90-Kassetten mit Aggressionsausbruch vermeidender Metalmusik rollen ließ. Damals gab es noch keine Amokläufe, zumindest keine dokumentierten und medial so krass analysierten wie heutzutage. Ich bin mir sicher, dass mich diese Kassetten vor so was wie Amoklaufen bewahrt hatten. Die gesunde Aggression, die ja in jedem Menschen meines Alters stattfand, die habe ich komplett mit brutaler Musik, dem etwaigen Abtreten von Außenspiegeln unnütz herumstehender Mercedes und dem Zerstören von Telefonzellen kompensiert. Erst später kamen Drogen dazu, auch nicht wirklich viele und wirklich schlimme, aber die aggressive Unruhe, die in pubertären Leuten stattfindet, kann durch die Gegengewalt von Metalmusik erübrigt werden. Diese Musik ist Teil der Evolution, es ist wichtig, dass es sie gibt, ansonsten wäre dieser Planet schon vor einiger Zeit von seinen Bewohnern verschrottet worden. An diesem einen Tag waren mir aber schon in der großen Pause die Batterien verblasst und aus halber Lautstärke wurde ein zögerliches Magnetbandlallen und daraus schließlich Stille. Schade.

«Schlucken, Bernd, schlucken.» Der junge Mann neben Bernd wurde nervös, aufgebracht gar, und Bernd beeindruckte das nicht; zähe Fäden dicken, graumelierten, anscheinend sogar noch mit Medikamenten- und Essensresten durchzogenen Speichels troffen aus Bernds Mund und sein quadratischer Kopf nickte dazu hospitalistisch anmutend. Dabei wackelte sein Epilepsieschutzhelm. Bernd trug einen grauen Anorak mit reflektierenden Streifen an den Armen und eine schlabberige Jeans, dazu klobige orthopädische Schuhe. Bernd sabberte direkt auf meine Schultasche, die auf dem Boden vor dem Sitz lag. Dazu artikulierte er Worte, die keine waren, eher Bruchstücke einer Sprache, die es noch zu erfinden galt. «Bernd, nicht!» Der sichtlich vor dem Überforderungsburnout stehende junge Mann wischte mit einem grünen Stofftuch Bernds Mund frei von Spuckeresten, woraufhin Bernd erneut seinen Mund mit der schier unendlich in ihm stattfindenden Flüssigkeit füllte und die Sache laufen ließ. Blupp, blupp.

Normalerweise schaute ich dann weg, wenn sich diese Begebenheiten vor meinen Augen arrangieren wollten, diese Begebenheiten, wenn zwei Menschen, die in irgendeiner Verbindung zueinander stehen, in meiner unmittelbaren Umgebung zu streiten begannen. Das war aber jetzt unmöglich, denn ich saß im Bus, und zwar auf diesem Platz, vor dem normalerweise Leute ihre Fahrräder, zusammengeklappten Rollstühle oder sonstigen schwer zu transportierenden Sperrkram hinstellten. Nun stand da aber Bernd mit seinem Begleiter. Und ich wünschte, es wäre stattdessen ein schwerer Gegenstand, der rhythmisch schmerzerzeugend bei jedem vom Busfahrer geschalteten Gang und bei jeder Bremsung gegen mein Schienbein stieß und berechenbare Schmerzschübe aussendete. Stattdessen standen da aber Bernd und sein Betreuer, Zivi, Bruder, was weiß ich, und Bernd speichelte direkt auf meine Schultasche, die ich mich nicht wegzunehmen traute. Ich fragte mich, ob das schon Diskriminierung wäre, sein blödes, kleingeistiges Eigentum vor einem Geistigbehinderten zu schützen. Ich ließ die Tasche liegen, Bernd sabberte kräftig mit ewigem Speichelfluss drauf. «Schlucken, Bernd, schlucken, ach Bernd, nee ...» Die Begleitperson war hoffnungslos überfordert, Bernd bekam das natürlich mit und ließ sie vollends auflaufen.

Die beiden wirkten wie ein Ehepaar, das gerne wandert, aber beide Partner unterschiedlich schnell laufen. Eine Zufallsgemeinschaft, in diesen Bus, in dieses Leben gespült und jetzt mussten beide situationsbedingt damit klarkommen. Dass daraus eine unmittelbare Aggression auf der Seite des vermeintlich Bewusstdenkenden erwuchs, war aber klar, denn er befand sich innerhalb sozialer Hemmschwellen. Sozialdienstleister, die ihre ihnen anvertrauten Behinderten schlagen, haben ungefähr das Ansehen eines Messdiener fickenden Pastors; also beides gibt es, und beides wird auch unter den Tisch der Vergesslichkeit gefegt, sobald es öffentlich wird. Beides wird aber auch allzu gern als pädagogisches Wirken bezeichnet, in der Öffentlichkeit jedoch doppelkinnmoralistisch verurteilt.

Ganz sicher würde sich Bernds Begleitperson nicht dazu hinreißen lassen, öffentlich mehr zu tun, als bloße verbale Verhaltenskorrekturvorschläge zu entäußern, aber in seinem Gesicht sah man deutlich die Aggression der Anspannung, diesem geistig behinderten Mann unterlegen zu sein. Zwischen diesen beiden Menschen gab es ein Kommunikationsproblem, das Bernd dazu bemächtigte, zumindest für die Dauer einer Busfahrt die Oberhand in diesem wahrscheinlich ansonsten wohl eher einseitig geprägten Machtverhältnis zu haben. Im Ausdruck des Begleiters standen Worte wie «Essensentzug», «kalte Dusche» und «gezielte Schläge ins Quadratgesicht zur Korrektur des unpassenden Verhaltens», und ich glaubte, sogar Spuren des Wortes «Euthanasie» zu erkennen. Bernd lächelte dieser angespannten Visage entgegen. Aber alles, was der Begleiter sagte, war: «Schlucken, Bernd, schlucken sollst du, Bernd, runterschlucken, die Spucke, Bernd, hörst du ...» Bernd hörte das natürlich, hörte aber nicht auf und ließ es laufen. Man sah in seiner vor hysterischer Freude bibbernden Fratze die Erkenntnis der Machtergreifung in diesem Moment. Bernd war personifizierte Passivität, war sich vielleicht sogar der Geschütztheit durch seine Behinderung bewusst und ließ es laufen, und meine Schultasche wurde zu einem triefenden Stofffetzen, vollständig eingesabbert von Bernds Speichel.

Ich erkannte die Unfähigkeit des Begleiters, Bernd aufzuhalten, und auch meine eigene Eingeschränktheit, einfach meine Tasche wegzuziehen, um sie vor Bernds Speichelfluss zu schützen, und das alles, weil sich niemand, inklusive mir, hier traute, dem Bernd mal kräftig in den Arsch zu treten für sein Verhalten. Die Belegschaft des Busses sah diesem Schauspiel stumm oder mit bewusst ignorierender Teilhabe zu. Diese ungesunde Mischung aus gespielter Toleranz und anonymem Ekel. Dieses Phänomen war mir bereits von vielen sogenannten Erwachsenen bekannt.

Ich wusste, dass in zwei Stationen die Bushaltestelle des örtlichen Behindertenwohnheims war, und hoffte inständig, dass die beiden da aussteigen würden. Meine Hilflosigkeit nervte mich, bedrückte mich sogar, und ich sank tief und unbeteiligt in meinen Sitz zurück. Es war schlimm für mich, so fremdbestimmt zu sein, meine Tasche ekelte mich an, ich gewöhnte mich an ihren Verlust, an den Spucketropfen für Spucketropfen verschwindenden Bezug zu ihr. Ich würde sie nie wieder anfassen. Vielleicht nur noch ganz kurz, aber dann würde ich sie nur hochnehmen, um sie wegzuschmeißen. Bernds medikamentöser Essensrestespeichel hatte sie auch bestimmt schon zersetzt. Ich sah nicht runter, wollte nicht die Wahrheit sehen, die sich unterhalb meines Blickfeldes offenbaren wollte.

Tatsächlich stiegen die beiden am Wohnheim aus, Bernd stieß einige hohe und schrille Schreie aus, weil er wohl wen zu erkennen glaubte, der draußen rumlief, und endlich traute ich mich, einen Blick auf meine traurige Tasche zu werfen. Zuvor aber sah ich noch durch die Scheibe des anfahrenden Busses, wie Bernds Begleiter sich vor Bernd aufbaute und diesen mit aggressiven Stößen vor sich hertrieb, als sei der eine Kuh, die von der Wiese in die Melkstätte überführt werden sollte. Darin erkannte ich wieder die Unfähigkeit des Mannes, aber ich verstand seine Wut; ich glaube, da hilft auch keine Metalkassette mehr, sondern nur noch der Blick in schmerzverzehrte Augen, wenn man wem den Finger Richtung Handrücken biegt, um die Elastizität der Sehnen zu überprüfen. Ich konnte mir gut vorstellen, wie das dem Pfleger von Bernd mal während einer Pflegesituation «passieren» würde. «Oh, war das deine Hand, die ist aber mit sehr elastischen Sehnen ausgestattet», würde er dann sagen, und Bernd hätte von dem Augenblick an ein schlechtes Gefühl, was er aber schon bald wieder vergessen hätte, weil seine Behinderung keinerlei Filtermechanismen aufwies und ausgeklügeltes, personenbezogenes Erinnern unmöglich machte, und schon beim nächsten Schmerz oder dem nächsten blinkenden Wahrnehmungsangebot war das Umbiegen der Finger vergessen.

Meine Schultasche lag da am Boden, umspült von einer graubläulich schimmernden Ursuppe aus festem, teilweise schon angedicktem Speichel. Ich unterdrückte einen Würgereflex, der Geruch, der von diesem eingespeichelten Grauen her aufstieg, war wie der Anblick nicht von dieser Welt. Zumindest war das nicht meine Welt, ich wusste nichts über Bernd, empfand aber einen maßgeblichen Ekel und eine gleichzeitige Scham wegen dieses Ekels, seine Körpersäfte mit nach Hause zu tragen.

«Mama, tut mir leid. Ich hab die Tasche einfach vergessen.» Ich hatte wieder zu heulen begonnen, aber es war kein Heulen aus Schmerz oder Trauer, sondern einfach nur die Wehmut darüber, nicht mit der vollen Ehrlichkeit aller meiner Gefühle an sie treten zu können. «Die Tasche. Einfach vergessen.» Ich schluchzte und erwartete kein Verständnis. Ich kannte meine Mutter und die Kompromisslosigkeit ihrer Erziehung. Und die kleine Verzweiflung, die immer in ihren Handlungen lag, wenn sie nicht wusste, wie sie mir verbal begegnen sollte. Sie ohrfeigte mich erneut, wieder mit dem gleichen Satz, ich solle besser auf meine Schulsachen aufpassen und alle verloren gegangenen Bücher, Hefte, Stifte und so weiter wären natürlich sehr teuer und ob ich mir vorstellen könne, wie lang mein Vater für meine Vergesslichkeit arbeiten müsse. Konnte ich nicht. Schon wieder spürte ich Hilflosigkeit in Form des Auftreffens ihrer flachen Hand in meinem Kindergesicht und ihr verzweifeltes Schreien. Die Hysterie übernahm die Kontrolle über meine Mutter und irgendwann bestand sie nur noch aus Gewaltausbruchsvorverhalten und dem wiederholten Schrei, dass ich ja wohl das Letzte sei. Dann schlug sie wieder zu, ihre kleine Faust traf ungebremst meinen Oberarm, der Schmerz war zwar da, war mir aber mittlerweile egal geworden. Ich wusste nicht mehr, wie oft sie heute schon zugeschlagen hatte. Ich hatte aufgehört zu zählen, nachdem sie die zumindest für mich erklärte Unantastbarkeit meines Kinderkörpers ignoriert hatte. Der Schlag ins Gesicht des eigenen Kindes, wie viel zerrüttete Verzweiflung und Lebenserhaltungsschiefstand musste da in ihr stattfinden?

Für meine Mutter war eine gesicherte Finanzierung der Familie immer wichtig. Fassadenfrohsinn contra innere Stabilität. Diese innere Stabilität der Beziehung nämlich, die zwischen meiner Mutter und mir stattfinden sollte, war eine unbegehbare Ruine geworden, an der wir täglich Abbau betrieben und in der wir uns vor lauter Trümmern immer weniger auskannten. Wir rannten durch die Gänge auf der Flucht voreinander, jeder von uns ein Einzeltäter, unfähig, das Wort «Bindung» zu buchstabieren. Die Gefühle verflogen mit den Schlägen, die ich erst in späteren Jahren als Überforderungsergebnis katalogisieren konnte. Als geschlagenes Kind im Vollrausch der Eigengefühle bekommt man so was nicht mit, dann tut es nämlich in erster Linie weh und Unverstandenheit erfüllt den Sinn der Pubertät.

Es war ja nicht nur, dass ich Schuldgefühle mitbrachte, diese blöde Schultasche nicht mehr zu haben, sondern es war auch das zerfräsende Gefühl in mir verortet, an dieser Unkontrolliertheit meiner Mutter mitgewirkt zu haben, diese Frau so sehr zu stressen, dass sie einfach nur noch ihre eigene emotionale Überforderung als Schmerz weitergeben konnte. Ich wurde weniger dadurch, mein menschlicher Wert sank dadurch, mit mütterlichen Schlägen traktiert zu werden. Und es brachen wichtige Teile Gefühl weg, die ich zu meiner Mutter hatte, den Respekt vor ihr, konnte sie mir zwar nicht aus dem Leib klopfen, der war irgendwie verwachsen mit meiner Kinderseele; aber ich fühlte mich in solchen Situationen wie ein dürrer Baum im Herbstwind, der immer weniger wurde, immer weniger darstellte, nur dastand und Dinge fallen lassen musste, die ihn geschmückt hatten, und dass nur wegen des Winds, der an einem zerrte und einen mit dem Gefühl zurückließ, ein Atomtestgelände zu sein. Meinen Gefühlsverkrüpplungen wurde so ein Dünger untergeschoben, auf dem sie weiter gedeihen konnten.

Ich ging in mein Zimmer und bestückte meinen Walkman mit Batterien und irgendeiner Punkkassette, die so rumlag. Es war laut in meinem Kopf, die Schmerzen waren egal, das Ausgeliefertsein und den Launen meiner Mutter zu unterliegen irgendwie auch. Ich war nur noch ein Hauch. Eine Nebelschwade, die unter Türen herwabert.

Es wurde laut, ich brauchte eine Art Gegengewalt von außen, die auf meinen Kopf einwirkte, und Stromgitarrenmusik war mir eine liebe von außen wirkende Gewalt. Ich fühlte mich wie ein angeschossenes Wildschwein, das von 27 Jägern in einen Ecke getrieben worden war. Ich hatte Wildschweingedanken wie: Drei von denen kann ich mitnehmen, bevor es mich selbst erwischt. Es würde schwer werden, die Amoklust zu unterdrücken, denn ich spürte, wie es in mir regnete und auch wie es warm wurde, also die besten Voraussetzungen für ein Gewitter, das aber nie kommen würde. Ich war ein menschliches Regengebiet, ohne Aussicht auf Besserung in den nächsten Wochen, denn ich war feige, zu feige für die Wahrheit, zu feige für meinen eigenen Ekel. Diesen Bernd und den aufkeimenden Brechreiz, den ich ihm gegenüber empfand, konnte ich nicht artikulieren, ohne bei meiner Mutter weitere Wut zu erregen. Ich fühlte mich ja selbst mehr als schuldig, Bernds Sabber nicht einfach als natürliches, vielleicht sogar Gott gegebenes Phänomen zu akzeptieren. Einfach die Tatsache anzuerkennen, dass er halt einer war, der Schultaschen unbenutzbar spuckte, das wollte mir irgendwie nicht gelingen.

Ich habe die Tasche wohl aus dem Bus mitgenommen, sie aber dann in den nahegelegenen Tümpel geworfen. Die ganzen Schulsachen waren Schuldsachen geworden. Englische Vokabeln, mathematische Formeln, geschichtliche Vorkommnisse, alles nun ein Opfer der Nässe. Das Ding versank einfach so im Tümpel, ohne viel Aufsehen zu erregen. Das tat gut, das Werfen, das Schmeißen der Tasche, die zum Feind geworden war, aber fast gleichzeitig kam das Schuldbewusstsein, dass dieser einzig für mich mögliche Weg doch wohl ein ziemlich seltsamer war. Eigentlich sogar ein annähernd menschenverachtender. Ich ertrug Bernds Speichel an meinen Sachen nicht, ich hasste ihn sogar, hasste den ganzen Bernd, seine Behinderung, seine mangelnde Anpassung an mein Hygieneempfinden, sein so plumpes Durchbrechen meiner Sensibilität, kurzzeitig war ich sogar voller Blut überschäumendem Hass auf jeden, der nicht imstande war, seinen Speichelfluss unter Kontrolle zu halten.

Und dann strafte ich mich selbst, so dumm, so blöd, so einfältig und auch so überhaupt nicht weitsichtig zu sein. Die Tasche hatte ich weit geworfen, das beinhaltete wohl auch den Wunsch, die eigene Unfähigkeit weit von mir weg zu schleudern; sie ist untergegangen, die Tasche, aber meine Unfähigkeit, mit Situationen wie dieser umzugehen, war noch an der Oberfläche, war sichtbar, vor allem, was das Schlimmste war, für mich. Ich konnte mir genau beim Unfähigsein zugucken, konnte mein bitteres Herz verlangsamt schlagen hören, wie es zorneswütend in mir tobte und meinen noch kindlichen Körper in auf- und abfedernde Wutschwalle versetzte. So geht Jugend, dachte ich noch in meinem Zimmer liegend, wilden Metalkassettensound in mich reinlassend ...

Ich spürte wieder den Ekel, den Ekel des Ausgeliefertseins und der Hilflosigkeit. Damals wie jetzt tanzte er auf meiner Zunge; es fühlte sich an, als ob sich meine Zunge selbstständig verdicken würde, um mein Brechzentrum zu reizen. Als wollte mir meine Zunge einfach in den Hals fallen, mich zu ersticken oder mich zu entleeren.

Ich stand auf, um einige Schritte zu gehen. Es waren schnelle, orientierungslose Schritte, die wohl auch ein Hamster ginge, wenn er von einer Pappschachtel in einen Käfig entlassen werden würde. Die Schritte unsicher. Es war wie eine Flucht vor mir selbst, das zu starke Beschäftigen mit meinem sozialen Unvermögen trat mir jetzt in den Arsch. Und ich stand hier, in dieser Mietwohnung, irgendwo wurde meine Mutter leise rieselnd zu Staub und die Erinnerungen an sie umso lebendiger. Und die Lebendigkeit der Erinnerungen, das war das Schlimmste daran: die Lebendigkeit der Erinnerungen an jemanden, der stirbt.

Einige Tage später war ich erneut bei Kai zu Gast. Es war ein Freitag, die Arbeitswoche und das elende Schmiergelaber über Bestseller, die Bestsellerbesteller mit in ihre wohlverdienten Sommerurlaube nehmen würden, hing mir seitlich aus den Ohrmuscheln. Stränge aufgereihter Buchstaben hingen da an meinem Kopf, es fühlte sich ein bisschen an wie ein Schädelbasisbruch, war aber nur Burnout.

Kai reichte mir ein Bier. Kalt war die Flasche, wie ich es hier gewohnt war. Von einer annähernd vertrauten Person eine kalte Flasche Bier gereicht zu bekommen, das hatte in meinem Leben schon Besonderheitswert. Es rührte mich, hier zu sein, mit Kai über gewisse Gedankenwellen zu surfen und irgendwo rauszukommen, wo von uns beiden zuvor noch keiner gewesen war. Kai hatte gute Laune. «Hab dir doch von dieser Oper erzählt, die ich mache, oder? So ein modernes Stück über die Welt und deren Kommunikationsfehler.» Ich nickte, er hatte mir davon erzählt, dass er sich mit diesem Stück, mit dem überarbeitbaren Konzept dieses Stückes bei diversen Kulturhäusern vorstellen wollte, weil er das Ding unbedingt zur Aufführung bringen wollte. Er komponierte sich die Finger spröde und klavierte sich auf irren Pfaden. Er hatte mir auch schon einige Stücke vorgespielt, von denen mir allerdings keins wirklich zusagte, alles hatte einen erschreckend verpoppten Musical-Anstrich, der mich einfach nicht berühren konnte. Das habe ich ihm gesagt, und ihm war meine Meinung wichtig und er hat daraufhin tatsächlich drei Stücke umgeschrieben, sie irgendwie wieder erkennbarer gemacht, ihnen den Fahrstuhlcharakter amputiert. «Also in der letzten Woche haben mich zwei Häuser angerufen, eins in Hamburg und eins in Leipzig, und beide haben verschärftes Interesse an einer Zusammenarbeit mit mir, soll heißen, die Kulturstrategen haben Bock, meinen Scheiß auf ihrer Bühne zu inszenieren, ist das nicht geil?» Ich nickte und trank einen Schluck Bier. «Leipzig und Hamburg», wiederholte ich mit schmeichelnder Stimme in einer Sprechlage, die sowohl Anerkennung als auch Eigendynamik meinerseits transportieren sollte, «das ist in der Tat geil.» Kai war aufgewühlt. «Also bei einem Haus wird das definitiv klappen, dann bin ich ein halbes Jahr weg und kann denen ihre Hütte bespielen.» Er würde also auch demnächst weg sein. Die zärtliche Fassade unserer Freundschaft bröckelte etwas, in mir blubberte etwas, meine Sensibilität zeigte sich mir mit offenem Gesicht und sagte so was wie: «Bedank dich bei der Absurdität des Lebens und jetzt: heul endlich, du scheiß Emo ...» Ja, meine Sensibilität war eine harte Sau. Der Szene wurde geschmacklose Vergänglichkeit beigemengt, wie so vielen Szenen meines Lebens. Immer ist da was und das ist gut, und dann geht das weg und ich steh da und kann nicht mit.

Da war sie wieder, diese Vergänglichkeit. Sie war wie ein Heckenschütze, der in vielen Worten und Sätzen agierte, der sich hinter kleinen Sinnzusammenhängen verschanzte, um dann aus einem freudestrahlenden Gesicht wie dem von Kai in meins zu springen und mich frontal anzugreifen. Ich trank mehr Bier und rauchte eine. Das tat gut. Zurückgelehnt zu rauchen. Irgendwas in der Hand oder im Mund zu haben, ganz dumm basal zu leben, ohne tiefere Sinnzusammenhänge agieren. Rauchen. Gucken. Sein.

Nebenbei lief echt passende und vor allem coole Elektromusik. *Frittenbude.* «... das ist Kunst, mindestens in tausend Jahren, du summst mindestens eintausend Mal, mit uns oder allein, das ist Kunst, oh nein, oh nein, oh nein ...» Ich fand es cool, eine Band zu kennen, die *Frittenbude* heißt und trotzdem nicht von Belanglosigkeiten singt, sondern großartigen Kunstpop produzierte. Ich mochte Kais vielseitigen Musikgeschmack, aber ich hasste gerade seine unsensible Art, mir sein baldiges Verschwundensein anzukündigen. Mindestens in tausend Jahren würde auch Kai dann Kunst sein, als klassischer Komponist, als Zeitgeisteinfänger der sogenannten *Zweinullerjahre*. «Thematisch bist du natürlich damit vollständig auf der Höhe, aber das hab ich dir ja schon ein paar Mal gesagt.» Kai nickte selbstzufrieden. Er wusste um sein Talent, er wusste auch, dass es aus seinem Leid wuchs und aus seiner Wahrnehmung in diese Welt zu springen gedachte, und das war für ihn ein freudiges Ereignis. «Bock auf'n Schnaps?», schwadronierte er in den Raum. «Lass uns den Abend beschleunigen, Alter.» Beschleunigung? Ja, das klang gut, ich hatte schon so lange das Gefühl, ständig überholt zu werden von Gegenständen, Gefühlen, Menschen, Verständnis und Wissen. «Klar, was hast denn da?» Kai ging in seine Küche, wo ich Flaschen- und Gläsergeklapper vernahm. «Tequila, Gin, Wodka, Rum und so'n komischen Erdbeerlikör.» «Lass uns mal mit 'nem Tequila anfangen», gab ich mich staatsmännisch und alkoholerfahren. «Tequila in me is Tequila in you», raunzte Kai aus der Küche zurück und kam eine Minute später mit zwei großen Schnapsgläsern, einer Tequilaflasche, einer Zitrone und einem Salzstreuer zurück. Ich bemerkte zwar die Vergänglichkeit in all diesen Momenten, alle Sekunden, die vorbeitickten, würde ich nie wieder aufsammeln können, aber ebenso registrierte ich die Wichtigkeit des aktiven Erlebens dieser Augenblicke. Ich wollte in jede Sekunde eintauchen, sie aussaugen, obwohl es nur um das Trinken alkoholhaltiger Launespender ging, aber das war jetzt wichtig.

«Aller, scheiß aufs Ritual», lallte Kai nach den ersten acht Tequilas im Sturzflug. Wir fühlten uns wie die jugendlichen

Kinder, die wir beide eigentlich waren, und der Alkohol entwickelte eine intensive Eigendynamik. Bei Tequila neun bis zwölf ließen wir also das Salz und die Zitronenscheiben weg und die Beschleunigung des Abends war vollzogen. Der Abend rasantete in grober Gestalt über einen viel zu brüchigen Zeitstrahl und vor allem über uns viel zu sensible Charaktere. Kais Handy lag auf dem Tisch und plötzlich zuckte es fanatisch und leuchtete ihm einen Anruf ins Haus. Wir hatten gerade die Flasche Rum aufgemacht, die wir mit alter, aber noch trinkbarer Cola mischten. «Yo?» Selbst am Telefon war Kai von extravaganter Coolness. «Alles klar», sagte er dann drei Sekunden später und dann zu mir gewandt: «Da kommen noch zwei.» Dann klingelte es auch schon an der Tür und im Radio lief Olafur Arnalds. Das war auch so Neoklassik, ganz zärtliche Klaviermusik, die ganz sanft mit ganz wenigen Ausbrüchen bestückt durch Kais Wohnzimmer wallte. Kai ging zur Tür, und als er sie aufmachte, brach ein weibliches Stimmengewirr auf ihn ein.

Dann betrat er wieder den Raum und hinter ihm tauchten zwei Frauen auf. Beide lachten in stimmlicher Schräglage, als wären sie auch schon so alkoholisiert wie wir. Es war diese Mischung aus mädchenhaftem Gekichere und dem Attentat, das ein handfester Vollrausch auf ein gewöhnliches Frauenbewusstsein ausüben kann.

Die eine stellte sich als Sarah vor. Hübsches Gesicht, sehr viel Wert auf die Natürlichkeit ihrer femininen Ausstrahlung legend. Die großen Augen dünn vom Kajal umrandet. Das gab ihrem Blick ein wenig Mystik, ließ aber nicht das mädchenhaft Stolpernde aus ihm weichen. Sie war groß und dünn, trug einen Rock um die langen dürren Beine, deren Waden fast so dick wie die Oberschenkel waren. Das konnte man alles erkennen, der Rock war wirklich sehr kurz. Außerdem trug sie ein rotes Top ohne Aufschrift, unter dem sich ihre Brüste abzeichneten. Sie lächelte mich mit breitem Mund an und setzte sich dann zu Kai aufs Sofa.

Die andere stellte sich als Caro vor, etwas kleiner, etwas kompakter, eher ein lässiger, unscheinbarer Kleidungsstil, aber ihr eng geschnittenes T-Shirt gab zwei bunte, Interesse weckende Arme frei, die von Tätowierungen geschmückt waren. Außerdem hatte das Shirt die Eigenschaft, ihre formschönen Brüste exklusiv in Szene zu setzen. Caro trug ihre braunen Haare kurz und ihre blauen Augen interessiert. Sie lächelte, ein wenig kindliche Niedlichkeit ausstrahlend, in ihrer kleinen Hand hielt sie eine Flasche Wein, aus der sie sogleich einen großen Schluck sog, nachdem sie sich neben mich auf das Sofa hatte fallen gelassen. Dabei berührten sich unsere Oberschenkel auf eine nachlässige Art und Weise, die mir trotzdem gefiel. Mir behagte der ganze Zufall, der sich hier abspielte; ich war ein gefangener Besoffener, der sich in der guten Situation befand, verpflichtungslos in der Leere zu hängen. Ich war betrunken und sagte beiden Frauen meinen Namen, die ihn mit einem jeweiligen interessierten Nicken quittierten. Dabei hob ich die Hand wie ein idiotisches Schulkind, das noch keinen anderen Gruß beherrscht, als eben die Hand zu heben.

Ich grinste doof in den Raum beim Anblick der beiden Neuankömmlinge. Beide mischten sie die Karten dieses Abends neu, eröffneten dem Zeitvergehen neue Möglichkeiten. Schnell waren Caro und Sarah in die Männerrunde integriert, aber sofort bemerkte ich auch, wie zwischen mir und Kai der inhaltliche Tiefgang abflachte. Die Anwesenheit von Frauen ließ uns beide mit anderen Stimmen sprechen und in etwas oberflächlicheren Spähren unterwegs sein. Das Gespräch zu viert war trotzdem gut, der Alkohol ein Verbalisierungsmotor. Es wurde gelallt, gespuckt, gelacht und alle waren zu gleichen Teilen am Gespräch beteiligt.

Der Alkohol ließ meine Schläfen pulsieren. Wir tranken weiter. Caro hatte eine große Unterlippe, die sie beim Trinken und Rauchen stets verformte. Das sah gut aus. Und ihr ohnehin großer Mund redete dann noch große und gute Worte und ich mochte das.

Wir redeten über Musik. Eine wilde Diskussion über klassische Musik brandete los, die beiden Frauen kannten sich übrigens gut aus und Kai scheinbar von der Universität. Ich hingegen war in diesem Bereich nicht so sehr mit Fachwissen bestückt, aber mit immensen Gefühlswallungen, die ich über diese Diskussion gleiten ließ. Ich sprach über Klavierbögen, als würde ich täglich an nichts anderes denken, erzählte von Geigenfiguren, die imstande waren, mein Herz zu zerschießen, und verglich klassische Orchester mit klassischen Hardcorebands, für mich zählte nur die Leidenschaft der Klangergebnisse.

Sarah und Caro waren auch beide Studentinnen. Sarah studierte Kunstgeschichte und wie Kai Klavier, die beiden verband also die Leidenschaft für schwarz-weiße Tastaturen, und Caro studierte Philosophie und Soziologie, suchte also wie ich menschliches Durchkommen, nur auf wissenschaftlicher Ebene. Aber eben auch auf persönlicher, da hatte ja jeder seine Weltkriege zu bestreiten, der eine ließ sich mehr darauf ein, der andere weniger.

Kai legte, nachdem wir über den perfekten Popsong gesprochen hatten, die MGMT-Platte *Oracular Spectacular* auf. Er zappte sofort durch bis Track 5, *Kids*, für mich einer der perfektesten Popsongs, die ich kannte. Da das moderne Leben nicht immer tanzbar ist, sollten die Lieder unserer Zeit doch nachvollziehbarer denn je sein, sturzbachte es aus mir während der Pop-Diskussion, und Sarah meinte, der perfekte Popsong sollte wie das Leben sein, kurz und bündig und vor allem harmonisch. Das waren Worte, die ich mit meinem Leben nicht verbinden konnte, mein Leben dauerte an, zog sich manchmal wie zäher Schleim durch den Zeitstrahl, und Harmonie tat sich manchmal nur auf in Momenten wie diesen: gute Leute, alkoholische Getränke, Musik und dadurch gewonnene Unbeschwertheit. Dass dies aber nur Momente waren, war mir in jedem Augenblick bewusst. Momente waren irgendwann da und konnten schneller wieder verschwinden, wie man «Freut euch, nicht ich sein zu müssen» sagen konnte.

Kai legte weitere Musik auf, irgendwas, was ich nicht kannte und aus komischen Beats und weiblichem Gesang bestand. Ich erinnerte mich an einen Begriff namens *Vocalhouse*, das hier schien so was zu sein. Die alkoholgedopten Kommunikationsbruchstücke, die aus uns allen rauskamen, erhellten diesen Abend auf eine sonderbare Weise. Ab und zu schaute Caro mich an, auf eine seltsame Art legte sie ihre Augen auf mich, und ich wurde trotz grandioser Besoffenheit ein wenig unsicher darüber. Sie rauchte viel, ich auch, eigentlich rauchten wir alle wie die Industrieschornsteine im Ruhrpott zur Wirtschaftswunderzeit. Auch der Alkohol floss weiter in einer Konstanz, die uns alle aber eher mental antrieb, als uns kommunikativ zu behindern.

Der Abend floss dahin wie ein breiter Fluss, in dem nur besoffene Fische schwammen, orientierungslos und die volle Breite aller möglichen Wege durch trübe Gewässer ausnutzend. Kai unterhielt sich schon seit einer Viertelstunde mit Sarah über irgendwelche Achtelnoten, ich versuchte diesem fachlichen Gelaber nahe zu bleiben, aber es interessiert mich nicht, woraus Musik gemacht wird, sondern lediglich, wie sie klingt. Daher verlor ich schnell das Interesse an diesem Zwiegespräch. Auch Caro drehte sich weg, und plötzlich zwischen zwei Schlucken aus dem Longdrinkglas (in dem ich mittlerweile den Tequila mit Orangensaft verschönert hatte) und zwei Zügen an der Filterzigarette befand ich mich mit Caro in einem gefühlsbetonten Gespräch.

Ich erzählte ihr von der Lage meiner Mutter und von den sozialen Kompetenzen, die ich seit Kurzem bei meinem Vater vermutete. Es tat gut, das einer komplett fremden Person zu erzählen, obwohl sich so langsam aber sicher eine zarte Vertrautheit zwischen Caro und mir einstellte. Wir saßen nebeneinander auf Kais Sofa und erzählten uns Problemgeschichten zum Soundtrack vocalhousiger Songungetümer. Ich bemerkte die Musik aber nur in den kleinen Denkpausen, die ab und zu entstanden, weil wir beide trotz mittlerweile immenser Besoffenheit unsere Gefühlsleben präsentieren wollten. Caro erzählte von ihrer schwierigen Mutter, die wohl selbst psychisch krank war und damit die ganze Familie entweder auch in diverse Krankheitsbilder oder sogar in stationäre Psychiatriebehandlungen getrieben hatte. «Also, es ist schlimm, das Kind einer Mutter zu sein, die selbst ein Kind ist», sagte sie irgendwann zwischen einem der wundervollsten Augenaufschläge, die ich jemals gesehen habe, und einem Zug an der Filterzigarette. Was für ein Satz. Für diesen einen Satz, der auch mein Leben beschrieb, hätte ich gern ihren Mund geküsst, einfach so, aber eine Angst, bestehend aus Vernunft und Geduld, ließ das nicht zu.

Ich schob es auf meinen Alkoholspiegel, dass ich gerade dabei war, mich in Caro zu verlieben. Nach so wenigen Worten, so wenigen Blicken kann doch so was gar nicht möglich sein, dachte ich so bei mir, und sie erzählte weiter, war mir irgendwie auf dem Sofa noch ein Stück näher gekommen. Die Intimität steigerte sich, als Caro begann, von eigenen Therapieerfahrungen zu berichten. «Meine Mutter hat vor ungefähr einem Jahr gesagt, dass ich nur simuliere mit meinen abseitigen Schlechtgefühlen zur Welt und doch lieber den Therapieplatz für jemanden bereitstellen solle, der wirkliche Probleme hat. Und vor drei Wochen hat sie mir erzählt, ich solle da mal umdenken und den Therapieplatz frei machen für jemanden, dem wirklich zu helfen sei.» Sie lächelte dabei so zuversichtlich, dass ich kaum mehr anders konnte und ihre kleine Hand anfasste, mit der sie gerade noch so unfassbar schön ihre Artikulation als Geste in den Raum gemalt hatte. Caro lächelte, wirkte ein wenig unsicher, wie ein Kind, dem ein Angebot gemacht wurde, das seine Entscheidungskompetenzen überstieg; in etwa war ihr Blick der Ausdruck eines Dreijährigen, den man fragt: «Alter, hast du Lust, in 35 Jahren an einer Weltraumexpedition teilzunehmen?» Ich zog meine Hand wieder weg, ganz langsam, weil ich ihre Unsicherheit spürte, was denn jetzt wohl meine Hand auf ihrer sollte. Aber meine Hand glitt von ihrer herab, als wäre Zärtlichkeit Selbstverständlichkeit. Sie lächelte, versuchte aber nicht, meine Hand vom Verschwinden abzuhalten.

Kai und Sarah bekamen von all dem nichts mit, sie unterhielten sich weiter über Noten und Arrangements. In wild ausufernden Gesten und mentalen Verstrickungen. Langsam wurde aus Sarah und Kai eine sympathische Symbiose. Die beiden waren ein Ball aus Angeregtheit, lagen fast übereinander in ihrer Diskussionsfreude. Sie lachten laut, manchmal sogar in einer besoffenen Hysterie gefangen, und tauschten sich immer noch fachlich, aber zwischendurch auch fast partnerschaftlich persönlich aus.

Caro und ich schwiegen kurz, wahrscheinlich auch wegen der Sache mit der Hand. Trotz immensem Besoffenheitspegel schämte ich mich ein wenig, einfach so ihre Privatsphäre durchbrochen zu haben, sie einfach so an Stellen berührt zu haben, die man nicht einfach so während einer ersten Begegnung berührte. Ich war auch berührt, und zwar peinlich. Aber Caro lächelte. Wir sahen, schweigend nebeneinander sitzend, wie Kai aufstand, extreme Schwierigkeiten dabei hatte, sein Gleichgewicht zu definieren, und einige Schritte lief, dann fast umfiel und die Tür zu seinem Schlafzimmer aufmachte. Sarah stand ebenfalls auf, ebenso sehr damit beschäftigt, ihr Gleichgewicht zu halten. Sie taumelte auf Kai zu, der im Türrahmen stand. Caro und ich schwiegen weiter, ich machte mir eine Zigarette an, sie schmeckte scheiße, sie schmeckte ein wenig, wie ich mich fühlte, wie der dreihundertfünfzigste Schlag aufs Herz bei gleichzeitigem Ausgeliefertsein in Hilflosigkeit. Caro starrte versonnen in ihr Longdrinkglas und nippte ein wenig am Rand.

Kai nahm Sarahs Hand und die beiden verschwanden in seinem Schlafzimmer. Er zerrte sie mit hinein, sie wackelte in Verbindung mit seinem Arm in anonymes Dunkel. Die Tür schloss sich, Geheimnisse, die eigentlich keine waren, sondern nur der Schutz vor zu viel dargelegter Intimität, präsentierten sich hinter der Tür.

Ich bemerkte, wie Caro mich von der Seite anguckte; wie eine Maus im Tierversuchslabor, so schaute sie mich an, und ich traute mich nicht, sie anzusehen. Ich hatte regelrecht Angst, sie jetzt hier im Alleinsein anzusehen; ich kannte nicht die Konsequenz, die das eventuell mit sich führte, vielleicht zog sie mir den Boden unter den Füßen weg auf dem Weg zur Lächerlichkeit. Ich wusste nicht, was mich erwartete, wenn ich meinen Kopf in ihre Richtung drehte, also starrte ich auf Kais Schlafzimmertür und rauchte dabei, als ob es eine Art Ersatzkommunikation darstellte.

Es dauerte keine halbe Minute, da brach im Nebenzimmer die sexuelle Revolution aus. Ich hörte Kais Bett, das anscheinend abhob und immer wieder mit immensem Gewicht auf den Holzboden krachte, und ich hörte Sarahs erregte Schreie, die sich anhörten, als bekäme sie keine Luft mehr. Sie brüllte rhythmische Tierlaute; eine Mischung aus brunftigem Hirsch und angeschossener Wildsau war das, und dazu hörte man die glitschige Empfangnahme eines Penis in einer Vagina. Das klang wie Kindersprünge in Pfützen. Ein erregendes Geräusch. Mein letzter Sex war mindestens zwei Jahre her, und jetzt fickte mein Freund in konsequenter Besoffenheit einen weiblichen Gast.

Vielleicht kam sie ja öfter her, die Sarah? Vielleicht hatte Kai auch schon mal was mit Caro? Möglich wäre das ja, und der Gedanke daran war ein schmerzhafter, denn ich wollte nicht, dass sie Opfer seiner wahllosen Lustzerstreuung war. Das dachte ich so beim Starren auf die Tür, immer noch mit der Angst bestückt, Caro könnte irgendeine Peinlichkeit in mir auslösen, die mich oder die Hoffnung noch mal ihre schöne Hand anfassen zu dürfen zerstörte. Ich saß regungslos da, aber das, was in mir los war, erinnerte mich an Fernsehbilder, die ich damals gesehen hatte, als irakische Soldaten 1991 kuwaitische Ölquellen angezündet haben. Ich loderte meterhoch in den Himmel, war erregt und beschämt zugleich, ein ganz seltsames Gefühl. Es fühlte sich an wie Hunger und nichts essen zu können, weil sich die Nahrungsmittel, die man begehrte, hinter dünnen, aber bruchsicheren Glasscheiben aufhielten.

Das Gebumse hinter der Schlafzimmertür eskalierte, eskalierte Sarah gerade, es klang, als würde Kai sie blutig bumsen, als würde er sie in die Ecke ficken, an den Rand rammeln. Der hörbare Sex klang, als würde das Verlangen immer mächtiger werden, jedoch das Zielobjekt der Begierde, nämlich Sarah, immer nebensächlicher. Es klang, als würde Kai sie zerstören, unnatürlich grob. Nicht vorhandene Zärtlichkeit, vielleicht grobmotorische Fäuste, die in ihr wüteten. Das fand ich jetzt fast wieder lustig, und ich musste lächeln, als ich meine Kippe im Aschenbecher ausdrückte. «Was'n los?», fragte mich Caro, die ebenfalls ein Grinsen aufgelegt hatte, und ohne Vorwarnung küsste ich ihr vor Lächeln erstrahlendes Gesicht.

Sie reagierte, als ob sie das erwartet hatte, als ob auch sie das Geschenk meiner unausgelebten und triebhaften Sehnsucht schnellstmöglich auspacken wollte. Sie presste mir ihre vollen, nassen Lippen entgegen, als wolle sie mich fressen, züngelte an meiner Unterlippe, presste meine Lippen mit ihrer Zunge auseinander und verschaffte sich auf diese Weise Einlass in meine Mundhöhle, wo sie sogleich meine Zunge attackierte. Eine Welle aus nach der Erkenntnis der Nacht riechendem Speichel folgte ihrer Zunge und machte die Sache ein wenig angenehmer gleitend. Ich hatte eine Monstererektion, der Alkohol schien genau das Maß in mir erreicht zu haben, das zur Penisblutfüllung notwendig war. Caros Zunge tanzte in meiner Mundhöhle einen unglaublichen Tango der Extase, ich wusste nicht mehr, ob das schnell oder intensiv oder einfach nur beides war. Dann wurde sie sanfter, und ich spürte ihre kleine Hand unter meinem Hemd, wie sie sich auf meinem Bauch vergnügte und lange Streichfahrten von einer Hüfte zur anderen und zurück unternahm.

Auch ich schickte meine Hände auf die Reise, und dann lag Caro auf mir und ich strich ihr über den Rücken und sie presste ihren Unterleib auf meinen, weil sie was spüren wollte. Der Druck war ein angenehmer, ich konnte ihre Muschi erahnen und meine Hände erkundeten ihren Oberkörper unter ihrem Shirt, und ihre Brüste waren wie für meine Handflächen gemacht und ich entfernte ihr T-Shirt über ihre Schultern, kurz darauf riss ich an ihrem BH, und die linke Brust quoll aus dem Wäschestück, grinste mich obszön an und forderte mich zum Lecken auf, und ich leckte, ja ich leckte, wie ich wohl noch nie eine Brust geleckt hatte. Caro saß immer noch auf mir, rieb weiterhin ihren Unterleib an meinem, und ich sah, dass sie auch auf dem Bauch und oberhalb ihrer Brüste tätowiert war. Sie war ein facettenreiches Puzzle und sie war so unendlich lebendig. Sie atmete heftig, ich hatte das Gefühl, ich atmete gar nicht mehr. Ach, wofür denn noch atmen in diesen Sekunden, fragte ich mich und ließ meinen Körper von der Kette und er reagierte wie ein präzise ausgebildeter Kampfhund of Love. Ich fühlte mich wie ein Pitbull, der sich durch einen Knochen beißt, diese Wanderung auf der dünnen Linie der Mischung aus Lust und Schmerz.

Wir bewegten uns im Rhythmus der alles einnehmenden Leidenschaft. Das alles war eine triebgesteuerte Entdeckungsreise, und ich zog meine Schuhe und meine Hose aus. Sie tat es mir gleich. Caro versprühte eine unglaubliche Eleganz in ihren Entkleidungsbewegungen, und es wirkte wie Tanzen und Entkleiden gleichzeitig, obwohl es nur Entkleiden war. Aus dem Nebenzimmer kamen immer noch lustvolle Geräusche und der Soundtrack von koitaler Liebe wehte herüber. Caro saß nun, nur noch mit ihrem Slip bekleidet, auf mir, und ich sah sie an, sie schaute auch mich an, die Blicke trafen sich zwischen uns und wurden Rausch, wurden Feuer, wurden Geilheit. Caro stand dann schnell von mir auf, zog sich selbst in einer fast getanzten Drehbewegung ihren schwarzen Slip aus und drehte mir den Rücken zu. Über ihre ganze Rückseite hatte sie das Gesicht von Klaus Kinski tätowiert. Krasser Anblick, krasser Blick. Der ist ja auch schon tot, dachte ich, aber die Intensität, mit der er sein Leben scheinbar angefüllt hatte, war eine weitere Triebfeder, jetzt diesen Moment zu zelebrieren. «Kondom», flüsterte sie heiser, und ich stand auf und wusste auch nicht recht, was ich tun sollte, spürte nur den naturgewollten Wunsch, mich mit ihr zu vereinigen. Mein ganzer Kopf war nur ein neonbeleuchtetes Schild, auf dem in Großbuchstaben «FICKEN JETZT!» stand. «Ich hab welche drüben», sagte ich und stand hinter ihr, streichelte Kinski über die Wange, und der starrte mich so bedrohlich an, dass ich fast Angst bekam, aber in diesem Moment waren alle Gefühle, die nicht Geilheit waren, eh in der Unterzahl, und so konnte der böse Blick mir nicht die Stimmung rauben. Caro lächelte, verströmte gleichzeitig Geilheit und Ungeduld in ihrem Zuckermädchenblick und nickte mir zu, und wir nahmen unsere Klamotten auf den Arm, küssten uns wild und nass und unkontrolliert und liefen hintereinander durch den Flur und verließen Kais Wohnung.

Wir standen dann nackt im Flur, und ich musste plötzlich lachen, wie wir hier so standen, das Mädchen mit den Bildern auf der Haut und ich, nackt, vor meiner Wohnung, und ich suchte den Schlüssel in meiner Hose, die ich auf dem Arm trug. Wir waren unkontrollierte Trolle, sexuell aufgeladen, primitiv ohne Ende, aber es fühlte sich gut und konkret richtig an, so zu sein. Kai und Sarah waren mittlerweile geräuschärmer und ohnehin egal ...

Ich öffnete die Tür und wir warfen unsere Kleiderbündel in den Flur. Wir küssten uns erneut, lang und feucht, und unsere Zungen lieferten sich eine sinnliche Schlacht in unserer gemeinsamen Mundhöhle. So standen wir voreinander, alle Synapsen waren mit der Aufrechterhaltung des Sinnbildes beschäftigt, dass Sex ein Gegenstand ist, der wichtiger als Atmen ist. Allein kann man nicht zusammen tanzen. Und wir tanzten ohne Musik, im Takt unserer Geilheit. Ich bewegte Caro langsam ins Schlafzimmer, und es war dunkel und ich machte das Licht an, denn ich wollte sie sehen und ihren gierigen Ausdruck genießen. Ich warf sie aufs Bett, nicht in brutaler Art und Weise, sondern einfach um etwas zu tun, was eine Handlungsrichtung vorgab. Da lag sie dann, lächelte besonnen und besoffen, und ich schaute sie an und dann ließ ich mich zu ihr runtersinken. Ich wusste um die Existenz einer Packung Kondome im Beistellnachtschrank, die lagen da schon länger, und ich griff in die Lade und kramte nach der Packung. Die Folie flog, dann hatte mein Schwanz eine Schutzhülle an, und ich drehte mir die Caro um, auf die Kinski-Seite, und sie hob leicht ihren Arsch an und jetzt war der Zeitpunkt da, sie zu ficken. Es fühlte sich an wie der erste Schluck Wasser nach fünf Stunden Bergwanderung bei 30 Grad. Ich gelangte in sie, lediglich getrennt von einer dünnen Latexhaut, aber ihr Innerstes strahlte durch alle Hautschichten in meinen Kern.

Das Allerschönste am Sex ist der Moment des ersten Vaginalkontaktes und diese Millisekunde, in der man feststellt, dass ein Orgasmus unaufhaltsam sein wird. Ich wollte sie weder blutig bumsen noch in irgendeiner Form in die Ecke ficken; nein, hier würde Liebe gemacht werden, das künstliche Konstrukt aus Zweisamkeit sollte hier in diesem, meinem Bett stattfinden, und bald darauf schwamm ich in ihrem See und ich war zärtlich. Nach fünf oder sechs Stößen bemerkte ich meine Besoffenheit, Kinski starrte mich an und ich wurde schneller. Sex hat aber leider die Eigenschaft, nicht über dem Tempo der eigenen Atmung stattfinden zu können.

Caro machte wunderbare Geräusche, Sounds, die nur aus einer Frau kommen können, die frei von sexuellen Komplexen ist. So buchstabierte sie den Begriff Kontraktion mit ihrer Vagina, und es fühlte sich an, als sei ich zufällig in ein Paradies geraten, das mir gefühlstechnisch und bewusstseinsmäßig mindestens drei Nummern zu romantisch war. Aber ich liebte es, Bewegung und Geräusch, wir harmonierten. Caro ließ ihren Arsch kreisen, ich war in ihr, bestand nur aus Gleiten und ein wenig aus Fliegen ohne Flügel.

Ich fühlte mich wie ein Kind, das in einer Höhle ein Geheimnis suchte. Außerdem war ich derart besoffen, dass die Vokabel «nein» in Bezug auf triebhafte Beschleunigung meiner Taten eh nicht mehr existent war. Der ganze fickende Körper bestand nur aus Rauschzustand, und in einer Ecke meiner

Seele fand ein Kindergeburtstag statt und ich war der Beschenkte und auf einem kleinen, mit blauem Geschenkpapier umwickelten Päckchen stand «Glück» und ...

... plötzlich fing Kinski an zu sprechen, der Alkohol hatte mein Gehirn wohl mehr attackiert, als ich es zunächst vermutet hatte. Leise sprach er, fast zärtlich fabulierend. Ich stieß weiter, in konsequentem Konstanttempo, während Klaus mir sagte: «Liebe ist unerklärlich, ich glaube, das Wort ist viel zu schwach dafür.» Das sagte er mir sehr deutlich, während ich Caro immer schneller werdend von hinten fickte. Er starrte mich dabei an. Ich hielt ihm die Augen zu und Kinski schrie mich an: «Ich werde öfter geschlechtskrank, als andere sich erkälten ...» Was sollte das jetzt? Sein Mund bewegte sich. Er strich sich, wie ich es bereits von ihm aus alten Interviews kannte, mit der Zunge über die Lippen, um diese zu befeuchten. «Es ist schwer für mich, mir vorzustellen, wie die Würmer mich auffressen werden. Ich denke nie an den Tod. Ich habe nicht mal richtig angefangen zu leben.» Mit der Aussprache des Wortes *leben*, bemerkte ich, dass der Zeitpunkt gekommen war. Unaussprechlichkeit. Unaufhaltsamkeit. Caro wand sich wie ein Maulwurf am Taschenmesser, und ich hatte einen Orgasmus, der sich wie der Pulsschlag eines Dinosauriers anfühlte. Kinski schwieg und hatte recht. Mit allem. Ich brach formlos, aber immerhin geschmeidig auf Caros Rücken zusammen.

Vor meinen Augen flimmerte was, mein Körper hatte Stress mit mir, weil ich ihn nicht mehr regelmäßig beatmete, und mein Herzschlag war ein dünner Faden aus purem Glück und Seide. Ich war zufrieden, verließ ganz langsam ihre Geschlechtszone und legte mein Gesicht auf ihren Arsch. Caro. Da war so viel Ruhe in diesem Arsch, das spürte ich, und ich brauchte diese Ruhe, ich wollte diese Ruhe, die aus ihrem Körper, aus ihrem Leben in meines treten konnte.

So vergingen einige Minuten des intensiven Daliegens. Wir atmeten währenddessen wild durcheinander in der zerwühlten Bettwäsche. Ich hatte meinen Kopf auf ihren Arsch gebettet und sah noch einmal hoch zu Klaus Kinski, der in seinen wütenden Konturen auf Caros Rückseite tätowiert war. Er lächelte jetzt und dieser Ausdruck sah aus wie Verständnis. Sein Lächeln glich einem warmen Händedruck, der mir ein «Willkommen an diesem Körper» signalisierte. Ich wurde ruhiger, schloss die Augen und die Summe der Momente, die durch meinen Kopf schossen, ergänzten sich in einem Feuerwerk der Endlosigkeit. Wir wurden beide ruhiger und irgendwann atmeten wir synchron, und ich hoffte, dass dieser Arsch genau hier morgen auch noch liegen würde.

Caro war jetzt sehr ruhig geworden, atmete kaum, vielleicht war sie in einer Art Dämmerzustand wegen der Mixtur aus exklusiver Besoffenheit und kreislaufantreibendem Sex oder einfach eingeschlafen. Es flimmerte immer noch vor meinen Augen, einen winzigen Moment dachte ich über Kotzen aus

Erschöpfung nach, ließ es dann aber bleiben, und ich entschied mich, vor dem Sterben noch etwas zu leben, und zwar so gut und so extrem wie heute. Besoffen ficken, schwitzen, auf dem wunderbarsten Frauenarsch der Welt einen Halbschlaf finden, das waren glückliche Minuten, die ich hier verlebte. Das Leben war trotz immer noch immenser Drehbewegung ein sehr konkretes und vor allem ein überaus korrektes. Es hatte mir ein Geschenk gemacht, über dessen Tragweite ich mir noch nicht bewusst war, aber diese Erkenntnis würde noch kommen ...

Caro war eingeschlafen, und ich deckte ihren flach atmenden Körper zu. Ich stand noch einmal auf und betrachtete Caro im Halbdunkel meines Schlafzimmers. Ihre Friedlichkeit, ihre Niedlichkeit, ihre Weiblichkeit. Die Atmosphäre roch so frisch gefickt und auch so wunderbar natürlich. Das war eh das Schönste: Caro hatte trotz ihrer unglaublich platzeinnehmenden Körperbildern die mädchenhafte Ausstrahlung einer Obstverkäuferin auf dem Wochenmarkt. Und das war mir immer an Menschen wichtig, die ich kennenlernte: Natürlichkeit. Man muss nicht aussehen, wie vom Baum gepflückt, aber man sollte seine Eigentlichkeit nicht mit zu viel Künstlichkeit verdecken. Caros auftätowierter Körperschmuck unterstrich ihre Natürlichkeit, er ergänzte nur das, was ohnehin schon glänzte.

Ich hatte Durst und schwindelte mich durch meinen Flur, der mir länger als sonst vorkam, in die Küche. Bis auf das

Kondom, das noch meinen Schwanz umhüllte, war ich komplett nackt. Auch seelisch war ich nackt, aber es tat gut, so nackt zu sein. Ich kam in die Küche und sah aus dem Fenster die herannahende Dämmerung, die auf uns zukam. Ein neuer Morgen, ein purer Morgen war das. Ich stand da in der Küche und starrte nach draußen und war mit mir bei mir und um mich. Alle Empfindung war ich selbst, und das war so ein intensiver Moment, dass ich dachte, wenn dieser Moment nicht sofort aufhört, will ich Kasper heißen. Oder Oleg. Der Moment gab dann nach, und ich wurde halb wach in einer Welt, die nur aus Gefühlen bestand, und das war auch das Gute an dieser Art von Empfindlichkeitswelt.

Dann rollte ich mir erst mal das Kondom vom Schwanz und roch daran. Intensiver Moment, dachte ich, und der Moment dachte bestimmt: intensiver Mensch. Ich warf es in den Restmüll. Dann trank ich einen Schluck Wasser und der schmeckte, wie Wasser nur ganz selten schmeckt. Erfrischend, kühl und schmeichelhaft. Ich spürte, wie Frische in meinen Körper zurückkehrte. Ich stellte die Wasserflasche auf die Arbeitsplatte und ging zurück ins Schlafzimmer.

Caro lag da und schlief. Sie war in exakt der Position eingeschlafen, in der ich sie vor einigen Minuten verlassen hatte. Sie schnarchte leicht säuselnd, und es war eins der schönsten Geräusche, die ich jemals gehört habe. Es glich ein wenig dem Geräusch von Chipstütengeraschel. Nur gut, dass ich nicht im Kino war, aber dieser Film hier gefiel mir. Ich legte mich zu ihr, roch an ihrem Rücken, küsste Klaus auf die wulstigen Lippen und verschwand mit der Decke über ihr und mir in einen unglaublich trägen Schlaf.

Sie war noch warm in meinem Arm. Ich roch die Ungewöhnlichkeit in meinem Bett. Caro. Sie war noch zugegen. Ungefähr vier Stunden später wachte ich wieder auf. Jemand hatte meine Zunge mit Pelz überzogen. Es fühlte sich an, als kröche ein Rudel Iltisse langsam über meine Zunge. Irgendwie roch es auch so, und außerdem hatte ich einen Harndrang, der nicht von dieser Welt war, und es schien, als wäre mir während des Schlafs jegliche Körperflüssigkeit in die Blase abgesackt, die jetzt ungefähr ein Drittel meines Gesamtkörpers ausmachte. Es tat weh. Ich hatte außerdem eine Erektion, von der ich glaubte, sie sei eine mit Urin gefüllte Wurst. Meine Augen waren verklebt vom Dreck der Nacht. Aber sie war noch warm in meinem Arm. Caro lag noch da, genau wie gestern. Unverändert.

Sonderbare Sonnenstrahlen schlichen zielsicher in mein Schlafzimmer, um die vor mir liegende, ruhig atmende Caro zu beleuchten. Ich klebte an ihr, der Schweiß der Alkoholausdünstung hatte uns beide aneinandergetackert, und da lag ich jetzt an ihrem Arsch, an ihrem Rücken und löste zögernd zärtlich meine Umarmung. Meine genitale Nacktheit und Caros nackter Arsch waren ebenfalls zusammengewachsen vom Schweiß der Zuneigung zueinander und der Zuneigung zum Alkohol. Als ich mich langsam von ihr löste, machte das ein Geräusch wie ein leiser Klettverschluss. Aber es tat nicht weh, sondern es war einfach nur schön. Caro machte ein verbales Geräusch, das aber anscheinend kein Wort darstellen sollte. Ich stand auf und suchte meine Unterhose. Ich fand sie im Flur, direkt neben Caros Klamottenhaufen, den wir gestern wegen erwartungsfroher Geilheit dorthin geworfen hatten. Ich strich kurz mit der Hand über den kleinen Bekleidungshügel, der irgendwie nach Frühling roch, und schlich mich ins Badezimmer.

Dort sah ich mein Gesicht im Spiegel an und in der Mitte meines fast konturenlosen Kopfes wurde ein Lächeln reflektiert, das wie angeklebt aussah. Es war einfach da, einfach so in meinem Mittelpunkt und es stand mir hervorragend. Ich ließ es da, war eh unfähig, meine Mimik zu kontrollieren. Ich setzte mich auf die Toilette und bemerkte, dass sich das Sitzen gut anfühlte, und ich pisste und pisste und pisste und guckte so vor mich hin. Fühlte sich aber gut an, komplett leer gepinkelt zu sein. So irgendwie nach Neuanfang, so fühlte es sich an.

Zurück zu ihr. Zunächst schwiegen wir. Aber die Langsamkeit des Schweigens tat gut, es machte was mit meinem Bewusstsein, es machte mir deutlich, dass das, was da passiert war, etwas war, worüber wir beide nachdachten. Ich fühlte mich gefühlsschnell, wie wir etwas später auf meinem Bett saßen und zum frischen Kaffee Zigaretten rauchten. Gefühlsgeschwindigkeit bis zur Gefühlsschwindeligkeit. Da saß sie, die Caro, zusammengepresst von der letzten Nacht, gefickt, gekreuzigt und neben mir eingeschlafen. Dann aufgewacht und mit Kaffee versorgt. Und jetzt gehen ihre Augen nicht ganz auf und sie lächelt versonnen in die schwarze Koffeinsuppe. «Guck mal, mein Augenaufschlag dauert fünf Sekunden», sagte sie zu mir und demonstrierte mir diese Tatsache. Ich zählte nicht mit, aber sie war eindeutig sehr langsam geworden, die Caro. Ich lächelte in ihre immer noch leicht vorherrschende Besoffenheit. «Dein Kinski hat mich gestern vollgelabert», erzählte ich ihr, und ihr Ausdruck wurde ein Fragezeichen, aber dann schien sie zu verstehen. «Das macht er mit mir auch öfter; wenn ich betrunken bin, dann sagt er schlaue Sätze, der Klaus, und ich muss dann in meiner Besoffenheit mit seiner krassen Art klarkommen, manchmal gar nicht so einfach, aber genau aus diesem Grund ist er bei mir.» Genau jetzt hatte ich mich eindeutig verliebt. Jetzt war es klar, jetzt spürte ich meinen Herzschlag, der zu stolpern begann, der wie ein behindertes Kind in alle Richtungen gleichzeitig lief. Ich war aber unsicher. Was war, wenn sie das hier alles bereute: den Sex, mich, ihr Hiersein. Sie trank besonnen Kaffee, also eilig schien sie es nicht zu haben, hier zu verschwinden.

Wir schwiegen. Ab und zu sah sie aus dem Fenster, dann wieder in meine Augen, dann wieder aus dem Fenster. Ich schaute aus Gewohnheit auf die Bettdecke und, wenn ich mich traute, in ihre Augen, und wenn unsere Augen sich begegneten, musste ich lächeln und an Klaus Kinski denken und an ihre Geräusche, die sie vor ein paar Stunden noch gemacht hatte, und an ihren weichen Arsch, der mir als Kissen gedient hatte, und ich dachte auch an Kai und Sarah, die nebenan vielleicht auch frühstückten oder vielleicht fickten sie auch schon wieder. Mir war alles ziemlich egal an diesem Morgen mit den zwei Kaffeetassen, so ziemlich alles, bis auf dieses bunte Mädchen, das sich so zauberhaft von den Sonnenstrahlen beleuchten ließ. Die war nicht egal, die sollte einfach nie mehr weg.

Wir saßen eine Weile da und erzählten uns Belanglosigkeiten, und ich wünschte mir, die Belanglosigkeiten würden doch bitte aufhören, ich wollte weltumfassende Philosophie und geistige Reibung, aber vielleicht war das nach so einer Nacht zu viel verlangt. Was aber gut war: Caro machte keine Anstalten zu verschwinden. Sie blieb einfach sitzen, ließ sich von mir mit Kaffee und Broten versorgen und blieb sitzen, redete Belanglosigkeiten oder schwieg einfach und guckte aus dem Fenster.

Es war bereits Nachmittag, als ich mich erneut in ihr versteckte. Der Kaffee und das nackte, belanglose Nebeneinandersitzen hatten unsere Blutdrucke emporgeballert, und so gaben wir uns erneut dem Trieb der Geschlechtsdramatik hin. Es war wundervoll, diesmal wollte ich aber von Kinski nichts wissen, und Caro setzte sich auf mich und freute sich über die Zärtlichkeit der langsam wachsenden Zutraulichkeit.

Sie war jetzt einfach da, die Caro, der Nachmittag wurde Abend und sie war immer noch da, und ich versorgte uns mit Nahrung aus meinem Kühlschrank. Irgendwann sprachen wir gar nicht mehr, sondern schliefen einfach wieder ein und ich wachte auf und es war Nacht und Caro lag ganz eng bei mir. So schlich diese Nacht dahin, und ich war die ganze Nacht gefühlsschwindelig und die Geschwindigkeit meiner eigenen Gedanken war wie die des Lichts. Alles war einfach nur noch hell.

Am nächsten Tag aber ging sie und riss ein Loch, wenn auch nur ein kleines, in meine Befindlichkeit. Als ich dann in meiner hellen Wohnung stand und einfach nur allein war, musste ich lächeln, lächeln über die Lächerlichkeit meiner Gefühle und die Konstanz meiner Hoffnung. Aber ich wusste, sie würde wiederkommen.

In früheren Beziehungen hatte ich mich auch immer in einer Geschwindigkeit verliebt, die schneller als mein Herzschlag war, und der Liebesempfängerin war das dann auch meist zu rasant. Ich öffnete mich immer und ständig bis zur vollständigen Blöße, bis zur seelischen Nacktheit, manchmal schon nach Stunden. Aber jetzt war es anders, ich wollte warten, ich hatte Ruhe, die Ruhe und Sanftheit, die es braucht, um die Liebe mit vollem Volumen reinzulassen.

Nachdem Caro weg war, legte ich mich wieder ins Bett. Zuvor hatte ich sanfte Klaviermusik von einem Klassiksampler angemacht, die jetzt langsam und zärtlich durchs Zimmer tröpfelte wie warmer, dünner Regen. Ich roch an meiner Bettwäsche, die nassgesext und durchgekörpert roch. Ich starrte an die Wand und fühlte mich wie ein Eisblock im Hochofen. Ich taute auf, langsam zwar, in unvermeidbarer Beständigkeit. Ich bin gefühlsschnell und finde das gar nicht so unattraktiv ...

Morgen wollte sie anrufen. Ich hatte die Ruhe, sie meine Nummer, und die Musik befeuerte meine Träume.

Tatsächlich rief Caro mich an, und wir waren plötzlich in einer Selbstverständlichkeit gelandet, die mir einfach nur guttat, die mein Leben frischer machte und erleuchtete. Ich hatte sogar den todesnahen Zustand meiner Mutter für die Momente mit Caro vergessen, ja fast sogar eingetauscht. Den alten Menschen gegen den frischen Menschen. Der hinderliche Mensch gegen den helfenden Mensch. Das löste beim genaueren Hindenken einige Schuldgefühle aus, die aber nicht so tief in mich gingen, als dass sie mich handlungsunfähig gemacht hätten. An dem Wochenende jedenfalls, als Caro bei mir war, war ich nicht in *St. Anna* bei meiner Mutter. Manchmal dachte ich kurz an sie und auch an meinen Vater, aber letztendlich war es der Glanz von Caro, der alles überstrahlte.

Ich saß nun wieder hinten im Bus, auf dem Weg zu Arbeit, zu den Büchern, zu Claudia und zu Frau Braun in die Tristesse ihrer sozialen Unvergnügen. Die Stadt kam mir nach den gechillten Tagen in meiner Bude wie eine einzige soziale Unruhe vor. Der Stich in den Ameisenhaufen. Ich schloss die Augen, auf dem MP3-Player liebkoste mich instrumentale Klavierwohlfühlmusik. Es war gut, der lauten Wildnis des urbanen Zentrums eine zärtliche Melancholie in Musikform entgegenschleudern zu können.

Plötzlich erkannte ich zwei Sitzreihen vor mir den kleinen Araber, der vor einigen Wochen als passivstes Mitglied des primitiven Kinderschlägerclubs das dicke Mädchen auf dem Fahrrad niedergeprügelt hatte. Ohne seine lauten Freunde um ihn sah er noch belangloser aus als sonst. Er saß allein auf einer dieser gegen die Fahrtrichtung gekehrten Bänke und starrte versonnen nach draußen. Er trug ein T-Shirt, auf dem «Blowjob is better than no job» zu lesen war. Ihm gegenüber saß ein dickes Mädchen, das bei jeder Bewegung seltsame Geräusche von sich gab, und als sie sich einmal kurz umdrehte, sah ich, dass es die *Opferbitch* von letztens war. Ihr Gesicht war noch ziemlich lädiert und angeschwollen, aber man konnte nicht wirklich differenzieren, wo bei ihr der Körper aufhörte und die Schwellung anfing. Die beiden saßen still da, schwiegen, ab und zu schauten sie sich an, als hätten sie ein Geheimnis zu verbergen, dessen Offenbarung alle determinierten Abläufe der bislang bekannten Welt in Frage stellen könnte. Nach zwei Haltestellen stiegen die beiden aus, und als der Bus wieder anfuhr, sah ich, wie der kleine Araber das dicke Mädchen umarmte und sie küsste, und da wusste ich, dass die Liebe die Leute retten kann. Vielleicht waren seine Kumpels schon verloren, weil sie so lieblose Gewalttäter waren, aber ich glaubte wieder an was, als ich die Kinder auf dem Bürgersteig sich küssen sah. Die Geschwindigkeit des Busses ließ die beiden aus meinem Blickfeld gleiten.

Die Abläufe im Laden waren aber wieder von einer Wiederholbarkeit gezeichnet, die eigentlich keinen Bock hat, irgendwas zu zeichnen. *Lieblos hingeschmierter Arbeitsalltag* würde so ein Gemälde heißen, das uns die alltägliche Langeweile auf die Leinwände der Existenz malt.

Frau Braun war schon den ganzen Tag sehr aufgekratzt, irgendetwas schien sie mental so festzuhalten, dass sie zu keiner regulären Kommunikation in der Lage war. Sie schleuderte achtlos Halbsätze durch die Gegend, in einer Tonlage, die unemotionaler kaum hätte sein können. Claudia war unterkühlter Profi, so wie immer, ihre Stimme war lediglich Dienstleistung, ansonsten nicht zu hören. Sie würde es noch weit bringen als Verkäuferin, aber ihre Qualitäten als Mensch passten in eine handelsübliche Streichholzschachtel. Empathie spielen konnte sie gut, das gehörte ja auch zum Beruf, aber wirklich welche zu haben, das war ihr augenscheinlich fremder als einem Veganer ein Schweinekotelett.

Ich ordnete gerade einige Bücher ins Regal. Popliteratur. Leider nichts dabei, was mich wirklich interessiert hätte. Ein paar Bücher schwedischer Autoren, wenige Deutsche und der Rest waren Briten und Amerikaner. Plötzlich bemerkte ich, wie Frau Braun sich zitternd hinter mich stellte. «Ist der neue Irvine Welsh dabei ... Ach egal ... ich wollte mal was sagen.» Sie zwirbelte sich an ihrem Rocksaum herum und strich das knielange Ding glatt. Ich richtete mich auf und fragte mich, was das denn jetzt hier wohl für ein Gespräch werden würde. «Nächste Woche mache ich Urlaub.» Ich sah ihr in die zusammengekniffenen Augen und nickte. Wir waren ungefähr gleich groß, also auf einer Augenhöhe. «Ich werde danach nicht zurückkommen.» Ich war verwirrt. Frau Braun beabsichtigte, ihren Job zu schmeißen, den mit den Büchern, den, der in meiner Empfindung immer alles für sie zu sein schien. Eine Erfüllung. Sie sprach ausdrucksarm weiter, ihre Augen stachen durch meine. «Seit der Scheidung von meinem Mann war ich nicht mehr glücklich», fuhr sie langsam und behutsam sprechend fort, «und ich weiß, dass ich hier auch nicht mehr glücklich sein werde, nicht an diesem Ort, nicht in dieser Stadt, also muss ich gehen.» Ich räusperte mich, mir fehlte Speichel im Hals. «Ehm, wohin denn und was genau haben Sie vor?» Eine durchaus berechtigte Frage, wie ich fand. «Indien», schoss aus ihr heraus und ihre großen Augen begannen zu leuchten, dazu stemmte sie sich ein Lächeln ins Gesicht, das ich so bei ihr noch nie gesehen hatte. «Ich werde nach Indien gehen. Weißt du, ich liebe das Leben und ich sterbe hier jeden Tag. Diese verdammte Großstadt ist ein Gefängnis, dieser Laden hier ist ein Gefängnis, und ich bin doch eigentlich so frei, wie ich noch nie war, niemand ist da, der mich aufhält.» Sie hatte mich noch nie geduzt, und ich hatte ganz selten so flammende Augen gesehen wie in diesem Moment. Sie machte eine kurze Pause und schaute nervös um sich. «Außerdem brauche ich Spiritualität, was für den Geist, was zum Dranfesthalten für den Kopf, und so etwas gibt es hier nicht. Die Gefängnisse, in denen wir hier leben, haben wir uns selbst gebaut.» Wie recht sie hatte. Ich konnte natürlich nicht widersprechen, bemerkte aber sofort meine eigene Gefangenschaft, aber die Braun hatte auch diese im Visier. «Ich merke auch, dass *du* hier nicht glücklich bist. Das Leben ist so kurz und häufig ist es ein Arschloch, aber wenn du was in der Hand hast, dann deinen Standpunkt.» Krasse Ansage, dachte ich bei mir, und ich murmelte irgendwas, was sich letztendlich anhörte wie: «Ja, viel Glück dann auch, und ich werd mein Ding schon machen.» Ich wusste nicht mal, was mein Ding eigentlich war. Seit Caro da war, schien alles etwas klarer, alles hatte einen kleinen Konzentrationspunkt bekommen, aber so richtige Klarheit suchte ich seit langer Zeit und fand doch nur Unendlichkeit, die aussageleer vor mir hertrottete. Frau Braun ging dann ein paar Schritte von mir weg, nur um dann noch mal umzudrehen, um sich vor mich hinzustellen. Eine pathosaufgeladene Stimmung machte sich bemerkbar. Sie stand so nah vor mir, dass ich ihren Atem riechen konnte. Es war ein sehr neutraler Atem, absolut unauffällig und total passend zu der Person, aus der er herausströmte. Die Braun hob dann ein Sprechen an, eines, das man aus Filmen kannte, in denen es immer zentrale Aussagen gab, immer diese eine Schlüsselszene, die durch Musik und überbetonte Schauspielerei verstärkt in die Zuschauerköpfe Einkehr halten sollte. «Ich weiß nicht, was aus dem Laden werden wird, wenn ich weg bin, ich hab meinem Bruder gesagt, dass er ihn zum Verkauf anbieten soll.» Sie schwieg ein paar endlose Sekunden lang, um dann, unterstützt von einem fast weinerlichen Frauenblick, jenen Satz zu sagen: «Glück ist nichts Greifbares, sondern es überfällt dich meist von hinten, vor allem ist Glück auch nichts Planbares und es hat außerdem kein Gesicht, an dem man es erkennen könnte. Aber es wird dich finden, wenn du dich bewegst.» Theatralische Worte, denen ich nicht gewachsen war. Ich spürte, wie ich kleiner wurde, als die Worte mich erreichten. Dann drehte sie sich um, ein Hauch Erregungsstoff freies Parfüm glitt in meine Nase. Schwungvoll drehte sie ihren grazilen Buchhändlerinnenleib, da war ein Luftzug aus Allwissenheit und Kompetenz um diese Frau, und sie wusste, dass sie mich bewegt hatte.

Frau Braun ging wieder zu einem Regal, sie tänzelte förmlich durch die kleine Buchhandlung. Mich ließ sie mit dem Gedanken allein, ein gefangenes Leben zu haben, eine Existenz im Käfig aus Pflichterfüllung und dem Geradebiegen meines Gewissens. Frau Braun hatte für diesen Tag meine Gedanken geschwängert, ihre Worte waren der Samen, den sie katapultiv in meinen Kopf geschleudert hatte und der dort Befruchtungsgelegenheit suchte. Solche Zeiteinheiten sind schlimm; du weißt nicht, was der Gedanke, mit dem du beschossen wurdest, in dir ausrichten kann, bist dir unsicher über die Tragweite der fremd erdachten Worte und fühlst dich wie ein schwangerer Elefant kurz vor der Entbindung, bevor du merkst, dass du vielleicht doch nur scheißen musst.

Der Tag plätscherte dann wie zarter Frühlingsregen dahin, und ich verkaufte irgendwas von Hesse und lächelte dabei. Hinter diesem Lächeln sah es grausam aus, da war ein Schlachtfeld und ich kämpfte gegen die Überlegung, einfach schnellen Schrittes diesen Laden hier, in dem ich gefangen war, zu verlassen; einfach so zu tun, als sei ich ein Kunde, für den wohl nicht das Richtige dabei war, und rausgehen, raus in die Welt, mir da ein Eis kaufen und die Caro schnappen, um irgendwo hinzufahren und Tiere zu beobachten. Die Sekunden tickten, fielen unaufhaltsam auf den Boden, wo sie durch ihr Zerspringen die Unvernunft ungenutzter Zeit symbolisierten. Platsch, platsch, wie viel zu fette Wassertropfen benetzen die ungenutzten Zeiteinheiten deine Existenz, nur um sie irgendwann vollständig zu übernehmen.

An diesem Nachmittag mit extremer Gedankenschwangerschaft im Endstadium betraten zwei Mädchen den Laden. Draußen hielt sich angenehm warmes Wetter auf. Die Mädchen plapperten vor sich hin und erkundigten sich bei mir nach dem Philosophieregal. Beide hatten sie Eulenbrillen, solche, bei denen jeder modebewusste Optiker, der noch gucken kann, den Kopf schütteln würde, weil an kleine Köpfe keine großen Brillen gehören. Die beiden Eulenmädchen schlurften dann nach meiner Auskunft zum Regal ihres Begehrens; ich ging ein paar Schritte mit, mich interessierten diese jungen Dinger und ihre Gesprächsinhalte, schließlich gehörten sie der Generation an, die irgendwann diese Welt vor die Wand fahren oder aber die Kurve kriegen wird. Und wenn sie die Kurve kriegen, werden sie sich fragen, was sie denn jetzt damit machen sollen. Normalerweise war ich kein Stalker, aber heute und gerade nach den Worten von Frau Braun war mein Bewusstsein neu eröffnet worden, wie ein Supermarkt, und was angeboten wurde, war Lebendigkeit und Neugierde.

Beide Mädchen waren Anfang zwanzig und hatten Gesichtsausdrücke, die sehr gut auf die Plattencover von Emo-Bands passen würden. Die Mimik unendlich skeptizitiert, so liefen die beiden im stolzen Gang an den Regalen vorbei. Weltverachtung und Dekadenz befand sich in ihren Blicken und kein Gramm Soziabilität, dafür aber einige Gramm Gram. Mit tellerminengroßen Augen starrten sie Subtilität in die Atmosphäre, dass es einem gruselte. Beide trugen zu ihren Brillen auf ihren kleinen Köpfen noch Kreativität vortäuschende Mützen, die aussahen, als würden sie ihnen gleich vom Kopf rutschen. Die Dinger wirkten wie zufällig aufgesetzt, aber damit die Teile hielten, wie sie halten sollten, war deren Position perfekt ausgeklügelt. Ihr Kleidungsstil war dieser typische Stilmix aus *H&M* und Secondhand-Bekleidung, und alles sah wie zufällig rottig aus, hatte aber durchaus System. Ich mag Menschen nicht, die einem ein Chaos vorgaukeln, obwohl sie organisiert wie eine Neonazikameradschaft sind. Das ist eine Beleidigung für die, in denen wahrhaftiges Chaos stattfindet, finde ich. Eine der beiden trug ein verwaschenes Smashing-Pumpkins-T-Shirt.

Das Smashing-Pumpkins-Shirt hob dann auch ein lautes Sprechen an: «Ey, Melly, der Laden hat ja voll kein Style, so unkomplett alles irgendwie. Die haben nicht mal Adornos *Theorie der Halbbildung*, wir sind an den Grenzen des popkulturellen Abendlandes angelangt.» Der Satz stand im Raum wie ein heulendes Kind, das aus der Spielzone im Möbelhaus abgeholt werden möchte. Das Mädchen drückte mit diesem kunstvoll aufgestellten Satz eine Distanz zur Welt aus, die auch mir bekannt vorkam. Auch ich fühlte mich oft wie im falschen Laden, und wenn ich über Adorno nachdenke, auch sehr häufig im falschen Leben. Schnippisch und ebenso unterkühlt flackerte auch die Antwort ihrer Begleiterin auf: «Ne, Babsi, stimmt, und auch keine einzige Ausgabe von Russells *Lob des Müßiggangs*, und das nennt sich Fachabteilung Philosophie und ist doch nur ein schlechter Witz ohne Pointe.» Beide wühlten noch kopfschüttelnd in allerlei Philosophischem und sprachen noch über Werke von Nietzsche, aber alles in kopfschüttelnder Art und Weise. Ihre Gesichter blieben dabei gleichbleibend unemotional.

Trotz meiner eigentlichen Ablehnung dieser beiden Geschöpfe fand ich sie plötzlich doch irgendwie toll, weil sie mir ähnlich waren. Aber die Ähnlichkeit zwischen den Mädchen und mir bestand nicht darin, die Welt zu verachten und zu missbilligen, was wir zwar alle in unterschiedlichem Maß zu tun pflegen, sondern die beiden und ich, wir hatten keine konkrete Richtung. Abgründe gab es überall und Gründe, in diese Abgründe zu fallen, gab es auch mehr als Hunderte. Und manchmal standen sie da, die richtigen Richtungslosen, standen an Abgründen wie die Selbstmordunentschlossenen und feierten da ihre extravaganten Partys, während derer sie in die Tiefe rauschten.

Das Smashing-Pumpkins-Shirt trat, das Lied *Creep* von Radiohead schmetterlingsflügelschlagleise auf den Lippen wispernd («... don't care if it hurts, I want to have control, I want a perfect body, I want a perfect soul ...»), ans Zeitschriftenregal, neben dem ich stand und irgendwelche Journale ordnete. Dieses Lied war ja wohl der Song, der die Hilflosigkeit von vielen auf einen Nenner brachte. Wir wollen alle Kontrolle und kriegen nur Panik, weil wir wir sind, und dann flüchten wir uns in irre Besonderheiten wie Steine sammeln, Philosophie gut finden oder Vogelstimmen analysieren, und am Ende sind wir doch nur Wurm durchzogenes Fleisch, das über die Grenze der Atemlosigkeit hinaus in Gräbern dahinrottet. So einfach. Einfach so. Das Mädchen nahm sich ein Mädchenmagazin, eins mit Mode, blätterte darin und ihre Freundin kam dazu und beide machten ausdrucksschwache Gesichter, und dann stellte sie das Mädchenmagazin zurück und wortlos verließen die beiden den Laden. Ich schaute ihnen hinterher, wie sie vor dem Laden noch kurz innehielten, eine gewisse Wichtigkeit vorgebende, mit Intellekt aufgeladene Geste produzierend und rauchten. Sie rauchten wie richtige Frauen, weg vom Körper, in einer Eleganz, die gar nicht so sehr bei ihnen zu Hause sein wollte. Sie redeten schnell, und in gut aufgeteilten Sequenzen konnte jede von ihnen ihren Wortanteil darbieten, denn wenn die eine sprach, rauchte die andere oder fummelte sich an der wie zufällig platzierten Mütze herum. Irgendwann traten sie fast synchron ihre Kippen in den Asphalt und trotteten dahin. Ich fühlte eine Wehmut, dass sich manche Menschen so still in ihre Leiber zurückstecken müssen, während andere ihr Leben als Mütze tragen und hinlaufen konnten, wohin sie wollten. Trotzdem waren sie mir ähnlich, die Mädchen. Die Abgründe, wie gesagt ...

Der Tag floss dann dahin wie ein unruhiger Fluss im Nebel, den man besser hören als sehen konnte. Der Verlauf des Flusses war aber klar, er hatte die klare Bestimmung, sich über die Fläche des Tages zu wälzen, die Stunden wegzuspülen, den eingeschlagenen Weg zu begradigen, mich dadurch zu ermüden. Ich war kein guter Schwimmer, der einfach so die Richtung ändern konnte, und der Fluss riss an mir und machte mich zu einem Stück Treibgut, das willenlos im Flusslauf unterwegs war.

Am Abend wollte Caro mich besuchen, und als sie vor der Tür stand, kam da ein kleines Glück mit ihr in meine Wohnung. Es war so gut, sie zu haben, sie hatte da etwas in ihrer Ausstrahlung, was nach Sonne roch, nach frühlingshafter

Unbeschwertheit. Sie leuchtete, immer leuchtete sie, aber nie in dem Maß, als dass man von ihr geblendet wäre. Wir hatten noch nicht viel über Partnerschaftliches gesprochen, aber ich bemerkte, dass sie gerne hier war, mit mir in diesen Räumen, und dass auch sie dadurch Abstand zu ihrem trägen Lebensfluss fand. Wir taten einander gut. Nicht nur beim Ficken.

Sie erzählte von ihren Studienproblemen, ich von meiner Arbeit, von der Ungewöhnlichkeit, die sich heute aus Frau Braun offenbart hatte, und ich redete über die Bilder, die dieser Tag in mich zu stanzen versucht hatte. Die Gewalt solcher Tage ist manchmal schwer zu ertragen, stellten wir fest und kümmerten uns danach um die Wiederherstellung eines Wohlbefindens in meinen Wohnräumen. Caro war auch ein trauriges Mädchen mit Abgründen, aber sie hatte sich entschlossen, diese mit mir zu teilen, mich zum Mitwisser ihrer Gefühlsströmungen werden zu lassen.

Ich bemerkte tatsächlich, dass wenn man Schmerz teilbar machte, ihn an einer *Soll*bruchstelle, die dann eine *Darf*bruchstelle ist, abbrach, dass er dann weniger wehtat. Wir führten Schmerzverdünnergespräche. Einfach mal Dinge teilbar sein lassen, die man sonst allein rumschleppt in seinem blöden Rucksack aus Charakterschwäche und Selbstmitleid. Die einfach mal abgeben können, das ist was Gutes, und Caro machte das ebenso. Sie teilte sich mir mit, in ihrer vollkommen authentischen Art, war leise und laut und traurig und lustig und gab viel von sich preis. Wir merkten aber beide, dass wir vorsichtige Leute waren. Wir präsentierten uns nicht unsere Kerne; unsere Intim-Ichs blieben weiter in uns, einfach auch mal zum Schutz vor Verletzungen, aber das, was wir uns gaben, das reichte uns aus, um einander zu verstehen.

Wie vollkommen korrekte Partner brieten wir Gemüsesorten in der Pfanne, schlichen uns damit vor den Fernseher, und als der Abend sich in die Nacht umgestaltete, gingen wir zu Bett, hatten ausgiebig Geschlechtsverkehr und hielten uns fest, bis wir eingeschlafen waren. Das war ein ganz anderer Schlaf als der, wenn man allein in einem Bett lag. Der wohltuende Partnerschlaf war dadurch gekennzeichnet, dass man sich das Geschöpf, neben dem man aufwachen möchte, schon vor dem Wegdämmern angucken konnte. Und Caros Geruch nach dem Sex war so einer, der einen langsam in den Tiefschlaf zog, so langsam, dass man es kaum erwarten konnte, wieder aufzuwachen, um wieder aktiv Zeit mit ihr zu verbringen. Klaus Kinski schwieg derweil ein ausdauerndes Schweigen, er war mein schweigsamer Freund geworden, der mir zusah, wenn ich meine Freundin von hinten fickte.

In dieser Nacht hatte ich einen seltsamen Traum. Ich saß hinten in einem Bus, ganz allein saß ich da auf der allerletzten Bank und draußen war alles weiß. Ich schaute aus dem Fenster und da war alles wie mit einer dicken Schneedecke betäubt. Blickdichte Schneeschichten schienen direkt an den Fensterscheiben zu pappen. Dann hielt der Bus irgendwo an und ich stieg aus; irgendein Trieb sagte mir, dass das hier genau der richtige Halt wäre, um auszusteigen. Draußen war dann doch Frühling, ein Geflatter von Schmetterlingen, ein Summen diverser anderer Insekten und eine endlose Wiese. Dazu eine Temperatur, die zum Sich-darin-Bewegen einlud. Ich ging einige Schritte, alles fühlte sich leicht und beschwingt an. Der Duft dieses Ortes war unbeschreiblich. Viele Gerüche lagen in der lauwarmen Luft, irgendwo schien jemand Waffeln zu backen, irgendwo anders kam ein honigsüßes Irgendwas angeschwebt.

Bald tauchte vor meinem Auge ein Bett auf, ein Pflegebett, in das meine Mutter gepresst war. Sie sah müde aus, hatte aber ihre Augen geöffnet und starrte mich unentwegt an. Da schimmerte etwas Unheilvolles in ihrem Augenausdruck. Ihr Blick ging direkt in meinen Kopf und von da aus direkt in mein Herz, und das wurde ganz weich, wie ein Stück Tofu, so wasserdurchtränkt und unbenutzbar weich wurde das Herz, und ich fühlte, wie es langsamer schlug; meine Mutter intensivierte ihren Blick noch, zumindest kam es mir so vor, als ob sie mit ihrem Blick meinen zu durchbohren versuchte. Endlos starrten wir einander an. Ich schaute zurück in meiner kleinen verlorenen Trauer.

Etwas weiter entfernt konnte ich Wäscheleinen erkennen, auf denen kleine Mädchen mit weißen Gewändern rote Unterwäschestücke festmachten. Die Mädchen waren wirklich sehr klein und mussten die Leinen zu sich ranziehen, um die Wäschestücke an ihnen zu befestigen. Sie lächelten und summten irre Lieder vor sich hin, während sie ihrer stupiden Arbeit nachgingen. Ich stand weiterhin neben dem Bett und ließ meinen Blick wie zähen Honig durch die Landschaft gleiten.

Plötzlich bewegte sich das Bett, ganz langsam fuhr es über die Wiese und verursachte irrsinnigerweise ein Quietschgeräusch wie Plastikräder auf Linoleumboden. Wir befanden uns aber immer noch auf einer sattgrünen frühlingshaften Grasduftwiese. Ich lief neben dem Bett her, wieder die Augen meiner Mutter einfangend, die mich zwangen, bei ihr zu sein in diesen Sekunden. Ein Blick aus Liebe, die gleichzeitig Gewalt ist, war das, fast ein böser Blick, aber es war der Blick meiner Mutter. Ich lief weiter neben dem Bett her, die Wiese war weich, die Schritte waren angenehm und ziellos.

Der Ausdruck meiner Mutter ließ ein wenig nach, die Intensität ihres Schauens wurde schwächer und wandelte sich in ein Gutmütigkeitslächeln. So eins, wie ich es aus Kindertagen kannte, wenn sie nach einem Mittagessen noch mit einem Eis aus dem Keller kam. Das Bett beschleunigte nochmals, und ich hatte bereits Probleme, mit ihm Schritt zu halten. Dann begann das Teil zu wackeln und schwebte Nordseemöwen gleich aufwärts. Der letzte eingefangene Ausdruck, den ich von meiner Mutter sah, war ein losgelöster, fast kindlich freier. Sie flog aufwärts mit dem Pflegebett, das wackelte dann ganz komisch, das Bett, und verschwand sehr schnell aus meinem Blickfeld. Ich stand da und mich füllte eine gnadenlose Traurigkeit, gemischt mit einer seltsamen Fröhlichkeit, die irgendwie gar nicht in mich passte. Diese Fröhlichkeit war aber aufdringlich, wollte, dass ich sie annehme, aber meine Mutter war doch grad noch mit einem Pflegebett zum Himmel aufgefahren, wie konnte ich da die Fröhlichkeit reinlassen? Im Hintergrund war plötzlich eine Oboe zu hören, die die Melodie von John Denvers *Leaving on a jetplane* spielte. Und die Stimme eines unsichtbaren Kindes sang dazu: «... so kiss me and smile for me, tell me that you'll wait for me, hold me like you'll never let me go, 'cause I'm leavin' on a jet plane, don't know when I'll be back again, oh babe, I hate to go ...» Ich war einmal auf einer Beerdigung eines Mädchens, das ich kaum kannte, da wurde dieses Lied von einem Saxofon in eine viel zu stille Leichenhalle geblasen. Unpassend pathetisch. Mit jedem durch das Instrument gepressten Ton wurden Tränen in mir hochgestemmt. Der Song wurde viel zu langsam gespielt und er verging einfach nicht, er blieb im Raum hängen wie Zigarettenrauchschwaden. Und so ging es mir jetzt auch, ich fühlte, wie sich mein ganzer Körper mit Tränen füllte, die allerdings weder an den Augen noch sonst wo austreten konnten. Ein trauriger Druck in mir, der mich lähmte, der mich hinderte, weiter irgendwas zu fühlen.

In dieser Zwischenstimmung berührte eine fremde Hand die meine und an dieser Hand befand sich die komplette Caro. Sie war nackt und leuchtete und hatte ein Lächeln aufgesetzt, das mich zu kompromisslosem Frohsinn einlud. Ihre Gestalt, so greifbar, so einladend rund, der Mund so mystisch, trotz ihrer Nacktheit wirkte Caro sehr festlich. Ihre Tattoos wirkten wie natürliche Körperteile. Ich aber war jemand, der nicht einfach so imstande war umzuschalten. Ich erzählte ihr, was gerade passiert war, dass da dieses Bett hochgeflogen sei, darin meine Mutter, und Caro umarmte mich, aber ich löste mich wieder aus der vorgetäuschten Harmonie dieser Fangarme und suchte den Frühlingshimmel nach einem fliegenden Pflegebett ab, fand aber nichts außer zwitschernden Vögeln, wonneproppigen Wolkengebilden und leise zirpenden Insektengestalten. Caro war dann nicht mehr da, als ich meinen Blick wieder senkte, und ich geriet in Panik und brüllte ihren Namen und suchte wieder den Himmel ab und fand nichts außer Frühling, und als letzte Traumsequenz sah ich mich aus der Hubschrauberperspektive, wie ich mit nach oben gestreckten Armen laut nach meiner Mutter rief. Ich fühlte Scham wegen des Bildes, das ich hier augenscheinlich abgab, hatte ich mir doch selbst so viel Reife zugemutet, nicht wie ein heulender Dreijähriger abzuhängen, der nach dem Verlassenwerden von der Mutter in derartige Hysterieanfälle verfiel. Die Figur, die ich war, und der Zorn dieser Figur, das unausgelebte Wahnsinnige, stimmten mich bei der Betrachtung traurig. Das war ich, ein jammerlappiges Ding, inmitten praller Schönheit, aber unfähig diese wahrzunehmen, weil eine kleine Entfremdung stattfand. Je mehr ich mich aber von mir selbst entfernte und emporflog und je kleiner der wurde, der ich war und den ich verlassen hatte, desto deutlicher fühlte ich mich wärmer. Ich war zwar allein auf der Wiese, aber die Nähe der Unmittelbarkeit dieser in Subtilität getränkten Ereignisse ließen einen leichten Wahn aufkommen. Ich hatte mich zurückgelassen wie einen angeschossenen Soldaten, der nur noch die schnelle Flucht der gesamten Truppe behindert hätte. Lediglich Ballast, und ich flog und schlief dann doch noch einen relativ gerechten und tiefen Schlaf.

Beim Kaffee, den wir unter warm gekuschelter Decke im Bett einnahmen, erzählte ich ihr von diesem Traum. Nachdem ich meine Erzählungen beendet hatte, war es still, und ich sah, wie in Caro etwas passierte, ein Denkprozess ihren Kopf überfiel und sie dann, nach fast zwei Minuten Schweigen, ein leises und langsam schleppendes Sprechen begann. Ihre Ehrlichkeit schockierte mich. «Ich bin keine gute Traumanalysiererin, aber das hier bewegt. Ganz ehrlich, pass auf. Du wartest auf den Tod deiner Mutter.» Caro sagte diesen Satz wie ein gefühlsunterdosierter Kriegsveteran, der seinerseits schon so viel Blut und Kotze schauen musste, dass ihn das Elend und die Abgefucktheit der Nachkriegswelt gar nicht mehr schockieren konnte, und er es in angepasster Kälte kommentieren konnte. Im ersten Augenblick, nachdem diese Worte meinen Kopf erreicht und anschließend auf meine Herzmuskulatur gedrückt hatten, hätte ich Caro am liebsten gepackt und in die Ecke geschleudert, dann aber kam bruchstückartig die Erkenntnis in mich, dass sie einfach recht hatte. Ja, das war, worauf ich wartete, das Ableben meiner Mutter, und verdammt noch mal, ich hatte eine Freundin, die genau das erkannt hatte. Ich sagte trotzdem: «Is mir zu hart, deine Ansicht, obwohl da was dran ist», und Caro lächelte, als ob sie wusste, was in mir los war, und auch ich lächelte und wir tranken Kaffee und ließen den Morgen sanft vorbeigleiten. Wir hatten eine formschöne Art der Diplomatie erfunden, und ich verliebte mich in diese Art der Subtilität. Und in Caro, die doch näher an mir war, als ich gedacht hatte. Ich hatte geglaubt dieser Platz neben meinem Herzen, der wäre eine atomar verseuchte, unbetretbare Gegend geworden, aber Caro traute sich ohne Schutzanzug in die Nähe meines Herzreaktors ...

Es war ein weiterer Sonntag und der braune Teppich und die Drehtür und alles, was sonst schon wie immer war, war auch an diesem Tag wie immer. Draußen glänzte die Luft und hier drinnen waren wieder die mobilen Senioren und atmeten wie Schnappschildkröten im Terrarium. Der Nachmittag war golden. Rollatoren kreuzten meinen Weg und die Alten, die sich auf diese Geräte stützen, verwendeten ihre letzten Emotionen und Kräfte, um an Orte zu gelangen, an denen sie Besseres vermuteten. Für einige war das Gehen schwer, für andere das Bleiben.

Ich erkannte einige Gesichter wieder, andere waren mir neu, und ebenso vermisste ich einige einprägsame Gestalten, die sonst hier an meinen Besuchstagen meinen Weg zu kreuzen gedachten. Ich dachte an Caros Satz: «Du wartest auf den Tod deiner Mutter ...», und er ließ mich schleppender gehen als zumeist, dieser Satz wirkte hier in *St. Anna* wie Gegenwind auf dem Weg hinauf zu meiner Mutter, wusste ich doch um die Wahrheit, die dieser Satz enthielt, aber auch um die Endgültigkeit, die er symbolisierte. Wenn man so heftige Sätze einfach so sagen kann, ist man entweder ein Genie oder ein Arschloch; bei Caro vermutete ich Ersteres, und ich mochte ihre direkte Ehrlichkeit, die mich aber in ein schleppschrittiges Irgendwas mit erheblichem mentalen Gegenwind verwandelte, das auf dem Weg zu seiner Mutter war.

Und die Sätze Caros mischten sich auch mit einer Aussage von Frau Braun, die mittlerweile einfach weg war, einen mutigen Neustart in einem fremden Land versuchend. «Glück ist nichts Greifbares, sondern es überfällt dich meist von hinten, vor allem ist Glück auch nichts Planbares, und es hat außerdem kein Gesicht, an dem man es erkennen könnte. Aber es wird dich finden, wenn du dich bewegst ...», so hatte die gute Frau Braun gesprochen, bevor sie sich in ihr eigenes Glück stürzte, es ausschlachten wollte wie ein gut gemästetes Schwein. Ihr Abschied war keiner, der großes Aufsehen erregte, so wie Frau Braun selbst niemals wirklich Aufsehen erregte in ihrer enormen Angepasstheit. Sie erschien mir immer wie ein Puzzleteil, das man in jede noch so abstrakte Szenerie menschlicher Möglichkeiten einsetzen konnte. Die Stelle der Filialleitung war nunmehr eine vakante, in der nächsten Woche aber würde uns ein neuer Mitarbeiter vorgestellt werden.

Die gepflegte Langsamkeit dieses Rudels Schnappschildkröten im Eingangsbereich des Seniorenheims wurde nur durch die hektisch agierende Frau Overberg gestört, die in der Anmeldung von *St. Anna* in einem Berg von Papieren wühlte. Als sie mich sah, nickte sie mir aber freundlich zu, ihr fror fast der Ausdruck ein, den sie sich in ihr Antlitz gemeißelt hatte. Auch ich nickte ihr zu, mit dem Wissen, sie wohl nicht mehr ganz so oft sehen zu müssen. Ihr Fassadenfrohsinn war eine schlechte Tarnung; wenn man genauer hinsah, konnte man durch die Betonschicht schlecht geschminkter Gesichtskorrekturversuche lediglich menschliches Elend erkennen. Ihr Lächeln war eingefroren, ihr Ausdruck daher kalt; warum sollte ich diesem Zellhaufen länger als drei Sekunden meiner Zeit widmen?

Da war das Treppenhaus, die Olfaktorik wie immer, egozersetzend uringetränkt, und ich ging weiter und auf dem Flur war es ruhig wie immer, die Summen der Stimmen im Hintergrund, und ich dachte noch einmal an Frau Bender und wo sie jetzt wohl war, wie schnell so ein Körper wie der ihre verweste. Ich ging noch einige Schritte und dann war ich da.

Als ich zaghaft durch den Türrahmen glitt, sah ich zwei Menschen, die zum medizinischen Personal von *St. Anna* gehörten, das sich um meine Mutter kümmerte. Eine Frau, die vielleicht fünfundvierzig war, und ein Mädchen, das allerhöchstens zwanzig war. Sie fassten meine Mutter schweigend an, drückten auf ihren Körper, waren gefangen in pflegerischen Abläufen, ohne wie Menschen auszusehen. Sie wirkten wie einander zugewandte Roboter, die auf einem

Bürgersteig in einem Bürgerkriegsgebiet eine Bombe zu entschärfen hatten. Ihre Gesichter waren dabei so ausdruckslos, als würden sie ein Schwein ausweiden oder Fliesen legen. Die beiden lagerten meine Mutter, drehten ihren fast toten Körper auf die Seite und platzierten Kissen hinter ihrem Rücken, auf dass sie in eine Lage käme, die ihr zuträglich war. Natürlich konnte das niemand mehr beurteilen, welche Lage meiner Mutter zuträglich war, aber was mich nervte, war dieser Mangel an Feinfühligkeit in den verlebten Arbeitnehmergesichtern des Pflegepersonals. Sie sprachen weder untereinander noch mit meiner unter ihren Pflegerinnenhänden gewendeten Mutter.

Beide wirkten nicht, als täten sie ihre Arbeit mit irgendeinem Vergnügen, sondern in beiden Gesichtern war lediglich der Wunsch nach einem mindestens vierwöchigen Jahresurlaub ohne Denken und Fühlen zu sehen. Die Frustration in beiden Blicken traf dann den meinen, immer noch leicht erschrocken vor sich hin starrenden, und dann wurde es professionell freundlich. «Sie sind der Sohn, nicht wahr?» Die ältere Frau übernahm das Sprechen, ihre Stimme klang nach zu vielen aus Frust gerauchten Zigaretten. Das junge Mädchen stand etwas verschüchtert daneben und grinste dabei, als ob ihr Gesicht ein Aufkleber wäre, der für gute Laune, gemischt mit Kritikunfähigkeit warb.

Dann sprach die Pflegefrau ein paar Worte über Ellenbogen-, Knie und Knöcheldekubiti und wie da zu verfahren sei. Sie sprach über meine Mutter, als wäre sie eine Übungspuppe für die Seniorenpflege, und ihr Mitgefühl im gespielten Leidensblick war so unecht wie das Mitgefühl einer Frau Overberg, und ich hatte plötzlich große Lust, einfach umzufallen und traurig zu werden. Die Krankheit meiner Mutter, ihr baldiges Ende. All diese konkreten Tatsachen wurden hier hinter einer Wand aus fachlichen Bezügen thematisiert. Die Wahrheit war aber eine in Todesnähe liegende Frau, die Schwierigkeiten mit der Atmung und mit der Aufrechterhaltung ihres Lebens hatte. So lag sie vor uns allen, meine Mutter.

Weil ich nicht einfach so in Tränen ausbrechen wollte, lächelte ich also, lächelte mich für einen Moment schmerzarm und tat, als wäre die Welt eine gerechte und mein Schicksal ein annehmbares. Ich lächelte also und die beiden Frauen lächelten zurück, offenbar der Ansicht, einen guten Job verrichtet zu haben. Sie packten Verbände und Salben in ihre Pflegetaschen, lächelten weiter, als ob dies der einzige Gesichtsausdruck wäre, der noch funktionierte, um sich der Realität zu stellen. Sie ließen mich dann mit meiner mir zugewandten, auf der Seite liegenden Mutter allein und hinterließen einen Desinfektionsmittelduft, der schwer und chemisch im Zimmer hing.

Da lag sie. Sie hatten ihr Gesicht in Richtung Tür gedreht. Aktive, selbstgesteuerte Bewegungen waren nicht mehr möglich. Ihr Körper wirkte wie eine zerknitterte Decke, die nicht mehr gegen Kälte schützt. Sie starrte ins Nichts, und das

Nichts starrte seinerseits zurück und umfing somit die Szene der Unmöglichkeit, etwas zu werden außer tot. Ich stand regungslos vor meiner Mutter und versuchte, mich an einem konkreten Gedanken festzuhalten. Aber alle meine Gedankenmuster rasten wieder wie Schnellzüge durch meinen Kopf. Dann bremste schließlich ein Gedanke abrupt ab, ich hörte ihn quietschen, den kleinen Gedanken, der sich aufdrängte, mir Wahrheit einzuhauchen; ich spürte, wie er langsamer wurde, wie ich langsamer wurde dabei und der Gedankenzug zischend seine Türen aufmachte und Inhalt auf mich eindrosch. «Bald», sagte dieser Gedanke, «bald ist sie tot.» So sehr ich mich auch dieser Wahrheit erwehrte, es war nun mal eine Wahrheit, und ich stand da und neben mir stand diese Wahrheit und guckte so rum. Ja, das war Konfrontation, die Wahrheit stand im Raum, ich war unfähig sie wegzuschicken, weil sie von einer unglaublichen Dichte war. Die Wahrheit schwieg, aber man musste ja nicht sprechen, wenn man die eindeutige Wahrheit war, dann strahlte ja ohnehin so viel Wahrhaftigkeit von einem ab, dass man sich dieser kaum mehr entziehen konnte. Die Wahrheit lag da, in Gestalt meiner Mutter, die mehr Tod als Leben darstellte und ungefähr jede gefühlte halbe Minute atmete. Dieses Flachbild von Mensch, das meine Mutter war, brauchte ja nicht mehr viel Atem, da reichte es jede halbe Minute sich noch mal sauerstoffmäßig das zu holen, was die Atmosphäre anzubieten hatte.

Ich ließ die Wahrheit rein, denn ohne jemand, der sie akzeptiert, war ihr Rumstehen und Rumgucken doch etwas sinnlos.

Die Wahrheit wirkte wie ein unbeholfenes Kind, dem jetzt endlich mal etwas zugetraut wurde. Und dann, nach langer, langer Zeit des völligen Stumpffühlens tropften mir kleine Tränen aus den Augen und ich fühlte die entsprechende Traurigkeit dazu und die wurde größer, und meine Mutter starrte ins Nichts, und ich schloss die Augen und etwas verschwamm, was nicht dieser Ort war.

Im Zustand der geschlossenen Augen sah ich mich am elterlichen Tisch sitzen, fünfjährig, hilflos den Dingen des Lebens ausgesetzt, und meine Mutter saß da auch und gab mir zu essen sowie zu trinken und sie lachte. Es war ein drückender Sommer, und ich spürte, wie er unsere Köpfe kleinmachen wollte, dieser Sommer, einfach nur durch drückende Schwüle. Ich konnte die Liebe schmecken, mit der sie dieses Essen zubereitet hatte, und auch die, mit der sie mir Getränke in den orangen Plastikbecher goss. Sprudel sprudelte und ich lachte. Ich war ein Kind.

Dann nahm mich meine Mutter an der Hand und wir liefen zu einem Wald, es war ein dichter Wald, Mischwald, und der verschluckte uns. Und wir liefen, liefen, liefen und meine Mutter hatte so ein freies Gesicht an diesem Tag, so eine Unbeschwertheit im Wesen, dass ich einfach mitlachen musste. Sie hielt weiter meine Hand, ich spürte deutlich ihre ausgesendete Wärme. Dann setzten wir uns auf eine Bank, die war hölzern und von rustikaler Verarbeitung, und meine Mutter holte aus ihrer Handtasche eine kleine Plastikdose, aus der wir dann klein geschnittene Äpfel aßen. Sie hatte die Angewohnheit, Äpfel zu schälen und dann in mundgerechte Stücke zu portionieren. Mit fünf waren geschälte, klein geschnittene Äpfel die einzige Obstsorte, die ich aß. Die ganze Zeit über schwiegen wir und genossen die Ruhe in diesem Wald, um uns herum lediglich Ruhe, und ich genoss es, ein Kind zu sein, und sie genoss es, eine Mutter zu sein. Sie saß neben mir, ganz dicht, und ich fühlte mich so sicher. Als ich fünf war, war Sicherheit wahrscheinlich genau das, was ich brauchte, um nicht hilflos dem Wahnsinn ausgeliefert zu sein. Du spürst, wie deine Welt täglich wächst, mal schneller, mal bedächtiger, immer aber vorwärts. Und sensible Kinderhirne wie meins bedürfen zunächst mal des mütterlichen Schutzes, um nicht sofort in die Ecke des Nichtklarkommens gedrängt zu werden. Meine Mutter lächelte. Sie nahm meine kleine Hand und legte sie auf ihren Bauch. Diese Geste verstand ich nicht, aber sie fühlte sich gut an.

Anderntags sah ich meine Mutter verstört auf dem Sofa sitzen. Steif und stumm. Die Verstörung äußerte sich in einem das absolute Nichts fixierenden Blick. Es war ein Nachmittag im August und die, die da saß, war eine andere Frau als die, mit der ich gestern noch im Wald gewesen war. Das Bild der regungslosen Mutter machte mir Angst. Auch auf Ansprache reagierte sie nicht und ebenso wenig auf meine vorsichtigen, zerbrechlichen Kinderschritte, die ich durchs Wohnzimmer lief. Saß nur da und starrte, geradeaus, tote Augen. Mich überkam ein absolut hilfloses Gefühl, eines, dem ich nicht gewachsen war als Kind von fünf Jahren. Das Gefühl, der Mutter nicht helfen zu können, nicht mal zu wissen, was los war. In meinem kindlichen Unmut wollte ich dann der Szene entfliehen, einfach durch eine Ortsveränderung, und so ging ich ins Bad, schloss mich ein. Das Bad war ein guter Ort für eventuelles Wiederfinden von verlorener Ruhe. Der Klodeckel war hochgeklappt, eine Sache auf die ich, wenn ich sie ab und an vergaß, von meiner Mutter immer angesprochen wurde. Ich wurde böse auf meine Mutter; sie, die gute, heilige Erwachsene, durfte natürlich ohne angemeckert zu werden den Klodeckel offen lassen. Neben der Toilette lag ein rotes Handtuch einfach so auf dem Fußboden. Ich wurde noch wütender, denn auch dies, das Liegenlassen von Wäschestücken, wurde bei mir schon öfter von meiner Mutter bemängelt. Als ich der Toilette näher kam, sah ich, wie darin etwas schwamm, was ich zunächst für irgendeine Mahlzeit oder seltsamen Stuhlgang hielt. Dann erkannte ich, dass es Blut war, da schwamm viel Blut und dunkelrot ronn es noch den Toilettenabfluss hinab. Ich starrte das Blut an. Es starrte, langsam Fäden ziehend, zurück. Dann bemerkte ich, dass das liegen gelassene rote Handtuch kein liegen gelassenes rotes, sondern ein achtlos weggeworfenes ursprünglich weißes, nunmehr aber blutgetränktes Handtuch war. Ich starrte weiter das Blut an, in der Wohnung war es still und auch in mir wurde es immer leiser. Das Blut roch komisch, nicht wie normales Blut. Ich fragte mich, was das zu bedeuten hatte, war mir aber sicher, dass das Blut aus meiner Mutter gekommen war. Ich fühlte emotionale Muttermilch. Das war das seltsame Gefühl einer noch seltsameren Verbundenheit. Dann drückte ich auf die Spülung, und im Anschluss daran hörte ich meine Mutter erst leise wimmern und dann laut weinen. Das Weinen durchbrach meine Sensibilitätsgrenzen. Ihr Schmerz wollte meiner werden, so klang das Weinen. Es waren laut geweinte Hilfeschreie, und ich war ein Kind, unfähig darauf eine Antwort zu haben. Das Schreien meiner Mutter traf mich wie Granatsplitter.

Ich blieb einfach im Bad, solange sie weinte; einfach hier drin bleiben, dachte ich mir, hier drin bleiben, bis alles vorbei war. Im Bad war es kalt, aber meiner Mutter beim Weinen zuzusehen, strahlte noch viel mehr Kälte aus. Ich wollte meine Mutter nicht sehen, fühlte ich mich doch nicht imstande, ihren Zustand zu verbessern. Ich setzte mich auf die Toilette und hielt mir die Ohren zu, wünschte mich in eine andere Welt, auch in den Abfluss, den Weg, den mein kleiner Bruder gegangen war.

... und sah in die Augen meiner Mutter, die ausdrucksarm in tiefen, dunkelumrandeten Höhlen herumlungerten wie vergessene, glanzlose Murmeln. Etwaiger Lidschlag zeigte, dass da noch etwas Leben war, aber Leben wollte ich das nicht mehr nennen, es war ein Übergang, in dem sie sich befand. Überwiegend blieben ihre Augen geschlossen. Meine Mutter röchelte, atmen war jetzt die falsche Bezeichnung für das, was sie da tat. Jedes Röcheln klang so sehr nach tiefempfundener Qual, dass ich dachte, der nächste Atemzug bliebe besser aus.

Mein leises Weinen hatte sich verflüchtigt und ich konnte nun unverschwommen der Realität ins Auge sehen. «Hallo, Mama. Schön dich zu sehen.» Ich berührte ganz leicht ihre Wange, und sie zeigte keinerlei Reaktion und röchelte unrhythmisch weiter. Weder ihre Augen noch irgendein anderer Körperteil reagierte auf meine Berührung. Ich hatte sie lange nicht berührt, hatte auch lange nicht wirklich das Bedürfnis sie zu berühren, doch jetzt empfand ich die Gelegenheit als günstig, gar als final. Wer wusste denn schon, ob ihr Körper morgen noch mit Leben ausgestattet war?

Es roch weiter nach desinfizierter Umwelt, nach Keim- und Bakterienintoleranz. Sie fühlte sich ganz weich an, ihr Gesicht war von den Pflegerinnen mit fettiger Creme eingerieben worden. Meine Handfläche auf ihrer Wange versuchte, ihr mein Dasein, mein Dabeisein zu übermitteln. «Sterben muss eh jeder allein», sagte dann noch ein anderer Gedanke, der zufällig vorbeikam, und ich nickte und wischte mir die Augen mit dem Pullover trocken und schluckte und akzeptierte. Die Hand ließ ich liegen auf ihrem Gesicht und der Blick in die Leere des Raums war undefinierbar schön in diesem Moment.

Ich fragte mich, was von den Dingen, die ich oder irgendwer sonst noch mit ihr tat, noch in ihrem Bewusstsein ankamen. Hatte sie noch ein Bewusstsein oder verschwand auch das mit den Hirnfunktionen? Ich erinnerte mich an die Aussage eines Arztes, der den Hirnrindenzersetzungsprozess, der während der Alzheimer-Krankheit stattfindet, mit einer Brausetablette in einem Wasserglas verglichen hatte, und fragte mich, ob da jetzt nur noch Wasser ohne Inhalt im Kopf meiner Mutter stattfand und was das wohl für ein Gefühl sein musste. Ich wurde über diesem Gedanken leicht melancholisch, dachte aber, dass es wohl ein gutes Gefühl sein müsse, diese Leere im Kopf zu haben, diese Ruhe, vielleicht leichtes Meeresrauschen zu empfinden, irgendwo schreit ein Möwentier und der Rest ist Wind und Welle und Weltumrandung. Dann lösen sich vielleicht noch die Ränder auf, die Konturen gehen weg, und meine Mutter starrte in diesen meinen Gedanken und meine Hand blieb, wo ich sie platziert hatte, und ich fühlte mich gut und richtig. Die Traurigkeit, sie bewusst zu empfinden, das war etwas sehr Angenehmes. Innerhalb meiner kleinen Traurigkeit hatte Sterben etwas Romantisches.

Dünn und hohl lag sie da, die Hülle meiner Mutter, darauf meine Hand. Ich wusste nichts über die Zeit, nicht wie lange ich schon hier war und wie lange das Gefühl, das gerade in meinen Körper kroch, da drinbleiben würde. Es fühlte sich an wie Erhabenheit über einen bestimmten Augenblick zu haben, der eigentlich schlimm war und den man sich zuvor schon schlimm vorgestellt hatte. Ich hatte mich einst gefühlt wie einer, der vor einer Wand stand, vor der ein Erschießungskommando seine Arbeit verrichten sollte. Jetzt war es gerade egal, wer wann auf mich schoss, alles fühlte sich in hohem Maße richtig an.

Ich blieb weiter da, blieb in diesem Raum, strahlte das Gefühl aus, dass alles richtig war, was geschah. Zwischendurch kamen wieder die beiden Pflegerinnen ins Zimmer meiner Mutter, um ihren regungslosen Leib zu wenden, damit sie sich nicht wund lag. «Dekubitusprophylaxe», sagte das Mädchen, und die ältere Pflegerin erklärte ihr einige Handgriffe, mit denen man jemand Bewegungsunfähigen am besten in einem Bett wendete, ohne sich oder demjenigen wehzutun. Sogar Bettwäsche konnte gewechselt werden, ohne dass meine Mutter aus dem Bett gehoben werden musste. Die beiden machten ihre Arbeit, pflichtbewusst und Schichtende herbeisehnend.

Zwischendurch rief Caro auf dem Handy an und tat Sehnsucht kund, und ich lief mit ihrer Stimme im Ohr auf dem Flur entlang und sehnte mich auch nach ihr, und wir verabredeten uns für den Abend. Es tat gut, nach diesem Tag eine Perspektive auf empfangende Arme zu haben. Ich freute mich auf sie. Auf ihre Nähe, auf ihren Körper. Und auf ihre Lebendigkeit. Ich glaube, deswegen hielt ich das heute auch so lange hier aus, weil in der Wärme meines Zuhauses jemand Lebendiges auf mich wartete. Caro war Heilsarmee, Caro war Oase, Caro war Hoffnung. Das sagte ich ihr aber nicht, weil ich mir unsicher war, ob sie all das überhaupt sein wollte und konnte.

Es dämmerte bereits, als ich mich entschied zu gehen. Zuvor hatte ich wieder für mindestens zehn Minuten meine Hand auf die Wange meiner Mutter gelegt, um ihr mein Hiersein zu bestätigen. «Sterben muss eh jeder allein», sagte mir nochmals ein Gedanke, und ich sagte: «Mama, ich muss, bis bald mal ...» Sie starrte ausdruckslos in die Leere, ihre Hülle lag auf dem Bett wie eine ungewaschene, vergessene Decke. Die Augen meiner Mutter waren verschlossen und wie zuvor klang jedes Ringen nach Luft wie unendliche Anstrengung.

Die Treppe. Ganz bewusst die Treppe nach unten. Jede Stufe war Entfernung, ein bisschen Entfremdung, aber jede Stufe hatte Sinn, denn sie brachte mich nach unten, dahin, wo ich hin wollte, auf den Boden der Tatsachen. Im Eingangsbereich befand sich niemand mehr, außer im kleinen Anmeldezimmer, da war noch jemand. Aber ich sah nur einen huschenden Schatten.

Hinten im Bus. Ich saß da wie das Elend, das ich empfand, und mein MP3-Player rotzte mir zärtliche Melancholie in Form von Postrock ins Ohr. Außerdem tauchten verschiedene Gesichter meiner Mutter vor meinem geistigen Auge auf, welche von einst und welche von heute, gemischt mit etwaigen Kindheitssequenzen, pädagogischen Maßnahmen und liebevoller Mütterlichkeit. Das Ganze wirkte wie ein preisunverdächtiger, experimenteller dänischer Kurzfilm und auch der Soundtrack passte hervorragend in dieses Gesamtkonzept.

Drei Tage später war ich immer noch in dieser Blase aus Melancholie und der Annäherung an die Akzeptanz der Notwendigkeit von Vergänglichkeit gefangen. Es umgaben mich in diesen Tagen Gedanken, die ich nie zuvor und auch danach niemals mehr zu denken imstande war. Caro war am Abend zu mir gekommen, und wir hatten uns vor dem Fernseher in erquickliche Ruhepositionen begeben, um uns vom medialen Katastrophenunsinn beschallen zu lassen, nur um unsere persönlichen Katastrophen in etwas gedimmterem Licht zu sehen. Das funktionierte ganz gut, denn wenn neben einem Bomben explodieren, die einen scheinbar nichts angehen, spürt man die Einschläge, die einen selbst betreffen, nicht so sehr. Ich spürte aber, dass die Einschläge näher kamen, dass ich persönlich im Visier von Bomben war, deren Vernichtungsradien mich meinten. Und noch war ich in der Position, ausweichen zu können ...

Nachts war ich dann halb schlafend, immer ein paar Gramm Angst zu viel im Körper, um gerechten Schlaf zu finden. Meine Träume waren grau und belanglos, wie blasse Vorstadtkinder, die Angst aber, die kam direkt aus dem Leben und so verhielt sie sich auch: unmittelbar und einnehmend. Caro schlief bereits, als mein Handy auf dem Nachttisch surrte. Auf dem Display stand: «St. Anna». Es war so weit. Meine Mutter war gestorben.

Ich hatte immer Angst vor diesem Moment. Dieser Moment beinhaltete: Leute kommen zusammen und planen eine Beerdigung. Jetzt war der Moment da, und er kroch wie ein angeschossenes Kind im Bürgerkrieg durch das Wohnzimmer meines Vaters und dehnte die Sekunden mit seiner brutalen Wahrhaftigkeit in unerträgliche Langsamkeit. Und jetzt, da der Moment da war, war er genauso schlimm, wie ihn mir meine Vorstellungskraft einst einzuprügeln gedacht hatte. Menschen machen ja häufig den Fehler, imaginäre Sachen zu stark zu bewerten, und dann eher die Bewertung zu empfinden, weil die, wenn die immer wieder auf *replay* geschaltet wird, relevanter wird als das eigentlich präsentierte Ereignis.

«Drei Würfel Zucker und ein Schuss Milch, aber nicht umrühren, ich mag das nicht so süß.» Da war wieder dieser Satz, der sich wie ein alter Freund ins Zimmer schlich, eine Tüte voll Trost dabei. Mein Vater konnte es nicht lassen, diesen Satz auch jetzt anzubringen, aber der Satz war so leise; so unglaublich still war das ganze Wohnzimmer. Die Schwierigkeit der leisen Momente, manchmal war sie nur durch subtile Witze zu durchbrechen.

Im Haus meines Vaters war heute einiges los. Viele Verwandte und Bekannte, Nachbarn und sonstige Angehörige riefen an, statteten kurze Kondolenzbesuche ab und sprachen mit meinem Vater. Hier und da gab es Beileidsbekundungen, Trauerkarten wurden in die fleischigen Hände meines Vaters gepresst, und viele Worte wurden in dieser Familie nicht gemacht. Die lange Krankheit meiner Mutter wurde von einem Bruder meines Vaters mit den Worten: «Jetzt hat sie es hinter sich, bestimmt besser so», auf ein Maß reduziert, dass mir noch einmal, sehr hinterhältig zwar, aber deutlich die Unumgänglichkeit eines jeden Ablebens bestätigte. So konnte man mit wenigen Worten einen Umstand beschreiben, der das ganze Leben umfasste, jede verfickte menschliche Existenz betraf und immer da war. Erika war die ganze Zeit sehr zurückhaltend, war lediglich eine Nachbarin, die einen traurigen Eindruck machte, und mein Vater spielte mit und niemandem in der Familie fiel auf, dass Erika die Küche meines Elternhauses besser kannte als mein Vater selbst.

Kleine Metalllöffel hielten sich in Porzellantassen auf und machten winzige Geräusche. Rührung war im Raum, Rührung und Demut. Erika goss uns Kaffee ein. Mein Vater rührte daraufhin in seiner Tasse, als wolle er, dass jeder Tropfen Kaffee einmal zumindest überall in der Tasse war. Der damit verbundene Widerspruch zu seinem fortwährenden Witz schien ihn nicht zu interessieren, nicht zu ihm vorzudringen. Alles, was er gerade tat, tat er in bedächtiger Langsamkeit, als habe er Angst vor Worten, die jetzt jemand sprechen musste. Wir schwiegen, es war gut zu schweigen, die Zeit einfach verkommen zu lassen und ihr beim Vergehen zu zusehen wie Regentropfen an Fensterscheiben.

Erika nannte meinem Vater gegenüber meine Mutter «deine Frau», was ich gut fand, weil darin Respekt lag, Respekt vor der Ehe meiner Eltern, die nicht mehr wirklich bestand, aber ich sah einen Vater, der in Gesellschaft einer ruhigen Frau verweilte und dem es damit gutging; und so hatte die Moral, mit der ich erzogen wurde, keine Wirkung mehr. Wir saßen im Wohnzimmer, auf dem Tisch standen die Reste der Bewirtung, die mein Vater und ich unseren Gästen hatten zuteil werden lassen. Erika übte sich in Zurückhaltung, vermischte nicht unser Familiäres mit ihrer Befindlichkeit. Sie stand da, hinter meinem Vater, eine Hand auf seiner Schulter, die andere hing schlaff herab.

Mein Vater sah mich aus roten, lebendigen und leicht verwässerten Augen eindringlich an. «Wir konnten uns lange darauf vorbereiten.» Nur ein Flüstern, ein Hauch seiner gewohnten Stimme. Er saß mir gegenüber, und ich sah, wie er mit den Tränen kämpfte und den Kampf gewann. Er war einer dieser Männer, die solche Kämpfe oft gewonnen hatten, wenn die Tränen kamen, die Traurigkeit auf die Kopfspülung drückte. Man sah, wie es hinter seiner Fassade arbeitete, wie Gefühle geordnet, andere durch den Aktenvernichter der enormen Selbstdisziplin zerschreddert wurden. Seine Erika schwieg und stand hinter ihm, eine Hand auf seiner Schulter. Sie trug eine Küchenschürze. Neben mir saß Caro. Sie starrte still in eine Ecke. Wohin sollte sie auch sonst starren?

Die Landschaft in meinem Kopf war nahezu unbegehbar. Konkrete Denkwege gab es nicht. Jemand hatte ein paar Bäume gefällt, die jetzt auf dem Weg lagen, einen eindeutigen Blick versperrend, die Undurchdringbarkeit von Kopfchaos. Caro streichelte meinen Oberschenkel, mit zwei Fingern nur, kaum spürbar und trotzdem so was von anwesend. Ihre Nähe tat wirklich gut und wirkte wie ein beruhigendes Psychopharmaka. Sie neben mir zu wissen war ein geschmückter Augenblick, auch wenn der Anlass unseres Hierseins mich immer wieder zurück in meinen autistischen Kopf riss.

Die unbegehbare Kopflandschaft bestand aus Erinnerungen und Bewegungen. Ich imaginierte eine Straße quer durch meinen Kopf, mein Ziel unbestimmt, meine Gedanken unbegründet, meine Ideologie unfehlbar. Und ich lief und lief mit zweifelhaften Absichten und sah mich um an Straßenrändern, an denen ich ein kleines Gewächs aus Wahrheit oder Eindeutigkeit vermutete. Neben mir lief meine Mutter und ihr Ausdruck wechselte ständig, wie auch ihre Kleidung, ihre Haltung. Ich verlor das Fingerspitzengefühl für Nähe und Distanz und war irgendwann so nah und schwierig an ihr dran, dass es uns beiden wehtat. Aber wir liefen weiter, durch meine Kopflandschaft, und verloren uns gefühlsmäßig in unterschiedlichen Altersstufen. Hinter uns lief die ganze Zeit ein Mann, der einen Bollerwagen zog, auf dem ein Grammophon «Non, je ne regrette rien» von Edith Piaf spielte. Das war mein Vater. Eine obskure Szene, aber so ging dann wohl endgültiger Abschied. Ich akzeptierte in Schwermut.

Dann waren wir aber doch imstande, uns zu unterhalten, und die Sentimentalität, die sich hier aufhielt, bekam durch unsere Worte den respektvollsten aller Ausdrücke. Tränenausgewrungene Worte schwebten durchs Zimmer, der Inhalt war fast egal, es wurde knapp am Tod vorbeigeredet. Jeder hier im Raum hatte auch seinen eigenen Tod auf dem Präsentierteller und dementsprechend leise wurde geredet. Als ob der Tod mit uns am Tisch säße und den bestrafen würde, der zu laut spricht.

Caro ließ mich nicht los und starrte in die Ecke, der Blick meines Vaters ruhte auf mir, der Blick von Erika ruhte auf meinem Vater, ein ganzes Wohnzimmer voller ruhender Blicke, die in Ecken oder auf Personen lagen. Ich war anwesend abwesend. Ich sprach mit diesen Leuten, die ich alle kannte und die doch eine Herde fremder Tiere darstellten, wie sie mich und sich gegenseitig mit Mitleid angafften. Ich sprach mit diesen Leuten über Grabsteine, die letzten Wünsche meiner Mutter, irgendwelche Kosten, die dadurch entstanden sind, dass meine Mutter gestorben war. Gleichzeitig war ich tief in mir und suchte Ruhe, suchte einen Ort zum Festhalten, suchte meine Mutter, deren Körper ja nun verstorben war und die nun nur noch aus Erinnerungen bestand.

Ich fühlte mich, als hätte ich den gesamten Schmerz meines Lebens als Rucksack geschultert. Darin waren viele kaputte Szenen einer manchmal viel zu sentimentalen Kindheit, eine ausgebremste Jugend und ein kleines Erwachsensein, das einen mit dem Feststellen der eigenen Vergänglichkeit strafte. Außerdem war da noch Schmidt, die Blutpfütze mit dem eigenartigen Geruch, die mein Geschwisterteil hätte werden können, blaue Fieberfinger und Vogelstimmen. Das alles machte den Rucksack schwer, und all die Erinnerungen bildeten ein Summengewicht, das mich manchmal in die Knie zwang. Zu keiner Zeit meines halbierten Lebens habe ich mich einfach nur auf einen Stein setzen können, um in Ruhe die Umgebung anzusehen. Das Leben war mit einer Geschwindigkeit unterwegs, deren Luftzug man spürte, sobald man sie in seine Empfindlichkeit ließ. Auch jetzt spürte ich Geschwindigkeit, obwohl das Leben eigentlich langsam hätte sein müssen; ich dachte immer, wenn jemand stirbt, dem man sich irgendwie verbunden fühlt, dann hielte die Zeit an, würde stillstehen, die Zeit, aber sie lief einfach gnadenlos weiter. Die Zeit, so wurde mir klar, war wie ein afrikanischer Langstreckenläufer und war mit einer Kontinuität am Werk, die einem schon mal unheimlich vorkam.

Wir hatten irgendwann alles geklärt, waren alle mit Aufgaben betraut, die dazu nötig waren, meiner Mutter eine würdevolle Beerdigung zu schenken. Das wollte ich. Abschied und Abgesang. Ein Loch in der Erde, darin die alte, verbrauchte Hülle und die Hoffnung auf einen anderen Ort, an den so was wie eine Seele fliegen kann. Ich war noch nie der Typ für Spiritualität, aber jetzt am Rand eines imaginären Grabes hoffte ich doch, dass es da irgendetwas gäbe, wohin man als Toter gehen konnte. So ein Ende eines Lebens ist ja in seiner Drastik und Unmittelbarkeit mit nichts sonst zu vergleichen. Plötzlich verstand ich auch Leute, die sich ein Paradies oder einen Himmel wünschten, denn ein Ende der Existenz war so unvorstellbar wie ein Ende der Lindenstraße.

Mein Vater verließ dann den Raum, schlurfend, schleppend, fast scheppernd. Er ging, wie jemand geht, der vor nichts mehr auf der Flucht sein musste. Das Geräusch zu seinem Gangbild wäre ein quietschendes Türscharnier, das nach Letzter Ölung brüllte. Der Gang meines Vaters war in diesem Moment von einer sonderbaren Theatralik, so stehen nur Menschen auf, die wissen, wie sich körperliche Arbeit und anschließende Erschöpfung anfühlt. Dieses Aufstehen sah nach Schmerz aus, der Gang nach Qual. Erika schaute mich mit sorgenvoller Miene an, ich sah, wie Gedanken in ihr arbeiteten, die viel zu tun hatten, und plötzlich brach es aus ihr hervor: «Ich hoffe, es ist in Ordnung für dich, dass ich euch helfe.» Sie wirkte plötzlich so unbeholfen wie ein Kind, das eine unangenehme Fragestellung mit sich herumschleppt. Ich nickte langsam und sah ihr dabei in die Augen. Es war völlig in Ordnung, dass sie da war, dass sie bei meinem Vater war, ihn unterstützte. Die Ehe meiner Eltern hatte ich immer als sehr zerbrechlichen Gegenstand empfunden, einer kleinen, zarten Porzellanvase gleich, die irgendwie immer nur geschützt vor jeder Öffentlichkeit im Schrank stand. Aber irgendwie deswegen immer ohne Inhalt war. Deswegen passte die Sache mit Erika, da war keine Vase, mein Vater und Erika waren eher eine Statue, die krumm, unfotogen, aber Stabilität ausstrahlend im Raum herumstand. Und man wusste, dass da so was wie Liebe drinsteckte. Ich sah Erika lächelnd an und sagte, dass alles passe und ich froh sei, dass sie hier war, und sie schenkte auch mir ein Lächeln, ein ungewöhnlicher Ausdruck für ihre herbe, hausfrauliche Art, aber ich bemerkte, dass Güte darin schwamm.

Mein Vater kam zurück aus dem Nebenraum und hatte ein altes Buch in der Hand. Er reichte es mir. Es war total zugestaubt, und als ich den Titel las, schossen Tränen in meine Augen, einfach so. Das Buch hieß: «Die Stimmen der Vögel im deutschen Wald», und ich sah mich, wie ich auf dem Schoß meiner Mutter saß und sie liebevoll in mein Ohr pfiff. Das Buch war ziemlich abgegriffen, die Pappe war auf dem Cover gerissen, auf dem irgendein Vogel unbekannter Herkunft und unbekannter Art stolz auf einem Ast saß und seinen Schnabel aufriss. Diese Vögel waren mir scheißegal, das Buch allerdings versetzte mich in einen taumeligen Erregungszustand und meine Hände zitterten, als ich die erste Seite aufschlug. Caro bemerkte die in mich kommende Melancholie und ihr Streicheln wurde fester, und auch das tat gut, denn sie spürte, dass der Moment ein großer und guter war, und sie war hier, um den mit mir, meinem Vater und Erika zu teilen.

Nachtigall, Blaukehlchen, Amsel, Abbildungen, Beschreibungen und zu jedem Flugtier der Versuch, das Geräusch, dass er machte, in Worte zu fassen. «Tschilp, tschilp, schlil lip» stand neben einem kleinen Vogel, und der guckte ebenfalls so, als ob das Leben eine einzige emotionale Abfahrt wäre. Ist es aber nicht, lieber, kleiner Vogel, ist es nicht. Momente, wie dieser hier, bestätigten das. Es war zwar in allen und allem eine Traurigkeit zu Hause, aber wir hatten noch nicht unsere Sinnlichkeit füreinander eingebüßt. «Nimm das Teil mit», sagte mein Vater, «hier liegt das nur rum.» Seine Worte wirkten gebrochen, wie auf der Grenze zum Weinen, aber diese Blöße gab sich mein Vater nicht. Das Buch glitt durch meine Hände und fühlte sich komplett richtig dort an. Das Einzige, was ich hervorbringen konnte, war ein staubtrockenes, in mich gesprochenes, zerbrechlich flatterndes Danke. Ich war so fragil wie die dünnwandigen Kaffeetassen, in denen wir uns anschließend wieder rührend betätigten.

Die Dinge waren geklärt und die Liebe nicht abhandengekommen. In dieser Erkenntnis hielt sich ein Gefühl auf, das trotz des Abhandengekommenseins der Körperlichkeit meiner Mutter einen gewissen hoffnungsvollen Frohsinn ausstrahlte. Und der schien mir nicht mal unpassend, sondern er war wie eine Entwicklung. Ich hatte nun endgültig das Gefühl zu meinem Vater nach all den Irrungen und Wirrungen unserer Beziehung.

Beim Abschied hielt ich Erikas Hand lange fest, drückte den warmen Fleischklumpen, der sich wie eine kalte Frikadelle anfühlte. Erika lächelte ihr Anerkanntsein in meine Richtung. Es war kein mütterliches Lächeln, eher ein zurückhaltend freundschaftliches Angebot, das sie mir mit ihrem Gesicht unterbreitete. Anschließend umarmte ich meinen Vater und spürte sogar, dass er es mochte. Auch er presste mich förmlich an sich, seine Restliebe aussendend. Ich wollte das hier als Standbild in meinem Kopf, als gute Erinnerung wollte ich eine Sicherungskopie dieses Moments. Caro nahm meine Hand und alles war einen kleinen Augenblick lang gut. In der Hand, an der Caro nicht dran war, hatte ich das Vogelstimmenbuch fest im Griff.

Manchmal ist Schweigen das schönere Reden, das war eine mir bereits bekannte Tatsache, die ich mit Caro, aber auch mit Kai immer wieder teilen konnte. Es gab ja Menschen, die Schweigen für ein fremdartiges, Angst machendes Gebilde hielten, aber ich empfand das Schweigen in guter Gesellschaft sehr häufig als erstrebenswerteste Kommunikationsart.

Kai sah mich lange an; ich glaube, wir schwiegen schon seit über sieben Minuten, aber es war kein Schweigen, das Bedrohlichkeit ausstrahlte, sondern eines, in dem wir uns wohlfühlten. Es gibt ja Schweigemomente, da fühlt man sich so unwohl, dass man dem Zwang unterliegt, seine Keksdose voller Gefühle, die man in sich aufbewahrt, aufmachen zu müssen, und auch wenn nur Vokale rauskämen, es wäre besser, als das Schweigen auszuhalten. Unser Schweigen aber war anders, es war das Leisesein zweier Menschen, die manchmal ohne Worte schöner reden konnten als mit den ausgesuchtesten Buchstabenhülsen.

Ich rauchte, Kai auch. Nebelumwoben saßen wir da, angelehnt an eine Wand. Nebeneinander. Wir saßen beide auf dem Holzfußboden, zwischen uns ein Aschenbecher, der sich im Verticken einer Stunde mit Beharrlichkeit, Kippen und

Asche füllte. Es waren traurige Augenblicke, die wir hier teilten und verbrachten, es würden sich viele Dinge verändern, die eine Verlässlichkeit gehabt hatten, die mich strukturierten, ein wenig von der grauen Anonymität meines Alltags *weg*strukturierten. Die Freundschaft zu Kai war zu einer Statue geworden, über deren Existenz man trotz ihrer Unfotogenität seltsam froh war.

Uns umspülten warme Wellen Verständnis. Vom Plattenspieler im Hintergrund sang Nick Cave von endlosen Abschieden. «... I am a crooked man, and I've walked a crooked mile, night, the shameless widow, doffed her weeds, in a pile, the stars all winked at me, they shamed a child, your funeral, my trial ...» Unpassend pathetisch eigentlich, aber der Melancholie, die wohl in uns beiden stattfand, gerecht werdend. *Your funeral, my trial*, so hieß das Stück von Nick Cave und sein Piano wuchtete sich durch unser Schweigen und unterstrich das lächerliche Grau, in dem wir eingesperrt waren. Kai hatte zur dezenten Stimmungsmache ein paar Teelichter auf seinen Holzfußboden gestellt, die da jetzt flackerten, und wenn man nur lange genug in so eine blöd zuckende Flamme starrte, dann wusste man anschließend zwar nicht mehr über das Leben, aber man hatte seinen Blick auf was Schönes gesetzt. Aber auch darin erkannte ich Vergänglichkeit, in so einem blöden Teelicht. Die Dinger zucken zwei Stunden das schönste Passivlicht in einen Raum und enden danach als leere Metallhülse, die einen dünnen schwarzen Rauchfaden preisgibt.

Ich hatte Kai in wenigen Worten vom Sterben meiner Mutter berichtet, und er hatte genickt, wie ein in einer Fernsehübertragungszeitlupe gefangener Sportler, und er hatte mich angesehen in einer Art, die genug Trost beinhaltete, dass ich mich darin verstanden fühlen konnte. Das tat gut, das war so ein Trost, der alles bestätigte, was mir an diesem Menschen wichtig war. Seine Standfestigkeit, seine Loyalität, seine Treue, seine Gewissenhaftigkeit. Puzzleteile, aus denen eine verlässliche Freundschaft gebaut war.

Kai roch etwas ungewaschen, aber so riechen Menschen nun mal, die durch die Kunst zu atmen gedenken. Menschen wie Kai riechen nach mentaler Abnutzung, nach der verzweifelten Suche des korrektesten aller Akkorde für das traumhafteste aller Lieder. Ich liebte seine Leidenschaft, auch wenn sie mir abging. Vielleicht auch gerade weil sie mir abging. Das hier war die Freundschaft zweier unterschiedlicher Charaktere, die aber beide am Ziel der Findung von persönlichem Glück arbeiteten. Und für uns beide war es wirklich Arbeit, also eine Belastung, die man am Abend bemerkte, wenn man sich schlafen legte und auf den Traum wartete, der vielleicht etwas über einen sagen könnte. Häufig aber schwiegen die Träume und man blieb als leeres Gedankenkonstrukt zurück, einen hektischen Halbschlaf ausübend. Sich anschließend unausgeschlafen die Augen reiben, irgendetwas machen müssen; irgendein Ort, der einen rief, war ja immer zugegen, ein Arbeitsplatz, ein Klavier, die Kaffeemaschine, eine Zahnbürste.

Kais Wohnung war fast komplett leergeräumt. Vereinzelt hielten sich hier Umzugskartons, die reiselustig herumstanden, auf. Der Plattenspieler stand in einer Ecke und wir hörten Nick Cave, der mit seiner melancholiebeladenen Stimme die Welt zerklärte. «Mein Klavier ist schon in Leipzig», hatte Kai vorhin gesagt und auch, dass er hoffe, dass ich schnellstmöglich mal vorbeikommen würde, um einen stilvollen Freunde- und Trinkabend zu zelebrieren. Ich spürte die zerbrechliche Sehnsucht in dieser Bitte; seine Sehnsucht, weiterhin an meinem Leben teilzuhaben, war echt. «Bald werde ich kommen», versprach ich ihm, und wir schwiegen wieder und ich starrte in die Teelichtflamme und sie starrte in ihrer entzückend zuckenden Beharrlichkeit zurück.

Der letzte Satz, den ich gesagt hatte, kam mir kurz nach dem Aussprechen schon seltsam vor. Der klang ein wenig so, als würde ich die vorherrschende Trauer gar nicht zulassen können. Der Satz klang wie das Ankünden einer Übersprungshandlung, die ich mir nicht vorstellen konnte, weil ich vor einem großen Berg zu überwindender Ereignisse stand, die wiederum mit Gefühlen zusammenhingen, die mich lähmten, mich beschwerten, mich flug-, denk- und spaßunfähig machten. Aber ich hatte ihn gesagt, diesen Satz, wenn auch unterbewusst, ohne wirklich darüber nachzudenken, was der denn bedeuten sollte, außer dem Ausdruck meiner Sehnsucht, dass die Trauer endlich von mir abfallen sollte.

Die Trauer hatte es geschafft in mich einzuziehen, um meinen Körper zu bewohnen. Wohnrecht auf unbestimmte Zeit hatte sie sich verschafft. Es gab Tage, an denen sie nicht zu Hause war, aber derzeit lag sie stumpf und breit auf der Couch des behäbigen, teilweise aus depressiven Störungen resultierenden antriebslosen Alltags, fraß sich mit Chips voll und würde sich erst regen, wenn *ich* imstande wäre, *mich* zu regen. Oder aufzuregen. Nicht mal das ging, ich war gefühlsmäßig in einer Niederung beheimatet, die sich wie das Starren und Warten eines wartenden Starrers an einem ostdeutschen Dorfbahnhof anfühlte, nachdem die letzte Bahn abgefahren war. Nur noch mattes Leuchten am Horizont.

Dass Kai jetzt ging, hinterließ mehrere Gefühle. Einerseits freute ich mich für ihn, für den verdienten Erfolg eines muffelig riechenden Künstlers, der Großes zu schaffen imstande war. Es war die ultimative Gelegenheit, es war *die* Möglichkeit für ihn aufzusteigen, nicht bloß genetische Spuren in den Unterleibern seiner Liebschaften zu hinterlassen, sondern künstlerische Spuren, über die man vielleicht in einigen Jahren noch sprechen würde. Dann wurden wir schwankende Boote im Hafen des Schweigens und zeigten einander dadurch die Tiefe unseres Respekts.

Wir rauchten immer noch und wieder schwiegen wir scheinbar endlos. Kleine Abschiede und große Abschiede. Kai wirkte wie ein fotografisch festgehaltenes stilvolles Stillleben, ein wenig wie ein verwackeltes Polaroid, ein mit viel künstlerischem Aufwand bedachtes Ausstellungsstück in einer Ausstellung, die da «Prozesse: Das verwelkende Leben und banale Verwirken von Menschen um die Dreißig, die immer noch glauben, sie können es schaffen» hieß. Den rauchenden Kai stellte ich mir in diesem Moment als Platzhalter auf einem Ausstellungswerbeplakat vor, quasi als das Gesicht seiner und meiner Generation, die liegen geblieben war zwischen Turbokapitalismus, der Vielfalt der Optionen und der allgemeinen Betäubung und trotzdem immer wieder den Aufstand probte. Ja, Kai war ein verwackeltes Polaroid, aber das lag wahrscheinlich daran, dass ich wie ein geschlagenes Kind zu weinen begonnen hatte. Kai saß da und hatte Respekt vor meiner Trauer, da kam keine Umarmung, die wollte ich auch nicht, kein tröstendes Tätscheln auf irgendwelche zitternden Körperteile; nein, er blieb da neben mir an die Wand gelehnt, rauchte in einer Gelassenheit des Vielwissers und die Ruhe, die er ausstrahlte, das war präzise das, wonach ich schrie.

Irgendwann stand ich auf, sah noch einmal in seinen gutherzigen Blick, und wir nickten uns wortlos zu als Bestätigung eines Verständnisses, das einfach da war. Ich bin hier, weil du auch hier bist. Das hätte ich noch sagen können, aber manchmal sind es solche Worte, die solche großen Momente so austauschbar machen, denn solche Sätze konnte man immer sagen, nicht aber immer konnte man solche Momente erleben.

Seine Tür im Rücken, ihn im Rücken wissend, ging ich mit dem Gefühl des melancholischen Erhabenseins in meine

Wohnung. Die paar Schritte waren mit seltsamen Gedanken bestückt. Ein wenig war es wie damals, als ich Schmidt im Dreck seiner verkommenen Existenz zurücklassen musste, nur mit dem Unterschied versehen, dass hier noch ein Mensch war, der Möglichkeiten besaß. Und wir besaßen die Möglichkeit uns wiederzusehen. Was wohl aus Schmidt geworden war? Ich wünschte ihm, dass er, die *Dead Kennedys* auf den ausgefransten Ohren, *Holiday in Cambodia* singend in irgendeiner Anstalt, die zur Aufbewahrung von Drogenopfern gemacht war, noch ein wenig der sein konnte, der er war. Ich dachte an seinen weintraubenförmigen Penis und den Geschmack, den dieser in meinem Mund verursacht hatte.

Kai würde morgen in aller Frühe in eine Bahn steigen, nach Leipzig fahren und da ein ähnliches Leben wie hier beginnen, nur mit noch mehr Kunst und wahrscheinlich noch mehr Frauen. Ich gönnte ihm seinen Aufstieg. Das Fundament unserer Freundschaft war aus der Toleranz für alle Taten und Untaten des jeweils anderen gegossen. Ich dankte Kai noch vor dem Schlafengehen durch die Tür für seine Stille, die den heutigen Abend trug wie ein Flussbett leichtes Laub. Mit diesem Strom zu schwimmen hatte die Gewissheit irgendwo anzukommen, wo man gerne war. Es war wie das Laufen im Kreis, das man gerne tat, weil an dem Punkt, wo sich der Kreis schloss, eine Besonderheit auf einen wartete und so das ganze restliche im Kreis laufen einen Sinn ergab, weil man sich auf diesen Punkt freute.

Das Gefühl von Sicherheit und Trost, das ein Mensch imstande ist zu geben, das gab Kai mir, die korrekte Dosis Gefühl. Eine Gefühlsdosis, die in ihrer Abgestimmtheit schon fast angsterregend ausgeklügelt war. Die Wechselwirkung aus Sprechen und Schweigen und der Empfindung, dass Schweigen tatsächlich das schönere Sprechen war.

Und Kai schwieg in meinen Kreislauf. Es fühlte sich in dieser Nacht an wie Blutaustausch. Das alte verbrauchte Blut in den Eimer der Widerlichkeit und sauerstoffangereichertes in den bettelnden, schwachen Kreislauf. Direkt ins Herz. Intrakardial. You made my day, my dear ...

Und da standen wir am Friedhof am Ende eines Lebens. Der Tag hatte die Ausstrahlung eines verwackelten Schwarz-Weiß-Films, und das war auch gut so, fühlte sich richtig an. Die Zeremonie hatte begonnen und leiser Wind wehte über den Gräbern. Die unberührt davon stehenden Steine adressierten eine Endgültigkeit in ihr Umland, derer man sich schwer entziehen konnte. Ich las Namen von Leuten, deren Schicksale ich nicht kannte, denn ich war hier wegen des Schicksals meiner Mutter. Als wir langsam zum Grab gingen, bemerkte ich zum ersten Mal diese Taubheit im Kopf. Diese keine konkreten Gedanken zulassende mentale Zurückhaltung, die aber keineswegs eine aktive Handlung war, sondern einfach nur ein Grundgefühl, das ich mit mir herumtrug. Es war nicht einmal eine schwere Last, jetzt hier zu sein, die Pflicht zu haben, der Beerdigung meiner Mutter beizuwohnen. Es wirkte wie eine Selbstverständlichkeit, wie Atmen oder Sein.

Wer hier vermerkt war, war nicht mehr, konnte nicht mehr mit in dieser alles verheißenden Lebendigkeit. Wundersamerweise war das vorherrschende Gefühl keine platt walzende Traurigkeit, sondern eher eine dumpfe Taubheit, die Taubheit eines leergeweinten Kindes.

Am Grab meiner Mutter verweilend, in die Tiefe der Erinnerung starrend, das war in etwa so, als ob man eine Dokusoap im Fernsehen guckte, in der meinetwegen ein Krebskind starb, zu dem erst einmal eine halbe Stunde Fremdsympathie aufgebaut wurde, bevor es dann doch unter immenser Qual und Anteilnahme dem Leben entrissen wurde. Das Leiden ist zwar groß, befindet sich aber irgendwie hinter einer Wand, durch die man erst mal nicht durch kann, und dann lässt man die Wand da, und so pervers es klingt, man kann es fast genießen, weil es einem ein Gefühl macht, selbst gar nicht so tief dabei zu sein. Da war nun wirklich eine Wand zwischen mir und meiner Mutter, die aus Leben und Nicht-Leben bestand und wir beide standen auf verschiedenen Seiten.

Der Schmerz des Ablebens meiner Mutter, der war zwar vorhanden, doch die Melancholie konnte man sogar irgendwie gutfinden, weil man sich erstens lange auf diesen Tag hatte vorbereiten können und zweitens selbst vom Leid anderer profitieren konnte. Dass Menschen um mich herum weinten, das konnte mich nicht zerstören, konnte nicht an meinen Kern, mein Innerstes vordringen, aber ich war als Sohn einer Toten in einer Position, dass ich mir das ganze Schauspiel angucken konnte, ohne vollkommen die Fassung zu verlieren. Das klang bei akuter Bewusstmachung, als sei ich ein Stein, ein Eisblock, ein Sack Zement, aber ich hatte unter der Oberfläche ein wild rotierendes Gefühlsleben. Und kalt ist nicht gleich leblos, ihr Trauerprofis. Vielleicht ist es ja diese Geisteshaltung, die ich gerade in mir führe, die mich zu einem unkaputtbaren Menschen machen wird. Fühlen und schweigen. Mein Gesicht schwieg, ich blickte zu Boden, wie die meisten.

Caro und mein Vater standen neben mir. Es waren einige Leute gekommen, die wir zur Beerdigung eingeladen hatten. Verwandte, Bekannte, ehemalige Nachbarn, sogar Frau Overberg war da und noch einige andere Leute, die ich aus *St. Anna* kannte. Ein in überwiegend schwarz gewandetes Trauervölkchen war angereist, meiner Mutter eine sogenannte letzte Ehre zu erweisen. Ich glaube, dass meiner Mutter das nicht angenehm war, all dieser Trubel, der hier um ihrer Leiche willen veranstaltet wurde. Sie war schon zu Lebzeiten eher ein um Unauffälligkeit bemühtes Eichhörnchen denn ein angriffslustiger ausgehungerter Tiger gewesen. Besuch hatte sie immer in Stress versetzt, weil die Fassade des gut laufenden Haushalts stets aufrecht erhalten werden sollte. Dafür, dass ihr Besuch eine gute Zeit im Haus meiner Eltern hatte, gab sie sich teilweise selbst auf. Sie war die Frau, die von unten kam, die schwer beladen aus Kellern aufstieg, mit Nahrungs- und Genussmitteln schwerstens beladen, von denen sie selbst erst etwas anrühren würde, wenn jeder Gast versorgt war. Ihr Ego wurde von ihr stets in eine Warteposition gestellt, und ich glaube, da stand es bis zu ihrem Ableben. Das kleine Ego meiner Mutter wartet wohl heute noch in einem einsamen Bushaltestellenhäuschen in einem verlassenen Landstrich, durch den seit Jahren wohl kein Bus mehr gefahren war. Und nun lag sie hier ...

Ich hatte sie vor zwei Tagen noch einmal gesehen, als sie in der Kapelle von *St. Anna* aufgebahrt wurde. Ihr Körper lag tiefenentspannt im Holzsarg, die Augen geschlossen, als schliefe sie. Es gab Leute, die ihr ein schönes Kleid angezogen und sie sogar geschminkt hatten, jedoch war ihr Ausdruck ein völlig fremder. Die tote Mutter, die da in einer Holzschale lag, die kleinen Hände gefaltet, das war nicht die Frau, zu der ich einst mütterliche Gefühle gehabt hatte, es war nicht die, von der ich mich in meiner Jugend abspalten musste, um im voranschreitenden Alter wieder zu ihr zu finden. Nein, das war eine Ausstellungspuppe der Sorte: Wie man aus einem verlebten Ding eine schöne Leiche macht. Sie sah gut aus, aber meine Mutter hat nie so ausgesehen. Das letzte Lebendfoto, das ich von meiner Mutter in mir gespeichert hatte, glich eher einem überfahrenen Tier am sommerlichen Straßenrand, vollbesetzt mit dicken schwarzen Fliegen oder einer vergessenen, ungegessenen Mahlzeit, die man nach seinem dreiwöchigen Thailandaufenthalt auf seinem Küchentisch wiederfindet und die einem anklagend entgegenstinkt. Jetzt war sie aber das Produkt von Leuten, die uns Trauergästen diese Blicke auf den wahren Tod vorenthalten wollten. Das Gebrochensein eines toten Körpers war einfach nichts für Lebende; es schwächte jeden von uns, sich die Leiche von irgendwem anzusehen, und Schwäche ist nicht gut in einer Zeit, in der man ständig krisengebeutelt umherirrt, die Wahrheit im Sucher. So wurden also Designerleichen in formschönen Holzkisten präsentiert, alles abseits vom Leben, abseits von Gefühlen.

Das war eigentlich ein schöner Gedanke, dass die Person, die da geschminkt und in ein edles hellbraunes Kleid gehüllt war, gar nicht meine Mutter, sondern eine fremde Person war; so konnte ich mich immer noch der Vorstellung hingeben, meine Mutter sei irgendwie entkommen, dem Tod von der Schüppe gesprungen. Zwar gab es den vorhandenen Körper als Hinterlassenschaft, aber wie beweist man den Tod einer Persönlichkeit? Wir beerdigten demnach eine Fremde, aber das sagte ich niemandem. Mich interessierte nicht, wer es war, mich interessierte lediglich, dass es meine Mutter nicht war. Das puppenartige Geschöpf, das dort lag, sah aus wie jemand, der gleich zum kultivierten Tanztee aufzubrechen gedachte, ein in Schale geworfenes Menschentier, zeitlos dumm wie die Mona Lisa, von der man ja auch nur ein Standbild kannte.

Die Zeremonie nahm ihren Lauf, die meisten Blicke waren auf den Boden gesenkt, so auch meiner. Es gab mir Sicherheit, den Boden anzugucken. Der Boden unter mir guckte zurück und sagte nichts, aber es tat gut, einfach nur dazustehen und von irgendetwas getragen zu werden. Immer noch hatte ich diese Taubheit in Kopf und Körper, die Distanz schaffte zwischen mir und der Außenwelt. Ein Geistlicher, den ich nicht kannte, sprach einige Worte vom Verlust, vom Gehenlassen und vom Irgendwoankommen, wo Gott auf einen warten würde, und ich suchte Würde, Wahrheit und Akzeptanz in diesen Worten und fand nur Unberechenbarkeit, Dummheit und Oberflächlichkeit. Aber er redete weiter, so wie jemand redet, der eine Gebrauchsanweisung für einen Radiowecker vorliest.

Es hibbelte sich was in mein Blickfeld, als ich so auf den Boden starrte und hoffte, dass dieser Boden mich noch lange auf sich halten möge. Ein Kind huschte vorbei und machte verhaltensauffällige Kinderbewegungen. Drehte sich, stolperte, richtete sich auf und wirkte dabei wie zufällige Genetik ohne konkrete Zieldefinition. Ich sah zwei kleine Füße in schmutzigen Schuhen, als ich auf den Boden starrte, die gehörten dem vielleicht siebenjährigen Sohn meines Cousins Frank, eben jener Frank, der damals mit mir zusammen dem Sterben meines Opas beigewohnt hatte. Sein Sohn hatte etwas leicht Behindertes an sich, sein Blick war irgendwie weltfremd und seine Art zu gehen unbeholfen und sprunghaft. Man sah ihm an, wie er der Bewegung bedurfte, wie es ihm

Probleme bereitete, diesen andächtigen Stillstand durchzuhalten, und dazu die Stille, eine Stille, die so laut über jedem von uns hing, dass sie für ihn etwas Bedrohliches darzustellen schien. Aber, und das war das Schöne daran, dieser Junge, der zwischen den ganzen in Bedächtigkeit und Stille gefangen Trauergästen umherstolperte, der führte so viel Leben in sich, Unmengen von lebendigem Bewegungsdrang, dass mir das Herz aufging. Da sah ich diesen kleinen Jungen, so viel friedhofsuntpyisches Leben ausstrahlen, ohne einen Gedanken an irgendeine Vergänglichkeit verschwenden, so unbeholfen tanzen zwischen all den Trauergästen.

Mein Cousin und seine Frau versuchten zwar, ihn zurückzuhalten, aber sie hatten ihre Mühe damit. Dem Jungen waren das Gezische seiner Mutter und die pädagogischen Blicke seines Vaters egal. Ich sah den beiden an, dass es ihnen unangenehm war, ein lebendiges, unangepasstes Kind zu besitzen, das auf dem Friedhof während einer Trauerfeier umhersprang, um so auf seine Kindlichkeit aufmerksam zu machen. Die drei standen links von mir, vielleicht zwei Meter entfernt und ich sah, wie Franks Frau den Kleinen schließlich umfasste und wie dieser versuchte, sich aus der Zwangsumarmung seiner Mutter zu befreien. Der Junge sah aus wie unterdrücktes Leben, wie niedergeprügelte Energie, die von einer stärkeren Macht gezwungen wird, sich dieser zu unterwerfen. Eigentlich ein tragisches Spektakel, und das einzig lebendige Geschöpf auf diesem Friedhof war tatsächlich dieser Junge, dem man die Freiheit verwehrte, seinem kindlichen Spieltrieb gerecht zu werden. Irgendwann aber fügte er sich, seine Mutter gab ihn in die Arme meines Cousins, wo er sich mit dessen Fingern beschäftigte. Wahrscheinlich wusste der Junge nichts von der Endgültigkeit des Sterbens mit den althergebrachten spirituellen Fragen, die dadurch aufgeworfen wurden, das überstieg anscheinend sein Vorstellungsvermögen, und ich wollte ein wenig denken wie er, frei und ungezwungen dem Tod begegnen.

Das Leben ist ein Rucksack voller alter Fotos, aber auch mit den ungefähren Landkarten noch nicht erschlossener Gebiete darin. Gewicht hat es immer, dieses Leben, und man kann das Gewicht stets reduzieren, indem man Fotos oder eben Pläne rauswirft, aber jetzt gerade, wo ich hier in meiner dumpfen Taubheit am Grab meiner Mutter stehe, da bemerke ich, dass mich dieses Zuviel an Vergangenheitsballast daran hindert, wie eine bekloppt gewordene Schwalbe endlich endlos aufwärts zu steigen, um mein Sichtfeld zu erweitern und mich den wilden Winden des Lebens, die oberhalb einer bestimmten Empfindlichkeit zugange sind, endlich hinzugeben.

Der Geistliche betete irgendwas, was keinen zu interessieren schien, nicht mal ihn selbst, denn die Worte verließen so unbetont sein Gesicht, so gefühllos sachlich sprach er von der Möglichkeit einer Auferstehung und von Gottes Willen, und mein Blick verließ den Boden. Ich sah in das gleichgültige Gesicht meines Vaters, der einfach starr geradeaus guckte. Sein Gesicht zeigte keinerlei Regung, bewegungslos starrte es geradeaus, jede Nachvollziehbarkeit seiner Gedanken unmöglich machend. Auf der anderen Seite schaute Caro auf den Boden der Tatsachen, auf dem wir uns aufhielten. Sie stand da einfach, wie ein kleines Monument, gezimmert aus Treue und Pflichtbewusstsein, und obwohl ich mich in dieser Taubheit aufhielt, dieser Taubheit, die nichts, was mich umgab, wirklich fühlbar machte, wusste ich, dass es gut war, sie hier zu haben.

Das Erdloch, in das man den zu beerdigenden Körper gelegt hatte, war dabei, sich zu schließen, zuvor hatten alle anwesenden Trauernden noch eine Schüppe Erde auf den Sarg meiner Mutter geworfen oder aber eine Blume. Ich fühlte mich seltsam leer, irgendwie angefüllt mit nichts als Luft, als ich, Caro an der Hand und in den Rücken meines Vaters starrend, wie ferngesteuert mit der Trauergemeinde in ein nahegelegenes Café ging.

Die Leute setzten sich nach und nach hin und auch der Geistliche war uns gefolgt und unterhielt sich mit meinem Vater, der sehr einsilbig und desinteressiert blickend Auskunft erteilte. Wahrscheinlich dachte er an die Kuscheligkeit Erikas, statt wirklich eine Trauer zu empfinden; ich meine, er hatte mit meiner Mutter zusammengelebt bis zu dem Zeitpunkt, an dem ein Zusammenleben nicht mehr möglich war, weil die Hilfeleistungen, derer meine Mutter bedurft hatte, die Fähigkeiten und auch das Verständnis meines Vaters übertrafen. Außerdem wirkte Erika in meinen Augen wie etwas bäuerlich

Standhaftes mit Ewigkeitsanspruch, etwas, dem mein Vater bedurfte, um nicht an den Einfachheiten des Lebens, wie dem Zubereiten einer Mahlzeit, zu scheitern. Da waren meinerseits keine schlechten Gefühle vorhanden, für mich war es nicht so, als ob mein Vater meine Mutter gegen eine andere Frau eingetauscht hatte, sondern ich hatte das Gefühl, dass sich mein Vater für die Sicherheit des Weiterlebens entschieden hatte, und zwar mit offensiver Geisteshaltung.

Kaffee, Kuchen, Small Talk. Der Kreis der Verwandten und Bekannten setzte sich nieder, ihre Gewissenhaftigkeit zu zelebrieren. Ich sah, wie mein Vater am Nebentisch eine angeregte Unterhaltung mit Frau Overberg führte und dabei ab und zu einen väterlichen Blick auf mich fallen ließ. Das tat gut, das machte ein wenig Verbindung, es ließ den Anschein entstehen, dass es sich bei uns doch um so etwas wie eine Familie handelte, obwohl wir füreinander nicht so interessant waren. Die letzten Gesten meines Vaters hatten mir das deutlich gezeigt, dass da Liebe in ihm stattfindet, dass hinter seiner Arbeiterfassade eine Seele aus hauchdünnem Glas zu finden ist. Caro musste irgendwann gehen, weil sie noch Dinge für ihre Uni zu erledigen hatte, aber sie hatte schon viel getan für mich in den letzten Tagen, dass dieser Schritt, ihr Schritt zurück in eine gewisse Normalität sehr guttat und einfach sehr natürlich wirkte. Wir küssten uns an der Tür des Cafés und ihr Blick beinhaltete viel Beistand, und ich wusste, wenn es noch Liebe gab, dann vor allem in Personen wie ihr.

Ich gab an diesem Nachmittag vielen Menschen die Hand, die mir nichts bedeuteten, deren Worte leere Phrasen waren, die nach Inhalten suchten, nach Halt, nach der wirklichen Wirkweise der Wirklichkeit, und die sich doch vor der Echtheit von Gefühlen fürchteten. Dem Gefühl, der Vergänglichkeit auf keinen Fall begegnen zu wollen, begegnet man paradoxerweise gehäuft auf Beerdigungen. Die eigene Sterblichkeit schieben die Leute vor sich her wie eine Schubkarre, deren Inhalt ihr Leben darstellt und die sie irgendwann irgendwo auskippen müssen, weil ihnen einfach die Kraft abhandenkommen wird, weiterzulaufen. Aber zu Lebzeiten mit der eigenen Sterblichkeit konfrontiert zu werden ist immer noch eine der größten Schwierigkeiten des Menschseins.

Die Verwandten und Bekannten meiner Mutter aßen und tranken und die Geräuscharmut ihrer klinisch poliert wirkenden Trauersprache hing im Raum wie giftiges Gas, von dem jeder wusste, dass es gefährlich war, dem sich aber jeder eine Weile seiner mitgebrachten Zeit aus Pietätsgründen zu stellen hatte. Dann verließ Frau Overberg die Veranstaltung, jedoch ohne sich von mir oder meinem Vater zu verabschieden. Ich sah sie ihren Kuchen essen, ihre Strickjacke zuknöpfen und aufstehen. Auch sie fühlte sich wie auf einer Pflichtveranstaltung, deren Beiwohnen viele negative Gefühle absorbierte, ihr bisweilen sogar miese Empfindungen in den Kaffee pisste, doch sie trank ihn mit gewohnter Gelassenheit.

Als mein alter Vater anhob, ebenfalls zu verschwinden, und noch ein paar alte Nachbarn an den Tischen kalte Kaffeereste durch ihre Porzellantassen schwenkten, spürte ich, dass alles gut war, alles richtig war; es fühlte sich alles so biologisch rein an, was hier passiert war. Meine Mutter hatte ihr Gehirn und dessen Funktionen aufgeben müssen, anschließend ihr Leben, und mein Vater hatte sich frühzeitig arrangiert, um nicht einsam und hilflos zu enden, sondern um dem Leben noch etwas Resonanz abzugewinnen. Er umarmte mich mit festem Druck. «Bis bald, Junge, du und deine Freundin, kommt bald mal wieder vorbei ...» Ich nickte nur, Worte hatte ich nicht mehr, hatte alle gedacht, alle verbraucht und fühlte mich immer noch so leerdesinfiziert vom Leben, aber auch von einer unheimlichen Größe erfüllt, die aus der Akzeptanz des Vergehens und dem absoluten Gewicht des Lebens gemacht war. Ich hatte nie gedacht, dass mein eigenes Denken trotz innerer Zerbrochenheit einmal auf Göttergröße anschwellen könnte.

Franks Sohn saß mir irgendwann gegenüber, saugte aus einem Strohhalm Orangenlimonade in sich hinein und hatte einen sichtlich roten Kopf vom Herumtoben. Er lachte schief und sah mich an und gleichzeitig an mir vorbei, was daran lag, dass er ein wenig schielte. Seine Hyperaktivität erinnerte mich an seinen Vater, meinen Cousin, zu dem mein Verhältnis seit unserer Kindheit deutlich abgekühlt war. Da war nur noch ein blasses Bild, das als Erinnerung zurückblieb, vergilbt und zerknittert. So etwas passierte halt im Taumel der

Jahre, jeder von uns ging seine Wege und Umwege, um aber letztendlich hier an irgendwelchen Gräbern wieder schicksalsbedingt zusammenzutreffen.

Jetzt saß sein Sohn hier vor mir, und ich fragte ihn nach seinem Namen. Ich fragte ihn ohne einen bestimmten Grund, einfach nur, um mit ihm zu sprechen. «Justin heiß ich», antwortete er schnell, um sich dann wieder der Orangenlimonade zu widmen. Jetzt fiel mir auch wieder ein, dass er so hieß, meine Mutter hatte mir damals, als dieser vor mir hockende Justin geboren wurde, seinen Namen verraten, und ich weiß noch, dass sie auch eine Portion Enttäuschung in ihren Blick gelegt hatte, weil nicht ich, sondern mein Cousin sich der Fortpflanzung gewidmet hatte. Ich war zu der Zeit (und ich denke fast, ich bin es immer noch), unfähig mit mir selbst klarzukommen, fühlte mich wie ein Stöckchen auf dem tosenden Ozean, der in seiner Wildheit unberechenbar war und mich an Orte spülte, die ich als meine Standorte anerkannte, waren sie auch noch zu zufällig gewählt. Justin fragte mich: «Bist du traurig, dass deine Mama tot ist?» So viel Empathie hatte ich dem kleinen, leicht zerrüttet wirkenden Jungen gar nicht zugetraut. «Ja», sagte ich, und ich fühlte, wie damit ein Stück Trauer von mir abbrach, sich aber nicht in Gleichgültigkeit, sondern in eine ziemlich seltene Mischung aus skurriler Freude und der Akzeptanz der Dinge verwandelte. Das Gespräch war erfrischend, obwohl sich der Junge kaum konzentrieren konnte; er sah sich zu seinen Eltern um, schüttelte seine Limonade. «Weißt du», begann er wieder ein zaghaftes, nervöses Sprechen und sah an mir vorbei, «weißt du, dass ich gesehen habe, wie du ein Mädchen geküsst hast, vorhin.» Ich musste lachen, laut sogar, und auch der kleine Justin lachte. «Erzähl das bloß keinem», flüsterte ich ihm zu und hob meinen Zeigefinger an die Lippen, und auch Justin tat es mir gleich und guckte verschwörerisch. «Magst du Mädchen?», fragte er mich, um mich dann an seiner eigenen Empfindung teilhaben zu lassen: «Also, ich find Mädchen ja doof.» Er kratzte sich am Ohr. «Ich mag nur *ein* Mädchen», flüsterte ich ihm zu, « die, die du eben gesehen hast. Aber niemandem erzählen, ok?» Justin nickte und lächelte mich schief an. Es fühlte sich gut und richtig an, in dieser Weise über Caro zu sprechen. «Ich hab nur 'nen besten Freund», erzählte er von einer verwischenden Geste unterstützt, «Claas heißt der und der kann geil Fußball.» «Cool, so einen Claas zu haben ist bestimmt eine gute Sache. Einen besten Freund, den hab ich auch», ergänzte ich, «aber der ist leider weggefahren.» «Weit weg?», wollte Justin wissen. «Nein, nicht wirklich weit, der ist jederzeit erreichbar, und es tut gut, das zu wissen.» Ich dachte an Kai und empfand unendliche Dankbarkeit für seine Existenz. «Ich weiß auch, wo Claas wohnt», sagte Justin dann noch und schüttelte seine leere Limonadenflasche und guckte eine Mischung aus Rührseligkeit und Ungeduld in den Raum und machte Anstalten aufzustehen. Er lächelte mich an und dieses Lächeln wirkte wie das Aufschließen einer Tür, hinter der man eine Weile gefangen war und die jetzt einfach so geöffnet wurde. Freiheit, so wusste ich, wurde zuallererst im Kopf produziert. Mein Herz beschleunigte zum ersten Mal an diesem Tag seinen Takt, allein dieses unbeholfen wirkenden Lächelns wegen.

Ich sah dem leicht behinderten Jungen nach, als er wieder aufstand und sich in seiner hopsenden Gangart davonmachte. Meine Trauer war ihm ja eigentlich egal, vielleicht wusste er auch noch gar nicht, was das genau war und was die mit einem machen konnte, so eine Trauer. Der Junge sprang auf und tobte weiter, rannte seiner Mutter in die Arme, die ihn kurz festhielt, und von dort aus rannte er dann zur Tür, und auch hinter ihm war die Vergänglichkeit her, aber das wusste er noch nicht und das war auch gut so.

Ich wusste, dass Menschen mit Vergangenheit auch Menschen mit Zukunft sein konnten …

Merci an Euch, die Ihr wisst, wer Ihr seid!!!

Spezialdank an:

meine Familie
Kodde
Manu
Holk
Ubooks
Mone
Ray
Stephie
Sascha
Cyn
Manu S.
Jenny
Marcus
Mushiflo und Crew
Johanna
Alex
Marc
Silvia
das sonntägliche Fußballinferno
FC St. Pauli

EINE WUNDERBARE GESCHICHTE ÜBER EIN MÄDCHEN UND DIE SUCHE NACH IHREM PLATZ IN DER WELT, ÜBER IHREN IMAGINÄREN FREUND UND IHRE VORLIEBE, DINGE IN BRAND ZU STECKEN ...

EMBER FURY – HAST DU FEUER? – CATHY BRETT

Prominente Eltern zu haben ist gar nicht so toll, wie es sich anhört.
Ja klar, man hat Geld wie Heu, Ruhm und ein paar echt heiße Jungs... Aber wenn dein Dad sich mehr dafür interessiert, die Spitze der Charts zu erklimmen, als dafür, warum du von der Schule geflogen bist – schon wieder –, dann kann einen das schon ernsthaft wütend machen.
Und wenn Ember eines weiß, dann dass auch schon der kleinste Funke Wut einen ganzen Haufen Schwierigkeiten entfachen kann...

EMBER FURY
CATHY BRETT

Taschenbuch (TB)
12 x 18 cm, 272 Seiten
ISBN: 978-3-86608-147-5
9,95 Euro

PORNOSTERN

TB, 12 x 18 cm, 270 S.
erschienen Feb. 2009
ISBN: 978-3-86608-104-8
VK: 9,95 Euro

HARRY S. MORGAN

HC, 15 x 21 cm, 288 S.
erschienen Mrz. 2010
ISBN: 978-3-86608-125-3
VK: 19,95 Euro

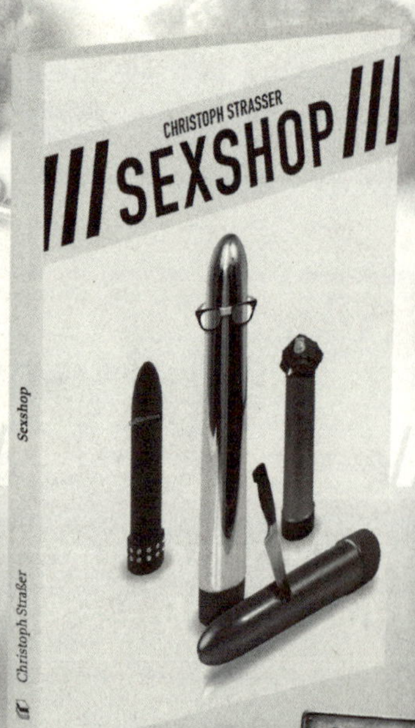

SEXSHOP
CHRISTOPH STRASSER

Jeder nennt ihn nur Hasi. Sein tristes Leben fristet er als Angestellter in einem Sexshop, bis ihm die Chance seines Lebens quasi vor die Füße fällt. Ein großer Drogendeal – eine todsichere Sache – wartet nur darauf, von Hasi in die Hand genommen zu werden. Um das nötige Startkapital zu besorgen, hat Hasi einen wasserdichten Plan ausgeheckt, doch erstens kommt es anders und zweitens als man denkt ...

Nach dem gefeierten Pornostern und der vielumjubelten Biografie des Pornoproduzenten Harry S. Morgan liefert Christoph Straßer mit «Sexshop» ein herrlich komisches, aber auch genau beobachtetes Portrait eines Verlierers ab, den zwischen Antriebslosigkeit und maßloser Selbstüberschätzung ganz banale Sehnsüchte in den Abgrund treiben.

SEXSHOP
CHRISTOPH STRASSER

Taschenbuch (TB)
12 x 18 cm, 288 Seiten
ISBN: 978-3-86608-138-3
9,95 Euro

WILLKOMMEN IN BAMBILAND – BAMBI

Bambi lädt ein. Es wird ein heißer Trip durch die Gedankenwelt einer tätowierten und gepiercten jungen Frau, die selbstbewusst von One-Night-Stands, Analsex und vollgepinkelten Betten berichtet, mal ratgebertauglich, mal augenzwinkernd und warnend, aber immer entwaffnend lustig und unterhaltsam.
Tja, meine Damen und Herren: So kann eine selbstbewusste und emanzipierte Dame von Welt auch auftreten. Aber keine Sorge: Bambi beißt nicht.

NEU
SEP 10

WILLKOMMEN IN BAMBILAND
BAMBI & WILL

Hardcover (HC)
15 x 21 cm, 144 Seiten
ISBN: 978-3-86608-145-1
17,95 Euro

9 783866 081451

ANTI-POP

ICH BIN SCHIZOPHREN UND ES GEHT MIR ...
DIRK BERNEMANN

TB, 12 x 18 cm, 224 S.
zweite Auflage verfügbar
ISBN: 978-3-86608-107-9
VK: 9,95 Euro

«Bernemann ist einer der aufstrebenden Heroen der Befindlichkeitsliteratur von exzessiver Selbstbeobachtung bei maximaler Selbstironie.»
Main-Spitze

9 783866 081079

ANTI-POP

ICH HAB DIE UNSCHULD KOTZEN SEHEN
DIRK BERNEMANN

TB, 12 x 18 cm, 128 S.
siebte Auflage verfügbar
ISBN: 978-3-937536-59-0
VK: 9,95 Euro

«Faszinierend, eine interessante Gesellschaftsstudie ... Das Buch lässt niemanden unberührt. Garantiert!»
Schwäbische Zeitung

9 783937 536590

ANTI-POP

ICH HAB DIE UNSCHULD KOTZEN SEHEN – TEIL 3
DIRK BERNEMANN

nur als Ebook erhältlich
acht Tracks erhältlich
VK: 1,99 Euro / Track

«Mit hohem Tempo und in brilliant verspielter Sprache ergötzt sich der Autor am Leid des Normalodaseins. Ein Leseerlebnis zwischen moralischer Ablehnung und literarischer Begeisterung.»
Galore über Satt. Sauber. Sicher

ANTI-POP

UND WIR SCHEITERN IMMER SCHÖNER
DIRK BERNEMANN

TB, 12 x 18 cm, 128 S.
dritte Auflage verfügbar
ISBN: 978-3-86608-054-6
VK: 4,95 Euro

«Eine lesenswerte, literarische Analyse der seelischen Krankheit des modernen Menschen – bei der aber auch mal ein Funken Hoffnung durchschimmert.»
Virus

9 783866 080546

ANTI-POP

KLEINSTADTSCHLAMPE
MIRJAM DREER

TB, 12 x 18 cm, 192 S.
zweite Auflage verfügbar
ISBN: 978-3-86608-124-8
VK: 9,95 Euro

«Spritzig und frisch!»
Abendzeitung
«Eine aufrichtige Momentaufnahme des Hier und Jetzt. Ein gutes Debüt.»
lies-und-lausch.de

9 783866 081246

ANTI-POP

ICH TRAG EIN MAS GRAB IM HERZEN
TOBY FUHRMANN

TB, 12 x 18 cm, 14
erschienen Feb. 20
ISBN: 978-3-86608-
VK: 9,95 Euro

«Voller Widersprüc aber das macht der man so spannend. Überraschungen, z Nachdenken, Lach Wundern!» **Allgen Zeitung Coesfeld**

9 783866 08128

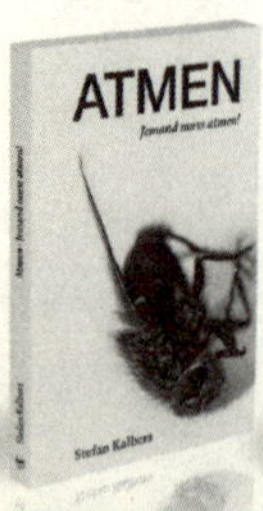

ANTI-POP

ATMEN – JEMAND MUSS ATMEN
STEFAN KALBERS

TB, 12 x 18 cm, 144 S.
erschienen Aug. 2008
ISBN: 978-3-86608-083-6
VK: 9,95 Euro

«Ein großer literarischer Wurf!»
Nordwest Zeitung, inside
«Ein exzellent geschriebenes Buch!»
Gothic Magazine

9 783866 080836

ANTI-POP

SEELENFICKER
NATASCHA

TB, 12 x 18 cm, 128 S.
vierte Auflage verfügbar
ISBN: 978-3-86608-068-3
VK: 9,95 Euro

«Heftig, aber poetisch und toll geschrieben - ein ganz wichtiges Buch.»
Syker Zeitung
«Das Buch ist knallhart. Und hervorragend bearbeitet. Lest es!»
Punkrock

9 783866 080683

ANTI-POP

LEBEN UND LEBEN HASSEN
DOMINIK STEINER

TB, 12 x 18 cm, 188 S.
erschienen Mrz. 2010
ISBN: 978-3-86608-131-4
VK: 9,95 Euro

«Die Worte in diesem Buch sind literarische Assassinen, die den Leser wachrütteln. Ein Buch mit Tiefgang.» **de-re.de**

9 783866 081314

ANTI-POP

PORNOSTERN
CHRISTOPH STRASSER

TB, 12 x 18 cm, 270 S.
erschienen Feb. 2009
ISBN: 978-3-86608-104-8
VK: 9,95 Euro

«Mit viel Witz und literarischem Geschick [...] Absolut lesenswert!»
Wildwechsel
«Ein echtes Trash-Juwel, die Tragikomödie 2009!»
Kinkats

9 783866 081048

ANTI-POP

ESTABLISHMENSCH
ANDY STRAUSS

TB, 12 x 18 cm, 160 S.
erschienen Aug. 2009
ISBN: 978-3-86608-120-8
VK: 9,95 Euro

«Andy Strauß beherrscht den Umgang mit Worten nicht einfach nur, sondern schafft es, daraus sprachliche Kunstwerke zu erschaffen.»
Ruhr Nachrichten

9 783866 081208